# the passengers

# 亡命乘客

約翰・馬爾斯
John Marrs

牛世竣 譯

# 序幕

**英國新聞**

上議院一致通過，五年內英國道路上的所有汽車，將汰換成無司機的自駕車。預計十年內將禁止手動駕車上路。

# 第一部

# 1

< 筆記

1. 設定路線到班的辦公室
2. 用免註冊帳戶預訂Uber，不要使用真名
3. 從辦公室的停車場離開，然後搭Uber去上班
4. 中午之前發簡訊給班
5. 中午左右聯絡班的老闆

## 克萊兒・雅頓

屋子前門關上時，車已經停在克萊兒・雅頓的家門口等著她。

她在門廊裡徘徊，反覆閱讀手機上的筆記，直到聽到房子保全發出微弱的嗶嗶警報聲。她偷

偷看了一眼整個郊區的房子，這裡是彼得伯勒眾多房產中的其中一棟。住在二十七號的桑達拉茲是唯一的鄰居，他正在督促吵鬧的一家四口上車，就像牧羊人試圖把羊群從一塊草皮趕到另一片草皮。桑達拉茲看到她，發出會心一笑微微地揮手。她也以同樣的方式回應。

克萊兒想起去年春天參加桑達拉茲和他太太西沃恩十結婚週年的烤肉派對，這條街大部分人都參加了。桑達拉茲在樓下浴室找到喝得醉醺醺的克萊兒，並提出建議，要是她和她的丈夫喜歡玩3P，他會很樂意參加。克萊兒拒絕了，桑達拉茲很驚慌，要求她不要告訴西沃恩。她保證不會，而且她是認真的，她連班都沒提過。克萊兒打賭，那條街上每家人都至少有個秘密不想曝光，她也不例外。特別是她。

桑達拉茲的車緩緩駛離車道，克萊兒深深吸口氣平靜下來，不安地盯著自己的車。三個星期前，班簽下了這輛車的租約。克萊兒仍然在努力適應這輛車許多新的功能，這輛車跟他們上一輛最大的差別是，它不再有方向盤、腳踏板、手動控制。一輛完全無人駕駛的車，她對此感到害怕。

當這輛車第一次開到他們家門口停在車道上時，他們目不轉睛地看著。班感覺克萊兒有點不安和不情願，他們透過一個應用程式重新調整了個人化設定。班向她保證，任何人都可以操作，她也不例外，這車子有「防呆」的功能。克萊兒瞇起眼睛戳他手臂，他提出抗議，聲稱自己並不是暗示克萊兒是呆子。

「我不喜歡失去控制的感覺。」他們第一次搭車前往醫院做手術時，克萊兒是這麼說的。那個時候車子正依指令，自動超越前車，克萊兒抓緊了座椅。

「那是因為妳什麼都喜歡控制，」他答道，「妳需要開始信任一些不歸妳管的事。此外，這輛車幾乎不需要付保險費，我們也應該存點錢了，不是嗎？」

克萊兒不情願地點點頭。班是個注重細節的人，花了相當多的時間和精力來研究哪輛車適合他們不斷變化的環境。在經歷了幾個月地獄般的挑選後，克萊兒很高興看到班恢復了往昔的風采。為了讓她有參與感，班讓她選車子的顏色和座位布料。但克萊兒認為這是種歧視，好像買車是「男人的工作」，所以女人只好負責「美學」方面的事。在過去幾天裡，克萊兒發現自己經常對他發脾氣，然後又馬上後悔，因為班並沒有真的做錯什麼。但克萊兒並沒有阻止這樣的行為一再發生，她擔心自己心中對他的不滿再這樣上升，很快就會浮現在言行之上。

車子的後座暫時吸引住克萊兒的目光，然後一記輕微的胎動打斷了她的思緒。「早安。」她輕柔地說，揉了揉自己腫脹圓鼓鼓的肚子。這是那天早上泰特第一次聲明了自己的存在。護士跟他們說，現在他大概只有一磅重，跟「泰特&萊爾」[1]的糖袋一樣大，於是他們給他起了這個綽號。當然一開始只是個玩笑，但後來真的想不出名字，反而認真考慮起「泰特」。

如果一切順利，兩個月後，克萊兒將會第一次成為母親。巴拉克勞醫生警告，她的血壓太高，她必須盡可能不要有壓力。說起來容易做起來難，在過去的幾個小時裡，這件事變得幾乎不

❶ Tate&Lyle，泰特＆萊爾，「泰萊」公司，英國零食品牌，早期以賣糖起家。

可能。

「妳能做到的。」她大聲地說，並打開車門。克萊兒先把手提包放在前排右側座位，自己一屁股坐進去，她的肚子比自己朋友懷孕時更早開始隆起，有時候覺得自己像帶著一頭小象。她的身體有著奇怪的變化，有一些部位開始下垂，另一些地方看起來快腫脹到爆炸。

她按下按鈕關上車門，掃描視網膜，克萊兒快速瞥了一眼自己的外觀，發現自己的藍色眼睛周圍有粉白色的痕跡，即便是上了粉底，眼睛周圍的黑眼圈仍然清晰可見。她那天早上沒有整理她那金色的瀏海，所以現在正垂在眉毛上。

掃描完成，系統確認克萊兒是已授權的乘客，電動馬達默默地啟動，儀表板的中間出現了控制台和作業系統，並發出白色和藍色的燈光。「班設定的燈光。」她說。螢幕上出現了一張從住家到辦公室的立體地圖，班的工作地點在這小鎮外，有幾英里距離。

車子行駛在路上，揚聲器毫無預警地響起一九九〇年代的搖滾歌曲播放清單，她嚇了一跳。她很受不了班對音樂的品味以及播放音量。但克萊兒還沒搞清楚怎麼離開播放清單，並創立自己的歌單。後來播到一首班很喜歡的樂團「北極潑猴」，克萊兒忍不住落下淚水，班對這首歌的每個字都瞭若指掌。

「為什麼要這樣對我們？」她哭了，「為什麼是現在？」

克萊兒用手掌擦了擦眼睛和臉頰，關上音樂。車子持續行駛，她擔憂地不發一語。再次瀏覽了待辦清單；下午有很多事情得完成。她不斷地提醒自己這些事都是必要的，是為了泰特好。雖然非常渴望見到他出生，但內心又有一部分希望他能永遠留在體內，保護他不用面對這世界的殘酷。

她瞥了擋風玻璃一眼，發現車輛居然沒有照預期的左轉而是往右轉，這跟班在彼得伯勒郊區的辦公室方向相反。克萊兒瞇著眼睛看著導航系統的路線，確定程式仍正常運行。然後心裡想起班曾告訴她，有時自駕車得知前方有事故延誤時，會選擇其他路線。她希望繞這一段路不會增加太多時間，能越早下車越好。

控制台突然一片空白，克萊兒稍稍猶豫。用手指在上面亂戳一通，想辦法重新開啟，但一點反應都沒有。

「該死的。」她嘀咕道。任何時候，都不該待在一輛有問題的車子裡。車子選擇了另一條路線，這次是沿著一條分支道路行駛，進入一條雙向車道，她知道這會離目的地更遠。

她開始感到不安，「發生什麼事了？」她問道，並在心裡詛咒班當初的決定，讓她坐進一輛沒有方向盤控制的車子。她又按了更多按鈕，希望能有什麼反應，能重新取得控制權，然後命令車子靠邊停車。

「備選目的地加入，」一個輕柔的女聲傳來，克萊兒認出這是車輛作業系統的聲音。「路線正在重新計算。兩小時三十分鐘後到達選定的目的地。」

「什麼？」克萊兒回應道，「不！我們要去哪裡？」

車子停在紅綠燈前，她找到離開的機會。很快解開安全帶，按下開門按鈕。一旦出去後，她會重新思考計畫。她知道不管想出哪種替代交通方案，也不能夠讓車子留在這裡無人看管。但是車門巋然不動。克萊兒一次又一次地推著，越來越大力，車門依然關著。肚子裡的小孩又踢了一下。

「沒事的，會好起來的。」她重複道，試圖讓他們倆相信，她可以找到出路。

克萊兒頭轉向跟她一起等紅綠燈的車子，揮舞著雙手想引起另一輛車的乘客注意。但對方智慧型擋風玻璃正在播放一部精采的電影。她瘋狂地揮舞雙手，最後終於吸引了他的目光。對方正把頭轉向過來，就在那緊張的時刻，克萊兒的車窗從透明變成了不透明。隱私控制正被遠端遙控著，從外面沒有人能看到她的絕望。

當她終於意識到發生了什麼時，恐懼籠罩了她：有人在控制她的車。

「早安，克萊兒。」一個男聲從揚聲器中傳來。

她不由自主地發出了一聲尖叫。那聲音平靜而輕鬆，像不帶敵意一樣，但它絕對是不受歡迎的。「妳可能已經注意到了，這車輛不再由妳管理，」聲音繼續說：「從現在開始，我負責安排妳的目的地。」

「你是誰？」克萊兒問道。「你想要什麼？」

「現在這兩件事都不重要，」那個聲音回答，「此時妳唯一要知道的是，從現在開始算起的兩小時三十分鐘內，妳會死亡。」

# 2

路線大師 2000

| | |
|---|---|
| 地址： | 未知 |
| 街道名： | 未知 |
| 郵遞區號： | 未知 |
| 其他資訊： | 56.0006°N, 3.3884°W |

**朱迪・哈里森**

朱迪・哈里森盯著牆上的充電器，它正插在車子的格柵蓋上。

他不確定自己在車裡坐了多久，只是盯著充電樁看，也不知道為什麼這東西會吸引自己注意。他發現自己失去時間感，於是查看了儀表板上的時鐘。為了保持進度，他得要快點行動。他看著充電指示，離充滿電之前還有十分鐘，他要去的地方完全不需要充電，但電量少於四分之三，會讓他感到不安。

超市停車場裡的大部分車輛，充電方式都比他的更先進。交通號誌、環形交叉路口、停車位當中都內建了充電設備，甚至連路過的得來速車道都能順便充電。朱迪在政府開始大肆宣傳「道路革命」時，購買了他的無人駕駛車子。一夜之間，他從一名司機變成了一名乘客。現在他沒有手動操控裝置，所有的操作都是車子自主決定。和許多人相比，他的車子型號現在已經過時了，很快就會停止自動下載更新來迫使他升級。他符合購買更先進、更高科技車型的購車補助，但他拒絕這麼做。把錢花在他不再需要的東西上是毫無意義的。

朱迪肚子發出低沉的咕嚕聲提醒他吃東西。他必須吃東西才能保持體力，度過這個早晨。但他沒什麼胃口，甚至連後座的行李側袋裡的巧克力點心都沒興趣。下了車，他走進超市，沒有前往食品架位上，而是轉進廁所。他在那裡排空了腸子，洗了手和臉，並用牆上的那個機器把手吹乾，然後從口袋裡取出一把免洗牙刷，上面牙膏與口水混合起泡，並開始刷牙。

他的頭皮反射出鏡子上方刺眼的燈光，突顯太陽穴周圍的頭髮變得多麼稀疏。他沒有試圖隱藏，而是剪掉頭髮。父親曾警告過自己的小孩，他在三十歲生日前髮際線就已經開始後退了，現在朱迪也步上父親的後塵。朋友們會服用藥物來保持頭髮量；但朱迪則拒絕這種藥物以及所有流行的整容植髮。他甚至沒有理會下面那兩顆歪掉擠在一起的牙齒，所以他總是閉著嘴微笑。

他已經一個星期沒刮鬍子，咖啡色皮膚變得更黑。儘管很疲憊，可是雙眼沒有血絲，眼白襯著綠色瞳孔，看起來就像樹上的綠蘋果一樣鮮活。他將手掌放在T恤衫上，手指沿著腹部和肋骨的輪廓移動。發現自己在過去一個月裡的體重下降不少，並暗自認為，付出這些必要的努力，是為了迎接這一天成功的到來。

他看了看手腕上的時間，卻忘記自己早已丟棄手錶。本來的手錶可以從脈搏、體溫中蒐集細節資料，顯示出他的新陳代謝、血壓和許多其他他不屑了解的身體測量結果。他不需要看顯示幕上的數字就能知道他的壓力正在飆升。

朱迪回到車裡，確認電池已經充滿後便拔掉了充電器；爬進車內做了第一次深呼吸，並將下一個目的地告知車輛的聲控作業系統。

車子開始以不超過二十五英里的時速在郊區公路上巡航，朱迪回憶起他曾經多麼喜歡一個人開車，在十七歲生日時通過了駕駛考試，在當時的他感覺這是世界上最偉大的成就，給了他渴望的自由。他可以隨意離開出生和成長的村莊，不再依賴到站時間從不準時的公車、不再依賴他的父母或哥哥帶他出門一瞥外面的世界。讓他覺得看不順眼的是，現在十四歲的孩子就可以合法一個人搭乘自駕車，這種便利性根本是作弊。

朱迪還記得曾經早上的這個時候，像這樣的道路應該是要避開的。因為高峰時間路段會擁擠不堪。現在，車子卻在街道上平穩地滑行，通過內部通信系統網路，資料相互交流，可以減少塞車情況。雖然他很討厭這些車，但也並非真的一無是處。

他的儀表板上，主要是音響設備和大型互動式OLED，在那裡他可以控制全部的系統：看電視、檢查電子郵件、瀏覽社交媒體、閱讀……他點開資料夾往下滑動，找到一個標示「家庭假期」的藍色資料夾。裡面一個名為「希臘」的子資料夾，裡面有許多影片檔，他點了一個名為「餐廳」的影片，並按下播放。

那高清影像就好像自己真的身處其中，躺在餐廳露台的休息處，身旁的史蒂芬妮穿著一件暖和的套頭衫，享受眼前寬廣的夕陽美景。鏡頭從左到右慢慢平移，對準前方新月形海灣的一座無人小島，然後放大。島上空的雲被天光染成了藍色和橘色，只給小島留下陰影。

「有看到遠方那艘船嗎？」他聽到她在問：「就在那裡，在島的後面，那邊，船尾剛露出來。」

「喔，是，有看到了。」朱迪和影片中的自己一起大聲說著。他對這樣的對話再熟悉不過，並默默地唸出史蒂芬妮後面的回應。「未來有一天，我們應該訂一艘遊輪來環遊世界，」她說，「利用我們退休後的生活，去看每個海洋每個大陸的日落。聽起來怎麼樣？」

「太棒了。」朱迪回答，「真是完美。」直到最近幾年，他才明白「完美」是一個不可能的概念。

他關上資料夾，操控螢幕調低了車內溫度。事實證明，這個春天的早晨比天氣預報的還要暖和。只是儀表板的螢幕仍頑固地顯示為二十七度。

「車子，」他叫喚，「打開空調。」不像其他車主，朱迪並沒有替車上的作業系統取名字。什麼反應都沒有。這輛車一般都很聽他的話，而且他的聲紋是這系統唯一認得的聲音。「車子，」他又堅定地說了一遍，「確認我的指令。」這次又是什麼反應都沒有。

他咒罵著程式故障，只好自己捲起襯衫袖子。然後從門旁邊的置物袋拿出一個無線鍵盤，登錄信箱開始撰寫郵件。和口述或錄影相比，他更喜歡這種老式的輸入法。

「致貴公司，」他開始，「很抱歉我不得不寄出這封信，但我車子……」

「早安啊，朱迪。」

「幹！」朱迪大叫，鍵盤掉到腳邊。他環顧自己的車內，看看有沒有什麼人溜到車上來。

「你今天好嗎？」那個聲音繼續問道。

「很好……謝謝，」朱迪回覆，「你是誰？你怎麼知道我的電話？」他檢查螢幕上的電話圖示，它是關著的。

「我需要你聽好，朱迪，」那個聲音繼續且平靜地說道，「大約兩個半小時後，你就會死去。」

朱迪快速眨了個眼，「什麼？」

「你先前設定GPS的目的地會被我的另一個地點給取代。」

他看到螢幕上出現新的座標，「說真的，這是怎麼回事？」朱迪問，「你是誰？」

「細節晚點會說明，但現在請好好坐著，充分享受春天美麗的早晨，因為這可能是你最後一個早晨。」

車子對外的窗戶突然轉成不透明的穩私模式，外面的人無法看到他被困在車內。

# 3

**艾塞克斯線上新聞**

英國最受歡迎的女演員之一，今天將到艾塞克斯郡的一家醫院看望年輕的癌症患者。

現年七十八歲的蘇菲亞．布萊伯利，將參觀夏洛特公主醫院最近新開的分院，在為期三年的籌款活動中，她幫助該院籌集了數百萬英鎊。

## 蘇菲亞．布萊伯利

「告訴我，我今天應該要去哪？我忘了。」蘇菲亞．布萊伯利厲聲問道。

「又來了？」羅伯特不耐地回。

蘇菲亞沒心情聽人指指點點，早餐時吞下的止痛藥、消炎藥和一大口白蘭地並沒有緩解她腰部脊椎關節炎的不適感；而且助聽器故障，聽不太到別人說什麼，這也讓她很煩躁。

「醫院，記得嗎？」他帶著一絲倦意說道，「請告訴我妳已經在車上了？」

「廢話，當然在車裡，不然你以為我在哪？在一艘該死的太空船上？」

「我把地址發到妳的GPS上。」

「我的什麼？」

「哦，天哪。妳螢幕上的地圖。」

蘇菲亞看著中控台上出現座標，開始計算車子從倫敦里奇蒙的家出發的最佳路線。車子的鷗翼式車門自動上鎖，然後開始行駛，這漫長車程中唯一聽得到的聲音是來自厚實輪胎輾壓過碎石發出的清脆聲響。

「那我去那裡要幹嘛？」蘇菲亞問道。

「今天早上我已經跟她說過一次了，」她幾乎能聽到羅伯特在電話另一頭和別人說話的內容，對方很可能是辦公室那位舉止輕浮的男孩。她想到羅伯特更換助手的頻率非常高，但每次來的人都有著驚人的相似度：緊身T恤、緊身牛仔褲、精實的身材。

「羅伯特，你是我經紀人兼公關，如果我問你問題，我希望你能給我答案。」

「這次是和年輕的癌症患者的見面會。」

「喔，是的。」蘇菲亞皺起眉頭，一股擔憂湧上心頭。上禮拜在皮膚上動過刀，臉上知覺還沒恢復，感覺不太到自己的嘴。「會不會又是那種沒有人知道我是誰的場合？」

「不，當然不會。」

「不要跟我說什麼『當然不會』的屁話，講得好像從來沒發生過一樣。還記得我去考文垂的學校，那些小朋友根本認不出我，還以為我是聖誕老人的太太，這根本是個羞辱。」

「不，就像我之前解釋過的那樣，這些人都是十幾歲的病人，我保證他們都是《時空》的超級粉絲。」

「那是我十年前的作品了。」蘇菲亞反駁道。

「不，它應該沒那麼久吧？」

「我也許已經七十八歲，但還沒老到痴呆。我記得很清楚，因為那是你最後一次替我找到電視黃金時段的表演工作。我怎麼可能忘記，不是嗎？」

雖然劇本都讀了十幾遍，甚至拍攝時也反覆在看，但蘇菲亞仍不知道那流行的科幻節目劇情。她的背後只是一片綠幕，鏡頭外有人拿著一根綁了個網球的棍子，她要做的是逃離那個球。聽說後期製作時會在畫面上加入一顆外星人的頭，蘇菲亞沒有看過成品。她很少看自己的作品，尤其在自己年事已高的時候，她不想看到衰老的自己。

最近她的演藝工作越來越走下坡，再不然就是演出邊緣角色。蘇菲亞不得不免費客串學生的電影作品；以及在巡迴全國出演《馬克白》和《暴風雨》，這些是在當地廣受好評的舞台劇。曾有兩部長篇的肥皂劇劇組，提供巨額價碼邀她加入。但她不喜歡扮演穿著慈善商店服裝的窮角色，或是不怎麼上妝的祖母，因此毫不猶豫地拒絕了這兩個邀請。

她還去找了哈利街的外科醫生，在整容醫生的刀下，幫忙抬升下巴和乳房，讓她看起來更有精神。現在只有手背上的皺紋看得出她真實年齡。

「喔！奧斯卡，你吃了什麼？」她責罵躺在身邊熟睡的白色博美犬，並試圖用手把牠放的臭屁給搧走。小狗短暫地睜開一隻棕色的眼睛，把身體移向她的大腿，然後再次閉上。

蘇菲亞打開了古董香奈兒手提包，取出一面小鏡子。在嘴唇上補上一層代表她個人特色的深紅色，然後不高興地看到鼻子下滲出垂直線皺紋。她瞇著眼睛，發現本來是灰色的瞳孔變得有點霧霧的，並在心裡默默記下，要交代羅伯特的助手找一找，看有沒有讓瞳孔顏色增豔的醫美手術。她的牙齒有美白貼片、顴骨墊高、加上假髮和隆胸，她一時懷疑「原版」的蘇菲亞・布萊伯利是否只剩下野心沒被替換掉。

「你有什麼新劇本要我讀嗎？」她問羅伯特。

「是有幾個，但我想它們並不適合妳。」

「這不是應該由我來判斷嗎？」

「好吧，一個是在一部長篇醫院劇裡，扮演癌症末期的老妓女；另一個是在女子團體的音樂影片裡，妳要扮演……一個鬼魂。」

「哦，天啊。」蘇菲亞嘆了口氣，「所以他們不是要我在臨終前還要張開雙腿，就是要我死後再從墳墓裡爬回來。有時我真的很想知道這一切有什麼意義。」

「我現在就把工作細節和對方的價碼傳送到妳車上，妳可以在路上看。」

蘇菲亞揉了揉眼睛，此時的擋風玻璃已經隱約看到有人物資訊出現在上面，只要按一個開關，整面玻璃就會變成顯示器。她只需要看每個角色描述的前幾行就可以關閉，剩下的不需要看。

她需要的不是錢，是認可和讚賞。每年在科幻大會或聊天節目中亮相是不夠的。一想到電影和電視藝術學院還沒有頒發終身會員資格給她，她就感到憤怒，自己可是從十七歲開始就踏上了舞台。

難道他們知道了？她突然問自己，有傳言了嗎？藝術學院知道妳做了什麼，所以他們是在懲罰妳嗎？她討厭那個聲音。這件事困擾了她將近四十年。它一出現，她就不斷搖頭不想聽。

蘇菲亞開始背痛，她往後靠在座椅上，按下一個按鈕。椅子傳來穿透性的震動，在做深層按摩。她又從冷藏扶手上倒了一杯白蘭地。自駕車最棒的地方是能在上面合法飲酒。她用修剪過的指甲，輕輕劃過毛茸茸的小牛皮，輕拍蘇拉威西烏木的鑲板，光著腳踩在秘魯羊駝毛做的地毯上。不用花錢雇司機，讓她能買得起頂級的「帝國GX70」，這是目前最昂貴的自駕車。她不懂這種車的運作原理，而且也不在乎，只要羅伯特能遠端遙控，讓她能從A點到達B點，這就夠了。

「羅伯特？」她試探性地問，「你還在嗎？」

「當然。需要幫什麼忙嗎？」

「我……會不會……派翠克今天會和我一起去嗎？」

「是的，妳的行事曆共享裡仍有他的帳號。他表示有興趣參加，所以我已經訂了一輛車去高爾夫球場接送。你們會在醫院碰面。」

蘇菲亞知道自己丈夫要出現，情況會是多麼複雜，為了不讓他把話說下去，便開口打斷，「下次再聊。」她靜靜地說，不等他回答就斷開電話。她指甲深深掐進手掌，要是沒發覺，搞不好就要掐出血來。

「早安，蘇菲亞。」一個她不認識的男聲響起。

她生氣地看著控制螢幕，以為自己不小心按到了什麼，於是回應那聲音：「羅伯特？你幹什麼用這傻乎乎的聲音說話？」

「這不是羅伯特，」那聲音回答，「而且妳可能會驚訝地發現，這車子已經不在妳的控制下了。」

蘇菲亞笑了，「親愛的，它從來都不在我的控制之下。這就是為什麼我會請人。就是為了確保有人能幫我控制。」

「唉，我不是妳請的人。但，我現在負責安排妳的目的地。」

「很好，現在別再裝傻了，可以讓羅伯特聽電話了嗎？」

「羅伯特和這件事無關，蘇菲亞。我已經幫妳的車子做好設定，妳今天早上會走另一條路。而且在兩小時又三十分鐘後，妳很可能就要死了。」

蘇菲亞歎了口氣，「親愛的，我已經看過劇本了；我不要在週六晚上的醫院電視劇中扮演一個垂死的妓女。我可是蘇菲亞·布萊伯利，我認為自己值得更好的角色。」

「妳很快就會再接到我的訊息。」

車子又沉寂了。

「喂？喂？」

蘇菲亞瞥了一眼擋風玻璃上的地圖，當她看到M25和M1的圖示時，才意識到自己並沒有前往艾塞克斯的醫院，而是要離開倫敦向北走。

「羅伯特？」她說，「羅伯特？我的老天，到底發生什麼事？」

突然，蘇菲亞瞇起了眼睛，把頭轉向一邊，好像那方向掉了一枚硬幣似的。一抹寬廣的笑容在她的臉上漾開，「羅伯特，你這個陰險的小惡魔，你做到了，是嗎？你讓我上了那個節目。」

她移動到座位邊緣，感覺到自己的背還在痛，令她環顧四周時畏縮了一下。「他們把攝影鏡頭藏在哪裡了？還是只有儀表板上有鏡頭？」

有三個電視真人秀節目，蘇菲亞曾考慮要參加過。然而，羅伯特曾試著與製片人約見面，卻屢屢遭到拒絕。對方認為蘇菲亞不適合跳舞，加上年齡太大，無法在秘魯的叢林裡待上一個月。但《名人對抗賽》是一個新的機會，而且也比其他節目更酷，現在每個人都在談論它，所有事業停滯不前的藝人都趨之若鶩。

那系列的開頭每一集，都會有十幾個名人在無預警的情況下，被強制打斷並介入他們的日常生活和工作，然後被帶到一個未知的國家，參加一系列身體和精神的挑戰任務。攝影機會捕捉到他們一個禮拜的一舉一動。去年蘇菲亞看著自己四十多年的同業對手崔西．芬頓被節目選中。她也是在車內被挾持走，後來人氣回升，接到了兩部熱門的網路劇。現在看來《名人對抗賽》的製片人看上了蘇菲亞。

她握起拳頭，抑制內心興奮，她感覺自己馬上就要復出，不需要靠在肥皂劇扮演年邁的祖母。她只需要做自己，然後每個禮拜的晚上，自己的形象就會透過網路傳到每個家庭、車子、電話和平板上。

蘇菲亞再次從手提包裡拿出鏡子，從各個角度檢查了自己的妝容，必要時輕拍、撫平和重新補妝。然後，她又吃了一片止痛藥，用一大口白蘭地把它吞下去。

「好了，奧斯卡。」她一邊摸著牠的頭，自豪說：「媽咪正在回到巔峰的路上，你等著看吧。」

她保持著堅定的笑容，直視車子鏡頭，多年來第一次，她不怕盯著螢幕上出現自己的臉。

# 4

通訊全球

主頁面
目錄
關注消息
動態新聞
隨機文章
損贈
商店

互動服務

幫助
有關「全球大百科」
社區
更新內容
聯絡我們

## 結婚紀念日

摘自「全球大百科」，免費的百科全書。

結婚紀念日的歷史淵源可以追溯到神聖羅馬帝國。紀念日禮物在不同的國家有所不同，但某些禮品在大多數國家已經有特定含義。第十年：錫、鋁製品的禮物。

內容〔隱藏〕

## 山姆和海蒂．科爾

「妳確定妳父母在那一天有空？」山姆問，「妳媽媽突然想起自己答應要當保姆的時候，那表情真是無助。」

「是的，我確信，」海蒂回答，「我已經把這日期安排進家庭行事曆了，所以在這之前她每天都會收到簡訊提醒。那你呢？那時候你已經回到盧頓了吧？」

「呃……應該是。」

「那你什麼時候要把你的安排跟我說？」

「我沒有要說。就像我說的，這是一個驚喜。」

「你知道我討厭驚喜。」

「但女人不是都很愛。」

「這些女人當中，不包括員警，就我的工作來講，驚喜往往都不是什麼好事。」

「那就讓這個成為一個例外吧。就這一次，對妳丈夫有點信心。」

海蒂想笑出來，但最後忍住，不疾不徐銼好指甲。回想起以前在家附近酒吧吃的便宜魚肉晚餐；那時生活拮据，所以沒有顯露自己的失望之情。在許多個月後，她偶然發現生活為什麼拮据的真正原因；但她選擇藏在心裡。

她查看了車子儀表板上到達目的地時間——還有二十分鐘。她需要一些東西來分散對接下來要發生的事情的焦慮情緒。所以她決定塗個指甲，於是打開手提包，取出三種色號不同的白色指甲油。

「我應該用哪一個？」她把它們舉到儀表板的鏡頭前。

山姆仔細地比較每一個的不同，從他車子的操控台上也可以看到海蒂也正盯著山姆。「白色那個。」他回答，然後從特百惠品牌的塑膠碗中，舀了滿滿一匙的麥片粥放到嘴裡。海蒂很討厭他這樣，每次早上她要進他車子裡時，聞到的不是帶有奶味的麥片粥，就是焦味培根。

「哪一個白色？」她逼問，看著山姆猶豫不決的樣子，他的直覺好像在告訴他，這是一個測驗。

「左邊那個。」

「記得很清楚。我們結婚時就是用這瓶。」

「我怎麼可能忘記。」

海蒂知道她丈夫在撒謊，因為她也是。她那天塗的是一種淺粉色的指甲油。最近她發現自己越來越在細微處和無害的地方對他測試。想看他能編造出多少謊言。

「這讓我想起和金跟麗莎在美甲店的那一天，」她邊講邊編，「我們選顏色選到老闆快被逼瘋了。金一直告訴我要用象牙色來搭配我的裙子，但我覺得應該挑更亮一點的。」

「妳的選擇是正確的，妳那時候美極了。」

海蒂試圖讀懂他的笑容，希望他是真心的。她還記得結婚那天，他在聖壇等她的樣子，風琴師演湊華格納的〈結婚進行曲〉的開頭，他轉身看到自己妻子，並用手擦拭淚水。就算是經歷這一切，也仍想再次重溫他們早期童話般的時刻，哪怕只有一瞬間。

「你還記得我們第一次約會在什麼地方嗎？」海蒂問。

「當然，在奧德堡高街的那家魚餐廳。」

「不，那是第二天的晚上。」

「我不計算第一天晚上，因為那天算是我們相遇的時候。」

「沒錯，你那時還在參加可憐的單身派對。」

「鮑勃的伴郎為我們所有人預訂了兩輛靜態大篷車，停在一個社區的公園，那一帶都是拿退休金過日子的人，唯一的俱樂部在十一點就關門了。然後我看到妳和朋友回到營地，接下來我們整晚只有一瓶普羅賽克氣泡酒，一直喝到天亮，看著太陽從海灘上升起。」

海蒂感到一股暖流在皮膚表面蔓延開，這正是山姆第一次俯身吻她時的感覺。那時她父母離異，也不相信會有永遠的幸福。但她從沒想過自己會這麼快就愛上一個人，又愛得如此之深。那暖流消失的速度就像它出現時一樣突然，在她要塗下一隻手之前，輕輕吹了一下還沒乾掉的指甲油。

「當時誰能想到，有一天會慶祝我們的十週年紀念日？」她問。

「我其實有想到過，因為我從來沒遇過像妳這種波長和我這麼契合的人，我不可能讓妳離開。所以，除了讓妳擺脫婚姻重獲自由外，我們應該給彼此買什麼來慶祝？」

「錫製品。」

「那麼，要是我禮物包著的是一罐通心麵，妳會高興嗎？」

「你可以試試，看我會不會整罐塞進你嘴裡。」

「妳在Google上搜尋週年紀念日禮物，會出現什麼？」

「鑽石。顯然，它們仍是女孩最好的朋友。」

「我以為我跟妳才是最好的？」

你的確是，海蒂心裡自言自語，你曾經是我的一切。

她看著山姆用領帶擦拭眼鏡。他們第一次見面時他還沒有戴眼鏡，頭髮和鬍子也沒有灰白，笑的時候也不會產生皺紋。她想，他可能也和自己一樣，正看著自己慢慢衰老。也許這是一切的開始，所以真正的罪魁禍首是基因，她的身體已不像初戀時那樣吸引他；但這不正是婚姻的意義嗎？不是儀式、不是盛大的向眾人宣布、也不是週年紀念日，而是和另一個人在一起，無論發生什麼事，一起變老，不管對方有什麼錯依然相愛，至死方休；她心裡是這樣想的。

海蒂好奇自己在別人眼裡是什麼樣子。在自己的想像中，她仍是二十歲的女孩，大好的人生還在前方。但現實中，她是一位四十歲的母親，有兩個孩子，曾經濃密的金髮也失去光澤，牙齒需要美白，隨著皮膚變得鬆弛，下巴線條很快就下垂，以前可愛的雀斑不再是棕色小圓點，更像是肥大的墨水痕跡。這些年改變的不只是容貌，性格也跟著丕變。工作的關係，讓她越來越難看到人的優點，不管高興還是悲傷，都已經忘了怎麼流淚。有時覺得自己像是石頭做的；就算剩下外表，內心也一樣堅硬。

「會懷念過去那些日子嗎？」海蒂突然問。

「哪些日子？」

「那些可以喝酒、抽菸、想出去就出去，或是在歐洲城市度假時，不用擔心孩子們的日子？」

「有時候會，比方說，小鬼們在聖誕節腸胃出了問題，搞得房間聞起來像羅馬人的嘔吐物一樣。但總體而言，不會，有他們在，我們的冒險反而更有趣了。」

「如果在季末搶得到便宜的機票，應該在八月份把他們帶到法國南部幾天。只要帶一些必需品，規劃好GPS設定晚上出發，路上在車子裡睡覺，早上就能到達里昂。」

海蒂在山姆講完話前，就已經知道他會怎麼說了。「到時候就知道了。」他回答，提到出國旅行，在婚後大部分的時間都是「到時候、到時候……」每隔一個聖誕節，他都會一個人去拜訪住在阿爾加威的母親。

「那所以提醒我，你打算帶我們去哪裡參加結婚週年紀念？」她問。

「哦，老天啊，要是妳真的想知道，那我就告訴妳，但以後不要抱怨我毀了這個驚喜。」

「那就來吧，透露出來。」

「好吧，我會在奧德堡租一輛大篷車度過週末，清晨準備好早餐去野餐，然後在太陽的曙光下，開始新的一天。」

「哇喔，太棒了。」海蒂回應，心裡完全不這麼覺得。但顯然山姆覺得這是個浪漫的精心計畫。「這真是個好主意。」

「我本來也是這麼想的。」他回答，「但後來我想起去年帶妳去酒吧時，妳的臉實在很臭；所以我改變計畫，改買倫敦西區的音樂劇票，然後去一家高檔餐廳大吃一頓，並在考文特花園酒店住一晚。」

海蒂知道這永遠也不可能，但仍會假裝一下。「你說真的嗎？我們負擔得起嗎？詹姆斯學校滑雪之旅還要繳費。」

「當然，我們負擔得起。」山姆回答，她能聽出在這語氣中，因為被質疑而帶有一絲煩躁。「我有預留一些錢來支付這費用。」

海蒂本想張嘴要說些什麼，但又改變主意，卻把剛塗完的指甲對著鏡頭。「你覺得怎樣？」她問，在他回答前，畫面就突然空白。「山姆？通訊被切斷了？」

同一時間，丈夫的車行駛在幾英里外的後方。山姆拍打儀表板看看能不能讓螢幕恢復正常。這就是他無視自駕車發出的提醒所付出的代價，已經跳出好幾次像是每半年一次的大檢查、軟體更新、需要診斷應用程式問題等。當然，他也沒有幫海蒂的車做這些維護，但她不需要知道這些，有很多事都是她不需要知道的。

「我還聽得到妳的聲音。」他說道。

「那裡發生了什麼事？」

「我們可能跑進了 Wi-Fi 死角。」

「為什麼我的GPS在重新設定不同的路線？」

山姆已經把空的碗放在旁邊的座位上，「它有時候會這樣，不是嗎？妳知道的，要是前方有什麼事故什麼的。」山姆瞥了一眼自己的螢幕，「等一下，我的也是，什麼……它到底要去哪裡……」

還沒機會把話說完，就被揚聲器的聲音打斷，不是他們任一方的聲音。

# 5

TV TVNews.co.uk

新聞時間：上午 7:05

萊斯特城警方逮捕了十二名涉嫌人口販賣及勞動剝削的嫌疑犯。警方凌晨對萊斯特兩處營業場所和拉戈比三處住宅突擊搜查。兩名男子和一名女子將於今天晚些時候出庭，警方正在審問另外九名男子。

**莎班娜・卡特里**

「我可以的，我可以的。我可以的！」莎班娜在車上不斷重複這句咒語，離開這二十年來她唯一的家。她心想，這是真的，不可能的事情正在成真。

三十分鐘前，她兒子雷揚許出現在家門口，興奮地求媽媽能聽完他說的話，但莎班娜首先關心的是兒子的安全。

「你在這裡做什麼？」她回答，捏著他臉頰，來回張望四周鄰居的屋子，看看有沒有人發現他回來了。兒子還在上氣不接下氣地喘著。「你知道你不能來這裡，」莎班娜繼續說，「這裡對你來講不安全。」

「不重要了。」他回答，「拜託妳了，媽，妳聽我說，妳一直在等的機會來了：離開這裡。」

「兒子，你在說什麼？發生什麼事了？」

「是爸爸，他被逮捕了。」

莎班娜回到門廊，一副聽不懂他在說什麼的樣子。「你說他被逮捕，是什麼意思？為什麼？」

「我不知道所有細節；我只知道他的律師要妳幫他交保釋金，但妳不懂英文，所以打給了我，說他涉嫌人口販運。」

莎班娜有聽過這字眼，但沒想過它的意思。

「就是把人從一個國家，非法走私到另一個國家。」雷揚許繼續說，「男的通常被賣去當奴隸，女人則被迫賣淫。」

沒說完，她手就已經捂住了嘴。「他們說，你爸一直在做這個？」

「是，這就是他被捕的原因。羅希特和桑賈伊昨晚也在餐廳被捕，還有其他同時被逮捕的人。被捕的地點都不一樣。警察說他們是同一個組織的人，都是從阿桑貧民窟運送兒童和乞丐來，然後再賣掉的犯罪組織。」

莎班娜有聽過這些名字，但無法認出他們的臉。每次丈夫維漢把朋友帶回家後，都命令她上樓，在客人離開前不要出現。他們常常在餐廳喝酒喝個大醉直到凌晨，有時在外面一待就是好幾天，這也是為什麼他昨天晚上沒回來，她也不覺得有什麼奇怪的。

「媽媽，這是妳離開他的機會，」雷揚許續道，「這機會沒有第二次了。」

莎班娜也知道，要是兒子說的是真的，那她夢想的一切可能就要實現了。但仍猶豫不決。「我還沒有準備好，」她小聲說，心跳個不停。「我得收拾衣服，讓女兒們準備準備……該怎麼跟她們說？我沒有錢，吃東西怎麼辦？要怎麼過活？我們要去哪？」

「有兩輛計程車在等著，」雷揚許轉身指著身後的車子，「一輛送妳去見律師，另一輛送妹妹去收容所。爸爸簡訊裡有提，他的錢藏在車庫裡，有幾千英鎊可以付保釋金，現在沒人能阻止妳拿走。」

「但那是偷竊。」

「他偷走了妳二十年的生活。」

「是怎樣的收容所。」

「那裡專門幫助像我們這樣家庭的婦女；從印度嫁來，一生都被丈夫控制的婦女；那些不想再被毆打、被欺負得像狗一樣被對待的女性，她們需要幫助，重新站起來。」

「但……但是……」莎班娜不知該如何回答。這麼多年來，她一直幻想能逃離維漢。她曾試過一次，那已經是九年前的事了，當時打算從位在萊斯特的家，逃跑到紐卡斯爾。住在那裡的派特爾夫人一直在幫助她，這是她的遠房表親，經營當地超市。但是派特爾夫人的丈夫發現妻子偷偷為莎班娜和她的孩子買了國家快車車票，想藏匿她們，便覺得自己應該要和維漢講。最後莎班娜遭到一頓毒打，現在她仍無法單腳站立，右腳腳踝仍沒恢復。

從那一天起，她唯一的希望就是早點死掉，這樣就可以擺脫有維漢的世界。他每天抽一包焦油很重的菸，加上高脂肪飲食，體重至少超重二十公斤。心臟衰竭只是時間問題。有時她幻想自己看著他倒在廚房地上，手抱著胸，求她幫忙。「我沒辦法，」到時她會說，「我只會說孟加拉語。你不讓我學英文，記得嗎？」

「媽媽，」雷揚許的聲音把她拉回現在，並握起她的雙手。「這就是妳想要的，不是嗎？一個能離開他的機會，現在機會來了。」

「等他回家就會來找我們，找到後會宰了我們。我知道你父親被逼急後，報復手段有多狠。」

「不，他不會，因為他沒辦法。我去見過收容所負責人，解釋了妳的情況，他們跟我說，等妳準備好後會歡迎妳。查不到名字，所以不會有人知道妳在哪。我來的路上還跟他們談過，所有人今天早上就能去。已經安排好床位在等妳們。而且還讓我跟他們密切合作的律師聯絡過。她現在已經準備好要見妳，然後會想辦法取得對爸爸的限制令。所有都已經就緒，只差妳和妹妹們。」

「但你呢？你會去哪裡？」

「我還有幾個月就要上大學，我可能寄住在別人家睡沙發。我很幸運被趕出家門，爸爸覺得同性戀比死亡更糟糕，這是他做過對我最好的事。媽媽，給我一個機會證明，這堵牆外面的世界很美麗。」

「你的律師朋友知道我不會說英語嗎？」

「是的，她要妳不要擔心，她接過很多類似的案子，她想幫助妳。」

「你能答應，我去找律師的時候，能照顧好妹妹們嗎？」

「是，我當然會。」

無預警地，一股暖流充斥著莎班娜的血管，傳到她身體每一個部分。她微微地點點頭，心裡想像，要是能信任自己兒子所委託來救自己的人，那以後的未來會有多麼不同；這些人會願意像這樣幫助陌生人，不由得升起謙遜的心。她直視雷揚許的眼睛，「去幫妹妹們打包好。」她越來越自信。

莎班娜把未來幾天可能會用到的衣服、內衣和化妝品之類的裝進兩個購物袋。屋子裡她聽到雷揚許在和妹妹們說明情況，她為自己唯一的兒子感到驕傲；雖然他對男人的了解只有透過觀察他的父親，但仍然沒有學壞。他反而長成了一位善良、溫柔、體貼的人。「雷揚許」的涵義是「第一道曙光」，現在這就是他給她的禮物：重新接觸世界的曙光。她準備離開陰影，加入一個她幾乎不認得的光明世界。

耳邊聽到女孩們下樓的聲音，心裡默默為她們祈禱。她懷著希望要當好母親，要教會她們獨立，不被任何人控制。但對還不到十四歲的她們來講，只知道母親是個卑躬屈膝終日惶惶的女人。希望她們就算是在這樣的家庭長大，也仍有機會能重塑對婚姻的期待。要是她們不幸步入類似的命運，那不是她們的錯，會是莎班娜的，而她會永遠無法原諒自己。

莎班娜收拾好行李，急匆匆走到廚房拿鑰匙，然後到自己從來沒被允許進入的上鎖小屋。把一個大箱子從架子上拽下，在盒子和袋子中翻找，掏出一捆又一捆鈔票。她被這金額嚇了一跳。她被迫不斷為家庭省吃儉用的同時，維漢卻藏著這數千英鎊，這更加深了自己對他的恨意。

把錢塞進口袋，她回到休息室和家人一起，這房間維漢一直禁止他們進入。她看到女兒們肩上掛著塞滿衣服、書籍、玩具的書包。隱約感覺有一種力量在她體內，與此同時，雷揚許緊張地在厚厚的薄紗帷幔後面張望，確認外面一切安全準備逃跑。這麼多年來，這個帷幔把莎班娜和世界隔開；但從此再也不會了，她從滑軌上一把扯落，帷幔在地上變成布堆。終於能夠清晰地從窗戶看到外面。「就讓人看吧。」她輕蔑地說。

她輪流親吻孩子們的臉，最小的兩個阿迪亞和柯里斯開始哭，她們緊緊抱著母親。「我會讓妳們知道，什麼是快樂。」在送女兒們走之前，莎班娜低聲說道。雷揚許護送她們走出前門，搭上兩輛車的其中一輛，回頭再協助莎班娜把行李放到第二輛車裡，並輸入律師的 GPS。

「我們下午見，」他說完便遞給她一部手機，然後才想起她以前從未使用過這玩意兒。「我會打給妳，按下綠色按鈕就可以接，到時候車會自動帶妳來和我們會合。」

莎班娜抱著兒子，「謝謝。」在分開前她低聲說道。

這是她第一次坐上沒有司機的車。她相信雷揚許的話，相信這車會送她去該去的地方。她的獨子還沒滿十八歲，但他是自己唯一相信的人，莎班娜連自己的父親都信不過。這樁婚事正是自己父親安排的，而且他早就知道對方有暴力傾向。莎班娜少女時期曾在印度交往過一個低種姓的男友，若是不答應這樁婚事，父親會叫莎班娜兄弟把她的男友給打死。

莎班娜開始允許自己夢想，既然自由了，應該要去哪裡好。一套小型廉價的公宅出租公寓就足夠，有收音機和電視，女兒們睡覺時她就可以看電影了。多年來，電影成了她唯一的逃避方式。有時維漢外出，忘記藏起電視遙控器，她會轉到印度頻道，看著寶萊塢電影裡的偉大愛情故事。美麗的女孩們擁有完美的頭髮和色彩鮮豔的衣服，帶著一種極樂的喜悅在跳舞。她被這些美麗的女孩迷住了，就好像她們得到了與自己信仰不同的神明保佑。

她看著儀表板上的地圖，車子正行駛在她過去只用雙腳走過的路。她已經習慣提著過重的食物，手臂肌肉痠痛地走在上面。

但從此再也不會了。很快她就能乘坐公車、計程車，或許還能交到朋友，和她們一起購物。由於雷揚許不曾放棄的關係，她和自己小孩將要進入有著各種可能的世界。在維漢暴力下，不敢想像的那四個字，慢慢回到她的詞彙裡。

我能做到，她告訴自己，我能做到。

這是她唯一聽到的聲音，來自內心的呼喊。但立刻被車內揚聲器打斷，那聲音來得如此之快，把她嚇一跳。「發生什麼事？」她用自己的母語大喊。在車內四周張望。那聲音還在說話，但裡面她只隱隱約約聽懂一個字，感覺很像：死。

突然，螢幕亮起，上面擠滿了小視窗，裡面有其他更多在車子裡的人。裡面沒有人在笑，都很害怕。她把頭靠近，找找看有沒有自己兒子。但除了她自己的以外，全是陌生的臉孔。

莎班娜心底升起恐慌，就像她聽到維漢晚上出去大力把門甩上的感覺一樣。要是他醉了，就發脾氣，生氣起來會對妻子拳打腳踢，想怎麼對她就怎麼對她。而她只能躺在那裡，握緊拳頭閉上眼，想像心中美好的生活。

車內開始發出其他聲音，許多她聽不懂的詞語、令人不安的哭聲、喊叫、遇難者的呼救。

「發生什麼事？」她大聲懇求，「我不喜歡這樣，拜託，能讓車子停下來嗎？我想下車。」

她按下門邊的一個按鈕，希望那能把門打開，但什麼也沒發生。拿出雷揚許給她的電話按下綠色按鈕，「雷揚許？」她問，「雷揚許，兒子，你能聽到我嗎？你在嗎？喂？」

沒有任何回應。莎班娜感覺自己夢想的生活，已經從手中溜走。

# 第二部

*6*

NG NationalGov.co.uk

**我們為什麼需要無人駕駛汽車？**

早在二〇一九年，全球就有一百萬人死於車禍。無人駕駛汽車的目標是將死亡人數減少百分之九十五。其他好處包括減少污染，減少交通延誤，節省時間，而且運行成本更低。

**它是如何運作？**

每輛車都由可充電電池供電，並由一組電腦系統控制。車上安裝攝影鏡頭、超音波感應器、雷達、聲納、紅外線系統、雷射系統。它們掃描出三百六十度無死角的圖像，每秒更新數百次。如果有潛在車禍危險，車載用人工智慧會依當下資料判斷，把死傷程度降至最低。資料細節會被儲存在車體的黑盒子裡。

**這些車何時會成為唯一合法上路的交通工具？**

上下議員通過立法後，政府承諾英國將會是世界上第一個完全道路網路自主的國家，並計畫在十年內，禁止所有人為駕駛汽車上路。

莉比・迪克森不需照浴室裡的鏡子，就知道自己眉頭深鎖。鬧鐘在四點四十五分響起，她已經在皺眉了，心裡仍記得自己那一天是怎麼度過的。脖子因為睡覺的角度不對有點疼痛，稍微用指尖按摩兩側肌肉，看能不能讓它放鬆。走樓梯時搖搖擺擺的，穿上衣服，上了點簡單的妝，邊看著自己的苦瓜臉，邊用化妝品遮住下巴的斑點。有點自然波浪捲的頭髮束成了馬尾，在衣櫃裡翻找出一套保守的套裝，乳白色襯衫和海軍藍的A字裙，再搭一件合適的外套。今天無須給什麼人留下深刻印象。

現在，她站在廚房裡，就算家裡兩隻兔子，麥可和傑克森在她腳邊相互追逐，也無法使她露出笑容。她又倒了杯咖啡，希望多攝取些咖啡因能提神，但似乎沒效果，她依然皺著眉。

像這樣的煩悶不像平常的莉比。她總是能在最黯淡的時刻找到積極的一面，但這次例外。要是接下來的十二個小時，和昨天情況一樣，那到這個星期結束前，她會完全笑不出來。也就是她會繼續眉頭深鎖個四天。

*也許是時候放棄你了？*她自問，然後把電話放進包裡。

莉比的心情跌到谷底，和二十四小時前抱著緊張興奮的心情截然不同。鬧鐘設定的時間比平常早，有時間能沿著伯明罕運河跑步，河岸小徑繞行一間回收工廠。回家可以吃有機蔬果和低脂優酪乳當早餐，然後再洗髮潤髮、用最昂貴的名牌化妝品。有五件剛洗好的套裝，她挑了其中一件，把它從塑膠套中取出；這五件是她在一個禮拜輪流穿的衣服。

莉比一般會希望給別人留下好的第一印象，尤其是需要共事一週的人。但是她的熱情在抵達後的幾分鐘後，就像鉛球一樣沉了下去。從他們不歡迎的眼神來看，莉比的存在只是法規上要求，她的出席只是一種形式，其他人對此也無法置喙。單方面的鄙視很快就變成了相互的鄙視。

前門在她身後鎖上，一出門便感到清晨的陽光照耀在臉上。她心想，至少溫暖的四月早晨仍值得感恩。她捲起了外套袖子，開始這一天。

穿越封閉社區的共用花園、穿越高聳的黑色熟鐵大門、沿著小徑跑了一段距離，遠方隱約可見伯明罕的市中心。她九年前從北安普敦剛搬到城市後，就很少看到布滿摩天大樓的地平線了。她每過一陣子就會搬家，次數頻繁，總覺得現代社會正在把她拋下。

人際關係也是如此。她許多朋友現今不是同居就是已經成家。莉比已記不清自己參加過多少次產前派對，也被人問過無數次，在未婚夫威廉之後的感情對象是否找到。答案是：沒有。

和威廉在一起的時候，抓到他和一位迷人的實習生在酒後接吻，當時原諒他，但過了七個月後，那名年輕女性挺著大肚子出現在家門口。莉比把威廉趕出了房子，拒絕再和他有任何瓜葛。後來他們的共同朋友跟她說，他已經訂婚，有一個女兒。不管自己再怎麼恨他，也無法阻止自己哭個不停，整個週末她都在以淚洗面。

他是她一生的摯愛，沒有人理解為什麼分手。兩年半了，莉比仍然單身。她向自己發過誓，與其在意他人眼光去找自己的真命天子，她寧可當一個單身又獨立自主的女人。只有寵物和一瓶灰皮諾葡萄酒陪伴的夜晚，會到約會網站上看看，有怎樣的男人。但也只有看看照片，有時候會點擊進個人資料瀏覽，從中尋找拒絕此人的理由。她可能會禮貌地打聲招呼，但是一旦對方變得過於執著或是感興趣，便會讓他們碰軟釘子，知難而退。

然後他出現了，突然走進她的世界，然後一眨眼的工夫就消失，就像出現時一樣迅速。就算現在已經六個月過去，腦中仍浮現他的身影。她想知道對方是否像自己一樣會想念她。

莉比和幾名拖網駁船上的工人擦肩而過，他們把拖網放入水中，沿著河渠底刮過去，清除底下的垃圾，時常撈到隨騎隨停的共享單車，它們就像這城市裡的大型金屬瘟疫老鼠一樣，製造髒亂，讓這城市變得頹敗。但這些是一些低薪勞工的交通工具，他們無法負擔過時車子的高額保險費，也買不起即將成為主流的電動無人駕駛車。

但這行業沒什麼人監管，後來變成製造商之間惡性競爭，讓共享單車充斥整個市場。隨著一些公司倒閉，這些單車便成了無償可用，而且也被濫用的大型垃圾。看著這些網子從水面上升起，裡面撈出了單車鋼圈，莉比搖搖頭，數了數至少有六個以上的亮麗彩色的輪子。現在環境又再一次成為自駕車競賽的犧牲品，莉比對此已深惡痛絕。

她離開安靜的運河，沿著陡峭的磚砌台階走到街道上。經過了伯明罕城市大學校區。她在那裡辭去了銀行抵押貸款顧問，這是個不怎麼值得驕傲的職業，此後又花了三年時間，重新培訓成為一名心理健康的護士。這個新職業很適合她，很渴望在這個週末結束後能重新回到這裡。

莉比經過門羅街時，這條彎曲長路的兩側，開著一家家咖啡館、小酒館、獨立零售商和精品店，她刻意不在這多作停留和觀看。這裡曾經是她經常光顧的街區。但上次來這裡開發店家，已經是兩年前的事。她記得那一連串事件的每一個細節，就像昨天剛發生一樣。

莉比一生中有三個時刻和地點她不想重溫。這裡就是其中之一。

# 7

**八卦聊天室！**

流行文章：534

**我的新聞推播怎麼了？**

2分鐘前發布

**野獸在裡面**：有人知道臉書怎麼了嗎？它一直推送我一個車內的即時影像，裡面有個人看起來嚇壞了。

**微笑傷口**：我也一直收到，裡面還是個孕婦，這是廣告嗎？

**美妙島**：我不覺得，它已經持續大約十分鐘了。

無論晴雨，莉比都會選擇步行二十五分鐘去上班。只有極少數，比方說氣象預報特別惡劣天氣時，她才會預訂計程車。就算這樣，她也會選擇一家有真人司機的公司。但後來廉價、全自動自駕車成為主流標準，真人司機車行的營運成本越來越高，也越來越少。

更讓她不高興的是，無司機的自駕車仍不斷大力宣傳，一年比一年多。減稅、免費電池充電、大幅降低保險，鼓勵百分之八十的擁車人，在推出的第一年內，就換成了自動駕駛車子，這目標實現的速度比預期更快。

一個女人的聲音突然出現，她保持著穩定的步伐往伯明罕市中心走去。

「嘿，莉！」是尼雅，莉比的朋友兼同事，用那混著加勒比海和英格蘭中部的口音叫著，讓人立刻就認出她來，莉比轉過身問候。「如果妳表情再低落一點，我就得低著頭找妳了。」尼雅笑著說，「妳怎麼了？培訓課程這麼差嗎？」

「是沒有很好。」莉比回答，沒有打算多說什麼。

「那是什麼來著？我忘了。」

「個案隱情和資料保密。」

「啊，原來啊，光聽名稱就覺得無聊到爆。」

莉比討厭對任何人撒謊，尤其是對朋友；她目前不在工作崗位，但就法律上而言，她必須這麼做。昨天她簽署了四十頁的表格。現在只有莉比和尼雅任職醫院的人力資源部門，才知道她在做什麼。

「我們上公車後再好好聊這件事。」

莉比看著停在馬路另一邊，兩側都在播放廣告的白色公車，這是前去醫院大門的車。但莉比的目的地不是醫院，所以她編了個藉口。

她說：「自從公車也變成AI的自駕車後，我就再也沒搭過交通工具。萬一有什麼意外，上面可是幾十條的人命。」

「哇，這什麼黑暗時代的恐龍發言。」

莉比心想黑暗時代時並沒有恐龍，但佯作同意。「沒錯，妳唯一會看到我搭自駕車的時候，就是在我自己的靈車上。」

「要是它夠便宜，而且能帶我去想去的地方，對我來講，就算它是靠穿著直排輪的獨角獸在拉都沒問題。」尼雅頭往後一仰，放聲大笑。「不管怎樣，我再不走就要遲到了。我們星期一還一起吃午飯嗎？妳那時候應該都忙完了吧？」

「當然。」

「很好，因為輪到妳請客了。」尼雅邊走邊補充。

「小心！」莉比大喊大叫，抓住尼雅的胳膊，把她往後拽，一輛迎面而來的車子差點撞到她。

「那些電動的東西真他媽的安靜，不是嗎？差點害死我。」

「它會害死我們所有人。」莉比回答，尼雅這次安全穿越馬路。

莉比一直等到朋友的公車沿著路離開後，才繼續往反方向前進。她又一次檢查了手機，看看是否有關於他的更新，但這次一樣什麼都沒有。

他和莉比相遇的那個晚上，莉比和尼雅以及一群朋友在曼徹斯特度週末。第一次看到他的時候，他跟著一群人一起進到酒吧後面的卡拉OK房。他們也是這群人的一分子，一起跳上莉比的舞台擠在兩支麥克風周圍，唱著麥可．傑克森的〈鏡中人〉，這是莉比點的歌。五分鐘過後，其他人都失去興趣，只留下莉比自己唱完。

就在那時，她注意到了他。他像個痞子一樣，對她勾勾嘴角地笑了，兩人在吵雜的酒吧裡對上了眼。他並不是這群人中最年輕、最帥的一個，肩膀不是最寬、身高也不是最高，只是跟在人群後面徘徊，似乎對朋友們的幼稚行為感到尷尬，但也和她一樣，顯然是麥可．傑克森的粉絲，並和她一起模仿。他還知道歌曲中的每一個吶喊、喊叫和嘻嘻。

莉比離開舞台時，尼雅慫恿道：「那男生對妳目不轉睛。」

每次朋友鼓勵她去和男生調情，她都會抗議；威廉背叛自己的記憶猶新。但這次她把威廉的事拋在腦後，對他很感興趣，一口喝掉琴湯尼壯壯膽後，走向他的方向。

「嗨。」她緊張地做出握手的手勢。

「太正式了吧，」他搖搖頭調侃，「妳叫什麼名字？」

「莉比。」

「我是……」因為DJ麥克風回音太大聲，她沒聽清楚他的名字。想再問他一遍，但被他搶先開口，「所以，妳是麥可．傑克森的粉絲？」

「我和我哥哥是聽他音樂長大的，我媽媽常常放他的音樂。」

「我爸也是，我還是小孩子的時候，他買了他在倫敦演唱會的票，但麥克死了，所以後來沒去成。」

「我媽也是！她還把票裱在相框裡，放在浴室牆上。」

莉比對著他笑，心中小鹿亂撞。

「妳住附近嗎？」他開口問。

「沒有，我和我好姐妹們從伯明罕來度週末。」她指了指她的六個朋友，然後立刻後悔。因為她們對著男生的方向拚命在飛吻。他也做出同樣的動作來回應。莉比覺得他很大方。

「能請你喝一杯嗎？」她問，他也同意了。兩人走向吧檯，酒館裡的吵雜彷若無聲，他們的眼中和耳裡只有對方。無視跳舞的人、沒看到有人喝醉、沒聽見舞曲。莉比聊起了自己的護理工作，他也分享了自己在汽車相關行業的事，後來無人車的道路革命，讓他變得多餘。他們都討厭自駕車，但莉比不想解釋自己不喜歡的原因，不想破壞這美好的夜晚。

她很喜歡互問對方問題，他眼裡透露了一種溫暖，讓她十分好奇，而且笑的時候臉上還有酒窩。自從威廉的事情後，她花了兩年築起的人際高牆正迅速倒塌。她從來沒有這麼想吻一個人過，但她還是忍住了。

「我們到外面安靜一下好嗎？」他提議，她同意。

一排排電纜和電燈照亮了啤酒花園，並延伸到更開闊的空間，為夜空提供了乳白色的光芒。

三棵樹的枝幹上纏繞仙女燈，揚聲器裡傳來悠閒的巴利阿里節拍❷的音樂。啤酒花園有一桌客人已經離開，他們就坐了下去。一名女服生點了根蠟燭放在他們中間的赤土罐小花盆裡。

剛開始的一分鐘，他們就只是坐著互看彼此，對這種沉默都感到舒服。「一定是我喝酒的關係，」莉比率先開口，「但我總覺得好像認識你很久，不止兩個小時。」

「我也是，」他回，「不，我不認為是酒精的關係。」

他動手去拿杯子。收回之前，小指和她的相互摩挲。莉比將她手往後移，讓兩人的手保持接觸。

他們又聊了一個小時，直到莉比再也忍不住，身體斜靠在木頭上，搭著他的手臂，嘴唇貼上他的嘴。這是戀人之間的第一個吻，一個心靈相通的吻，一切都融化其中，她希望此刻永不要停。

突然有人拉她袖子，「莉，我很抱歉，但我們需要妳。」尼雅著急地說。

「什麼？」莉比驚訝地說。

「我很抱歉。」她對莉比新認識的朋友小聲說。

「西瑞絲從馬桶水箱上摔了下來。」

「摔下來？她在上面做什麼？」

「她喝了太多螺絲起子，到上面跳舞時滑倒，臉直接撞到地板，她現在昏迷中，我們已經叫救護車了。」

「媽的。」莉比罵了一句，轉身面對那位自己仍不知道名字的男人。「我會再回來。」從長椅站起來，對他充滿希望地笑。「請你在這裡等我。」

到了女廁，親愛的西瑞絲受的可不只是皮肉傷。莉比一路跟著擔架車，送她朋友到救護車旁後，回頭看了一眼，門口擠滿了酒客，看不到對方。

六個月過去，莉比仍沒忘記這個陌生人。她有次還跑到約翰路易斯百貨的香水櫃附近，噴古龍水在試聞卡上，想尋找她記憶中他的氣味。

她咒罵自己，怎麼沒要求他再說一次自己的名字。因為這樣，想要在網路上搜尋他就成了一個艱鉅的任務。她花了幾個小時在網路上大海撈針，把對他的描述貼在社交媒體上。要是有人知道他是誰，可以透過她留下的電子郵件來聯絡。但得到的只有少數幾封惡作劇的來信，除此之外什麼消息都沒有。

她也曾長途跋涉九十英里的路到曼徹斯特的那間酒吧，希望他是那裡的常客。但一個人花了幾個小時獨坐在卡座上張望，沒看到他的身影。酒吧工作人員從她的描述中，都說不認識。酒吧臉書網頁點擊「喜歡」的人當中也沒有他。計程車在沒有名字的情況下也無能為力；還透過LinkedIn找已經關門的車子製造廠，裡面沒找到他的照片。現在除了靈媒外，她也已經沒有任何辦法。

在內心裡，莉比也知道該是放手的時候了。那個不知道名字的男人，永遠找不到了。她好

---

❷是一種從熱帶伊微沙島開始流行的節拍樂曲，很常被人用在海灘派對上播放，後來還變成了一種電子樂的曲風。

奇，自己的潛意識裡，是否在用「不斷搜索」，來壓抑自己對那天相遇的回憶。也許這才是完美關係，要是她找不到他，就不會真正了解他，也就不可能有失望的機會，也永遠不會是另一個威廉。

不知不覺，莉比已經到了她的目的地。她稍稍猶豫，凝視繁忙的道路，進入一間有兩百年歷史的建築。在這一片現代化的建築物中，伯明罕的前市政廳顯得格外顯眼，它仿製了羅馬風格，由灰白的石灰岩磚砌成，和幾十根柱子支撐著斜屋頂。這是一座非常壯麗的建築，她要在裡面度過一天，這令她十分害怕。

8

HTO HowThinsOperate.com

無人駕駛汽車的五個級別是什麼？

0級：所有駕駛由司機操作。

1級：汽車會自行保持在車道上，電腦會自動巡航和煞車控制。

2級：增加了自動停車和自動加速功能。

3級：理論上，它在某些情況下可以自行駕駛。

4級：在特定網路區域，有辦法自行應對交通狀況，可以自行駕駛、煞車、加速、變換車道、轉向、使用方向燈和應付臨時狀況。司機仍可切換成手動控制。

5級：車輛完全自主，全面控制，不再需要人為操作。不配置方向盤和煞車踏板。

莉比拖行著上了石階，穿過玻璃拉門進到門廳。糕點和咖啡的香氣引起她的注意。她在裡面咖啡店買了份巧克力蛋糕和一根香蕉。

她沒有選擇電梯，而是走樓梯，延長到達那地點的時間。來到了一扇鉸鍊粗得像船槳一樣的實心橡木門前，撫平衣服上的皺褶，按下了蜂鳴器。一片藍色的LED面板亮了起來。

「請掃描指紋。」機器模擬發出女性聲音，莉比右手伸向掃描用的鏡頭，「驗證通過」門打開了。

進房間裡她數了一下，總共有六位著裝正式的男男女女。有的人用耳機在通話，其他人對著電腦螢幕在工作，但莉比看不到螢幕上的內容。有兩名黑色西裝的男性保全人員走來。他們眼睛的虹膜都有點不一樣，莉比知道那是智慧型隱形眼鏡，不知道從什麼時候開始身邊上東西都得要是「智慧」的？也許尼雅是對的，莉比比較適合活在黑暗時期，雖然那時代並沒有恐龍。兩名保全護送她走向一張桌子。

「請把身上的東西放在這個盒子裡」，其中一個沒禮貌地說。莉比點頭，手提包、手錶、手機都放進去。

第二名保全人員拿起莉比的設備給同事看，「好久沒看到這東西了。」他試圖彎曲那無法彎曲的CD圓盤，這有可能導致它破裂。

「小心點。」莉比說。

他的同事補充：「我打賭她仍用現金購物。」

經過X光檢查後，歸還了她的手提包，但手機和手錶被放在桌子下面一個銀色的金屬櫃子裡。保全手上還有一個圓盤，對著莉比，從頭掃描到腳，那是尋找錄音器或通訊設備的東西，在她通過所有檢驗後，兩人當中比較矮的那一位從一個密封的包裡取出一支棉花棒。

「張開嘴。」他說，然後把棉花棒放在舌頭上採樣，再把它插進一個筆筒大小的圓柱形盒子裡，把臉靠近，莉比注意到他的智慧型隱形眼鏡裡投影出一個小小的倒影，好像是身分證的照片，那是跟著其他資訊同時截取下來的，這些資訊只有佩戴者才看得到。

「請對著這個說話。」他繼續說，拿著一個平板對著莉比的嘴。「名字……」

「莉比．迪克森。」說完，聲紋識別的螢幕上出現了一個綠色的勾勾。

「每天都得要這麼麻煩嗎？」她問，「之後的二十四小時裡，我的DNA和聲音也不會有多大的變化。」

「規則就是規則。」他回答，並護送她走向另一扇厚重的門。保全輸入了一組密碼，在門打開之前，還得掃描眼睛。莉比進入了一個寬敞的方形房間。裡面有兩男兩女聚集在一個角落，有一扇拱形的不透明窗戶，既看不到裡面也看不到外面，他們背對著莉比，只有在聽到鉸鍊轉動的聲音時轉過頭來看。

「又見面了。」她緊張地說，對著不特定的方向微笑。其他人用點頭代替言語回應，然後繼續之前的談話。

這和昨天情況一模一樣，不友好而且冷冰冰。房間中央有四張寬面的木頭桌，以半圓形的排列方式安置著。它們面朝著三面牆，莉比目測這些牆上約略有十二個螢幕，其中一個比其他的都大。每個螢幕的角落裡顯示著「離線」這個詞。高達肩膀的桃花心木牆鑲板環繞著房間。

莉比的左邊還有三張桌子，有兩個人靜靜地坐在那裡，每個人都戴著智慧型眼鏡，前方放著平板電腦，虛擬鍵盤投射在霧面玻璃上。現在手機和平板已經強大到跟桌上型以及筆記型電腦有相同的功能，莉比已經記不起自己最後看到後兩者是什麼時候的事了。

其中一位是速記員，在會議開始後會把討論的內容用打字和數位的方式記錄，另外一位是負責將視覺效果投影到牆上的技術人員。兩個人昨天都沒說什麼話。

在九點整之前，莉比不知道自己要幹嘛，她從紙袋中取出蛋糕撕下了一塊放進嘴裡。

「這裡禁止吃東西。」一位蘇格蘭口音的婦女嗤之以鼻。她穿著深藍色的格子裙以及與之相配的外套。莉比感到不好意思，就像被老師訓斥了一樣，立刻把蛋糕扔進一個金屬垃圾桶。「這裡只能丟紙類垃圾。」那女人補充道。

莉比想找另外一個垃圾桶，但是都沒發現，於是把點心塞回手提包。突然，牆上的綠燈閃了一下。

「好的，我們可以開始了嗎？」一個男人轉身，眼光上下打量莉比，並用一個虛偽的微笑來掩飾自己的不信任。傑克·拉森是一名國會議員，這個會議的主持人，同時也是莉比在這房間裡唯一認識的一張臉，因為他偶爾會出現在電視螢幕上。他走向桌子時，嘴裡哼著一首叫做〈感覺真好〉的老歌，考慮到他們接下來要討論問題的嚴肅性，這首歌一點都不應景。

其他人都走向辦公桌，莉比稍稍猶豫，等所有人都坐好後，自己才拉出椅子。昨天她選擇了一個很明顯不是她該坐的位子，被那位穿格子的女人冷嘲熱諷。莉比的椅子離出口最遠，她得在這裡待上一整天才能出去。

除了傑克・拉森之外，她還不知道其他人的名字。保全人員警告過她，嚴禁詢問任何人的個人細節，甚至連受洗時所起的教名都不行。但是莉比自己卻被要求配一枚銀質徽章，上面用黑色大寫字母寫著「迪克森小姐」。

負責錄影的人，把一個黑色金屬公事包，放在傑克前面，然後在電子鍵盤上輸入了一組密碼，公事包打開了。他把裡面的東西全部拿出來，有五個類似平板的裝置，一人發一個。莉比是最後一個拿到。

「開始錄音，」傑克命令。「系統記錄。」速記員回答。莉比聽到他手指在玻璃鍵盤上的敲擊聲音。

「好了，女士們，先生們，我們都知道了例行程序，」傑克繼續說，「但根據《道路交通法》、《自動駕駛車子規定法》，我有義務提醒您，現在正在召開車輛調查委員會，第三二一二號會議。我們的目的是從每輛事故車的黑盒子的內容，找出責任歸屬。今天，重擔將落在你們身上，自動駕駛車子車禍中，是否有違法之處；責任方到底是人，還是機器，將交由各位來決定。」

莉比知道接下來會發生什麼事，她痛恨自己被迫成為陪審團的一員。

9

# inquestJD.co.uk

關於我們 | 協助和建議 | 活 動 | 支 持 | 家 庭

說明和建議 > 我們的服務

## 如果你被選中參加自駕車事故的陪審團工作，你需要知道的是：

1. 陪審團由四名政府任命人員組成，包括國會議員、醫學委員、法律服務委員、宗教多元組織代表，該組織是由各宗教領袖聯合組成，以確保英國所有主要信仰都有發聲管道。
2. 從公眾中隨機選出第五名成員，組成五人的陪審團，任期五天。此為強制性義務，由於審訊內容敏感，身分需保密。
3. 每個月都會在英國不同地方開會，決定致死車禍中的責任歸屬。
4. 所有陪審員和相關工作人員身分，皆不會被記錄，以確保決策過程公正，不受影響。

莉比目不轉睛地看著陪審團其他成員，陪審團會議的部長，傑克・拉森繼續宣讀強制性的法規和指南。

身為交通部負責人，傑克昨天的出現讓她感到驚訝。她一開始以為他是個和藹可親的人，是四個人中唯一向她自我介紹、與她握手並遞給她咖啡的人。雖然已經六十幾歲，但粗壯的體格和近乎光頭的平頭，給人一種霸氣的感覺。他的鼻子和厚嘴唇的顏色很淡，淡褐色的眼睛直勾勾地直視任何敢於挑戰自己的人，就像鑽頭穿過水一樣輕鬆。從那被太陽曬黑的皮膚上，暗示了他經常在國外度假。

莉比昨天一直有意識地在迴避大家，不看任何一位陪審員。但現在，在傑克宣讀的時候，她利用這個機會把每個人都打量了一遍。

她注意到傑克旁邊那位穿著格子花紋衣服的蘇格蘭女人，差不多四十幾歲。她完全沒在聽，反而一直在滑平板，也許同樣的話已經聽過了上百次。莉比還注意到，每次她低頭看東西時，她的無框眼鏡就會滑到鼻端，然後又再把它推回去。

再旁邊一位，是一名英俊年輕的男子，他是醫學代表，身穿橄欖綠，訂製的TWeed❸夾克，外面還披了一件乾淨俐落的白色襯衫，袖口是銀色，呈現藥丸形狀。眼睛是濃濃的巧克力色，就和他的頭髮跟鬍碴的顏色一樣。這男子沒有注意到她，莉比也還沒有看他微笑的樣子，如果是在

❸ TWeed，蘇格蘭的牌子，用粗糙厚實羊毛織成的粗花呢，是一種可在蘇格蘭用來對抗寒冷、潮濕氣候的布料。

這個房間之外和這個人見面，莉比可能已經被他迷住了。

在這排牌桌子的盡頭，坐著一位身材豐滿的女人，她有著濃密的紅色頭髮，幾乎沒有化妝，穿著單調外觀不勻稱的衣服，戴著厚厚的黑色手錶。她的臉比穿格子花紋衣服的女人更柔和，還有一根鼻毛從鼻孔裡鑽出來，莉比一直在克制自己想把它拔出來的衝動。此女子夾克翻領，上面繡著「RP」的紅色字母，這是宗教多元論者（Religious Pluralist）的縮寫。

再來是莉比。她是在某一天的早上上班的時候，被迫參與陪審團。當時一位穿著螢光色上衣的年輕快遞，把一個包著軟墊的信封塞到她手上。之後該名男子騎車離去，就在莉比拆開信封、閱讀說明，然後把信退回去之前，那名快遞員已經不在視線範圍內。

莉比覺得這根本是惡作劇，在這麼多人中為什麼她會被選中，而且她是一個對自駕車這類東西感到深惡痛絕的人。她曾在唐寧街參加一場兩萬人的抗議遊行，表達對五級自駕車的恐懼。所以，她猜想要是自己在陪審團裡亂挑毛病，可能會被撤銷陪團資格，但結果並沒有如她猜想。由於現場沒有和自己一樣被孤立的盟友，至少就她看來是如此，莉比只好上網搜尋，看有沒有人曾經參與陪審團的經驗，但幾乎什麼也找不到。

所有主要的網路服務提供者，都依照法令刪除任何質疑車輛陪審團職責的文字、猜想、煽動性評論。

最後莉比還跑到陪審團官方網站，那個網站只有一段五分鐘的影片，除了政府宣傳外什麼都沒有。政府面對許多人民反對智慧駕駛的車子，創建了車輛陪審團。該陪審團會利用車子的黑盒子資料，決定一起死亡事故是由人工智慧還是上面乘客承擔責任。如果是前者，那麼製造商和保險公司都會面臨求償。並且還得花一大筆錢，重新請人設計軟體更新程式，以確保不會發生同樣事故。

但莉比知道，這樣的調查中，很少會指責人工智慧，因為人工智慧被視為一個不會犯錯的系統。她看過一些憤怒、失去親人的家庭，抗議陪審團的不公平裁決，並把肇事原因完全歸咎於他們的親人。可是跟死者無關的人無權上訴，因此一旦一個家裡失去了主要經濟支柱，那這個家也等同是完了。

陪審團如何達成裁決也是保密的。只有自我約束，不需要向任何單位證明裁決的合理性。莉比相信資訊應該要完全公開透明，所以對於這過程的部分黑箱作業，使她坐立難安。

隨著擔任陪審員的日期接近，她發誓要利用這五天的時間，為少數人發聲，並在她認為合適的地方提出挑戰。

但是一旦進入這審訊房內，就算想做點什麼正面有意義的事，得到的也只是挫敗。莉比每次想表達自己的觀點，那態度看似友善的傑克，就會提出指正、輕視，並用一種隱晦的方式打擊她，使她撤回前言，這種方式太不明顯，莉比一度懷疑自己是不是想太多。最後只能自慚形穢地沉入椅子。在現實世界中，她會毫不猶豫地為自己或她的病人挺身而出。但在那個房間並不代表現實世界。更像是一個私人會員俱樂部，而她只是得到了一張客人通行證。

突然間，莉比發現所有目光都在注視著自己。

「迪克森小姐，無聊到失神了？」傑克笑著說，「需要我重複剛才說的話嗎？」

「不，請繼續。」她小聲地說，喉嚨有點沙啞。

「真是太客氣了。」穿格子衣服的女人回應。

「好吧，希望我們的客人不要再心不在焉，現在可以開始了。」傑克說完，給莉比使了眼色。「請注意，各位即將目睹的內容，包含了錄影證據。」

莉比感覺，傑克下令播放影片時，表情中似乎透露出一絲喜悅。

# 10

## 朱迪．哈里森

朱迪癱在車內，張著嘴抱住頭部兩側。無助地看著GPS路徑規劃的顯示器，到達位於蘇格蘭某個目的地時間，還有兩個小時又二十五分鐘。

腦海裡正在回想不久前揚聲器裡的內容，跟他說自己的車已經被別人控制住了。如果所言不虛，那他很快就會死。他伸手去按車門按鈕，但沒有反應；側身去試另一扇門，結果也是一樣。

「好吧，我輸了，」他大聲地說，「不管是誰，你已經得逞了。請把我的車還給我好嗎？」他等著回應，但什麼也沒等到。而那輛車仍然朝向設定好的目的地行駛。

「快想辦法、想辦法。」他喃喃自語，在儀表板的螢幕上戳戳一個圖示，試圖重新獲得系統的控制權，但不管他按什麼按鈕都沒有任何改變。

「車，上網。」他大聲命令，希望車輛的作業系統會讓他瀏覽使用者手冊，查看怎麼離開導航系統。

「車輛離線中。」系統的聲音回答。

「不，」朱迪再次命令，「我要你上網。」

「車輛離線中。」車子重複。

他一個一個測試快捷語音指令，希望其中一個能夠有所反應。「系統優先權覆蓋，」他說，「車，停在路邊、手動駕駛、開啟車主手冊……」，車子沒有任何反應。「車子，照我他媽說的做！」。他沮喪地大喊。停了一下，作業系統做出了反應。

「不要。」

朱迪呆了，他從來沒有聽過車子會用這個詞語。一般來講，車子無法執行命令時，系統會禮貌地回答，「我很抱歉，這個要求無法實現。」然後會解釋無法執行的原因，從來不會直接拒絕。

他從袋子裡拿出一個話筒，貼在耳朵上面想打電話。他說：「撥打緊急電話。」

「不要。」作業系統重複道。

朱迪記得，每次一上車，手機就會自動登錄車子上的 Wi-Fi。他在車子的手套箱內找到了手機。他想辦法斷開 Wi-Fi，重新讓手機上網，看到了一個 5G 信號的標誌，但是一連接後那個訊號標誌就消失了。「訊號干擾」，手機給出了這樣的回應。他深吸了一口氣，試圖對外尋求幫助，但是玻璃窗把他和外界隔絕。

他的揚聲器突然響起，嚇了他一跳。這個聲音聽起來像個女人，「求求你讓我們走吧。」他聽到那女人在哭，「我沒有對你做任何事。」

朱迪試探性地開口，「哈囉？妳是誰？」

「誰……你是誰？」她以同樣不確定的語氣回應。

「朱迪……朱迪．哈里森。」他回答道，「我的車出了點問題。」

「我叫克萊兒．雅頓，我在一輛史蓋普特AR5車內，註冊號為FGY778。我在去上班的路上，結果車子卻往另一條路行駛，還傳出個聲音告訴我我將會死去。我的電話打不通……你能找人幫助我嗎？」

「我希望我能，但我和妳情況一樣，」朱迪回答，「我被鎖在車裡，無法下車。」

「我不懂。」她回答道，「班告訴我，他說他已經制定了全面的服務和應急計畫。你不是工程師嗎？」

「不是，我很抱歉，」朱迪說，「我嘗試過所有我想得到的方法，但也無法讓我的車停下來。」

「為什麼……為什麼會這樣？」她結結巴巴，「他們想從我這裡得到什麼？想要錢嗎？我沒有多少錢，但我可以試著籌出來。」

「有人告訴妳，妳的車被駭了嗎？」他問。

「是的。」

「有跟妳要錢嗎？」

「沒有，只說我再兩個多小時，就會死。」

她的聲音斷斷續續，朱迪又聽到她的哭聲。「他們也是跟我這麼說。」他回答。

「誰來幫我們？」

「我不知道。我想我們只能等他們下一步的動作……」

「山姆，發生什麼事了？」朱迪車內響起另一人的苦惱聲音，是一名女性，不知從何處傳來。

「我不知道，但請盡量保持冷靜。」第三個聲音說，這次是男性。

「哈囉！」克萊兒和朱迪一起喊道。

朱迪心想，到底一共有多少人？「你們聽得到我的聲音嗎？」他問。

「聽得到，你是誰？」那人回答。

「我們被困在車裡，無法下車，能幫幫我們嗎？你能使用電話或無線網路嗎？」

「沒辦法，我太太和我……有人把我們鎖在裡面。」男子的聲音繼續說下去前，朱迪車上的儀表板亮起來，他在監視器上看到自己正被儀表板上的鏡頭拍攝，然後有其他更小的字幕出現，裡面都是陌生人的臉孔，朱迪數了數，一共有五個。

他心跳加速，聽到其他人發出驚恐和困惑的聲音，祈求著有人能告訴自己發生了什麼事。

影音來得突然消失得也很突然，這些人很快被靜音了，讓他再次陷入不祥的沉默。

# 11

賽孚創馬克五（Zephertron Mark 5），使用說明

5.b. 您的車子如何分辨天氣狀況？

從產地加州矽谷到戈壁沙漠的極端高溫，或是澳洲叢林大火和西伯利亞冰原，人工智慧測試的車量，在世界各地行駛九百萬英里。行經挪威火山的落灰、美國中西部的颶風和中國的霧霾。在英國，沒有一條路是自動駕駛系統沒有行駛過的。不管多麼微小的資料，都會拿來研究並更新車輛系統。

傑克．拉森右手舉到半空，食指往下指，對他一名助手發出信號。

「第三百二十二號案件，」在他說的時候，陪審員們的平板出現一輛移動車輛的錄影。牆上的雷射器對準房間中央的桌子，投影出立體的全息圖，可以從各種角度看到移動中的車輛。

莉比看到自己的平板，從定位跟道路的攝影角度判斷，可能是有車輛前格柵的高清鏡頭所錄

下的。螢幕邊緣顯示了各種統計資料，其中包括速度、天氣、道路坡度和地理座標。

「這次事件地點發生在赫默爾亨普斯特德外，一個新城鎮開發區，」傑克繼續說，「這輛車是豪利ET，和大多數車子一樣，是由石墨烯和碳纖維增強塑膠製造的五級自駕車。只有一個車主，之前沒有事故紀錄，道路稅和保險資料是最新的，而且也更新了最新軟體。」

莉比看著平板上的螢幕顯示，車子以每小時二十五英里的平穩速度在行駛，畫面又切換到儀表板的鏡頭。

「室外溫度維持在穩定二十二度，」傑克又道，「沒有積水，車子在一條完全乾燥的瀝青雙車道，以低於限速五英里的速度行駛，這條路三個月前有過臨時施工。車內只有一名乘客，已經在雙車道行駛了二十二分鐘。」不知道從什麼地方突然冒出一輛白色的輕型摩托車想要超車。莉比把椅子往後推，對於即將發生的事情感到焦慮。她眼睛轉向全息投影。看著這輛輕便摩托車蜿蜒進入豪利和前方卡車之間的間隙，撞上了車子的右前保險桿。突然機車向左傾斜，當騎士想奪回車子控制時，車子轉了半圈，後面的自駕車緊急煞車，沒有要試圖轉向避開，然後機車出現在畫面上，它向一側傾倒，騎士和車子都側滑到了車子底下。

傑克再次抬起手，做出第二個手勢。陪審員的平板以及牆上最大的螢幕上的畫面瞬間切換到車子底盤的另一個鏡頭。有一名年輕的女子，一動也不動原地躺在路上，四肢以古怪的角度彎曲，骨頭左側被壓碎，旁邊掉的是安全帽。莉比把眼睛從平板上撇開，但是卻看到了更大更清楚的牆上影片。

莉比立刻湧現出一種噁心的感覺，有那麼一瞬間，她被帶回兩年前伯明罕的門羅街。自己無助地站在馬路上，鼻腔裡聞到塑膠輪胎的氣味，腳底踩著碎玻璃，看著自己的手、手腕、襯衫袖口，都沾滿了血。她擠擠眼睛想把回憶抹去。

昨天審訊的六個案件中，沒有一個像現在目睹的案件如此讓人衝擊。她轉頭看了其他陪審員同事，他們都沒有表現出任何情緒波動。他們也許已經習慣，對死亡免疫。但莉比並不是，特別是這個跟隨自己一生的回憶。

一名黑頭髮黑眼睛的男子站起來，他是醫學總會的代表，在剪輯的影片以慢動作重複播放時，用雷射筆指著牆上，讓畫面多出了一個紅點。

「從這邊可以看到，」他開始說，「機車騎士出現的時候，車輛幾乎無法避開。車子依照程式設計開始急煞車，但是仍然避不開碰撞。」

「死因是什麼？」傑克問。

「驗屍報告顯示，腦幹、邊緣系統和頭骨嚴重損傷。她很可能事故發生的當下瞬間死亡。」

「那個安全帽怎麼了？」穿格子衣服的女人問，「被撞掉了嗎？」

「是的，她沒有扣好，經過獨立測試，安全帽的外殼一點細紋都沒有，下巴的帶子也沒有問題，製造過程也沒有瑕疵。」

傑克擤擤鼻子，「虛榮心，這是這起車禍一切的根源，記住這個教訓，一個愚蠢女孩，不顧安危，只關心自己的外表。」

莉比張開眼睛，很想開口抗議，但立刻又縮了回去。

「有沒有和乘客相關的資料？」宗教代表問道。

「男性，三十七歲，在倫敦金融區工作，沒有犯罪紀錄或是被定罪，」傑克解釋，「還有兩個五歲以下的孩子要養，是家裡唯一的經濟支柱。看來他也受到了很大的衝擊，他需要送車輛維修，也要花一大筆錢。」

「那受害者呢？」

傑克警告般地瞪了他一眼，「妳很清楚，我們不會把死者稱成為受害者。」他再次強調，「這裡沒有受害者，除非我們判定是非法傷害。」宗教代表像狗一樣，被責罵得低下頭。「這位機車騎士十九歲，一樣沒有任何犯罪紀錄，大學一年級戲劇系學生，沒有家屬。」

莉比回想自己年輕時候的事情，尤其在哥哥去世時自己的生活態度怎樣發生天翻地覆的變化，她發現尼基的屍體被掛在臥室燈上，從此一切都變得不一樣。家庭出現的裂痕，並隨著時間推移，越來越長、越來越大。哥哥的死是她的錯，永遠不會原諒自己讓這種事發生，因為她沒有說出自己的擔憂，這會是莉比永遠的遺憾，她不想讓它再次發生。

突然，想替機車騎士辯護的衝動戰勝了自己。這女孩的生命不僅是一個案件。

「她叫什麼名字？」莉比小心翼翼地問。

「這重要嗎？」穿格子衣服的女人頭往前傾回應，眼鏡又滑落到了鼻端。

「是的，因為我想知道。」

她翻個白眼，對房間裡一位助手使了個眼色。那助手滑了一下螢幕，格子女人平板上跳出一些資訊，當她正準備要回答莉比的問題時，傑克插話進來。

「這是機密。」他回答。

「學校成績如何？」

「這也一樣，是機密資訊，迪克森小姐。」

莉比不願放棄，「你說她沒有家屬，那她有什麼親戚？」

「機密。」

這次傑克聳了聳肩，似乎是在道歉。但屋子裡每個人都知道，這個人從來不道歉的。

「那撞死她的車子車主名字是什麼？」

傑克搖搖頭，「有好奇心是件好事，像興奮的小狗；但是這件事對判決結果來講，恐怕沒有任何影響。」他看向那位穿格子的女人，「車輛有任何故障的報告嗎？」

「已經對黑盒子做了標準的檢查也全面診斷過，沒有任何故障的報告，」她回答，「從法律的角度來看，我毫不懷疑這次出事是摩托車騎士人為疏失造成的。」。

「那為什麼車子不試著避開她？」莉比繼續，「只有煞車而已。」

傑克看看其他人，翻翻白眼，又假惺惺地笑著。「妳不知道自駕車碰到生死攸關意外時，是怎麼下決定的嗎，迪克森小姐？」

「是的，當然，但是……」然而，傑克對莉比的回答幾乎沒有興趣，打斷了她。

「那妳應該知道，就像剛才看到的情況，要是一輛車沒有轉彎，選擇了煞車，那麼它必定做出風險成本的計算，這是出自計算的結果。」

「讓我們看一下全息圖的左右兩側，」黑髮男子補充說，他不像傑克那樣居高臨下，但仍沒有直視過莉比。「一邊是停在路邊的車子，另一邊是正在行駛的車流。如果車子改變方向，可能會造成更多的死亡事故。停放車子的那一邊再過去就是人行道，從這個角度可以看到至少有十二位行人在上面行走，要是撞上其中任何一輛車，都可能會把車子推到人行道上。」

「『可能』會，」莉比重複，「但這並不是一種必然，不是嗎？」

房間裡陷入沉默，甚至發現連傑克的助手們也緊張地在互看，但是莉比並不準備退縮，她繼續問：「它有沒有計算出，會撞到哪些車，這些車是什麼材料製成的，以及推到人行道上需要多少力量？」

「我……我……想應該是沒有……」穿格子衣服的女人說。

「在我們做出判斷之前，難道不應該先了解這些資訊嗎？」

「迪克森小姐……」傑克走向莉比，停在她面前。傑克高高在上，讓莉比感覺自己很渺小，無足輕重。「如果一輛車子計算出的行動方案，可能會犧牲車上的乘客或是行人，為了拯救一個愚蠢女孩的生命，妳覺得這樣子是好事嗎？是否要讓更多人因為她的愚蠢行為而付出生命代價？」

莉比咬了咬下嘴唇，不讓自己發抖。「我以為這才是陪審團成立的目的，討論發生什麼事情，然後一起做出決定？」她說，「可是今天的情況就跟昨天一模一樣，你心中已經做出了裁決：絕不可能是車子的錯。」

傑克後退了一步，捏了捏鼻梁。「這算什麼，妳才來第二天？我不指望像妳這樣的人能夠了解系統軟體開發的來龍去脈。但我確實希望妳能相信政府告訴妳的事情，人工智慧使用的軟體已經寫進了保護人類守則，它可以幫助車子更快做出決定。」

傑克越是居高臨下，越是讓莉比想反抗。「你是想讓我相信人工智慧能夠和你我一樣擁有充分的認知能力嗎？車子不可能像我們一樣具有同情心和同理心，也不可能像我們一樣具有道德準則。」

「我們今天還有很多事要做，所以最好不要僵持在這個地方，」傑克說，「除非有其他人對本案還有什麼補充，不然我們現在是不是應該投票表決了？」除了莉比外，其他人都表示同意。

「如果可以的話，請勾選螢幕角落兩個方框中的一個——」房間裡傳來電話鈴聲，打斷了他的話，其中一位助手接起電話，莉比看到他突然臉色大變。

「長官，」他對傑克說，「陪審團恐怕得暫停了。」發出嘟嘟兩聲，立體全息圖消失。門被打開，所有人都回頭看向巨大門口。不久前替莉比做安全檢查的兩名保全人員匆匆跑過去，其他同事也緊跟其後。

「誰能解釋一下發生什麼事嗎？」傑克問。

「很抱歉，打斷你們，」兩名保全人員較矮的那個神情嚴肅，「但現在有一個情況需要你們關注。」

他在自己的平板上滑了一下，跳出一個新聞電視頻道，然後傳送到牆裡最大的螢幕上，那是一則即時新聞，畫面中出現一名傷心的婦女，從車窗一側爬到車窗另外一側，用拳頭敲打著玻璃。莉比看出她懷有身孕。

「這是誰？」宗教代表問。在這名痛苦陌生人的畫面周圍，還有四個較小的子畫面，每輛車裡都有其他乘客，每個人都顯得害怕和困惑。

「傑克？」穿格子衣服的女人問，期待他能夠給出說明。莉比從他一臉茫然的表情就知道，他也是一無所知。

一名新聞女主播播報時，傑克說：「把音量調大。」

「給剛剛轉到本頻道的觀眾說明，目前直播中的新聞，仍需要進一步的確認。但我們目前被告知，似乎有四輛自駕車，不受乘客控制。我們仍在等待官方說明，但有人猜測畫面中的車輛已經被駭客入侵。」

「這太荒謬了，」傑克輕蔑地說，「這是不可能的。」

「他們在危言聳聽，」穿格子衣服的女人回答，「電視怎麼能夠播這個？真是不負責任。」

傑克轉身對著保全人員裡較矮的那一位說：「給我接通國會議事廳。」

莉比目光在這些乘客之間移動，他們面對自己發生的事情都做出了截然不同的反應。突然出現的第五個螢幕，讓莉比下巴差點掉下來，大吸一口氣。

# 12

## 線上全球頭條

大不列顛聯合王國　　倫敦4月6日

五級自駕車軟體發現故障

據報導，一些英國自動駕駛汽車的乘客在試圖下車時遇到了問題。一個未知的來源正在社交媒體直播不同地點的受困乘客的畫面。政府交通部長哈利．道林使用推特向五級乘客保證，不需要過度擔心的，他們正在調查。

**克萊兒．雅頓**

聽到其他乘客被困住的聲音給克萊兒一絲安慰，讓她知道不是只有自己被關住。但是那聲音一旦被消音，那孤獨感又立刻回來，焦慮的味道像胃酸一樣想往上衝，她用力吞咽，不想讓焦慮吞噬自己。

班會知道該怎麼做，她心想，班總是知道該怎麼做。她突然停止，一時忘記現在沒辦法打給他。

克萊兒仔細考慮一下自己還能怎麼做，她沒辦法聯絡警察，或是和任何一位女性友人說明，這解釋起來太複雜了，現在只剩下一個人：安迪，唯一的選擇。

雖然他們也不住一起，但已經有三年的時間沒和哥哥見過面。只有偶爾的語音留言在保持聯絡。假釋委員會已經批准他提前假釋，所以也不確定他現在住哪，只希望不要太遠。要是他接電話，也知道所有事情的真相，那他肯定不會批評什麼，但也正因為是一家人，所以克萊兒很清楚知道，他會要求報酬，換取他的幫助和沉默。

「洛葛仙妮，」她大聲說，這名字是班為車子系統命名的。那是他前任女友的名字，克萊兒曾見過本人一面，對她印象很差，但班覺得用她來命名很有趣。「打電話給安迪……」但她沒有機會說完。

「通訊系統離線。」洛葛仙妮回答。克萊兒重複嘗試了幾次命令，但都沒有成功。

她又受到沉重打擊，沒有辦法離開那輛車，她現在完全孤立了。剛巧此時感覺肚裡的孩子踢了一下，好像提醒自己的存在。克萊兒糾正：自己不是一個人，還有兒子。為了他，她必須熬過這場苦難。她需要保護他，用前所未有的力量保護，更甚於班的力量，她不能就此放棄。

當孩子再次扭動和踢動時，克萊兒希望早上發生事情的壓力沒有傷害到他。現在所能做的就是運用在拉梅茲無痛分娩法課程裡學到的技巧。她回憶跟班一起上的那堂課，他一開始傻乎乎地笑著，後來被迫看分娩影片時，臉色突然變得蒼白。現在克萊兒先試做一個又深又長的深呼吸，然後再淺淺地開始呼氣，過一會兒，這似乎起了作用，肚子裡的孩子穩定下來。

「我們會沒事的，」她手輕輕按摩像足球般大小的肚子，「只要保持冷靜，會找到解決辦法。我們已經成功走到這一步，現在不會放棄。」

克萊兒偷偷往車尾看了一眼，脖子後面的寒毛豎起來。「不管怎麼樣。媽媽會不惜一切代價的。」

# 13

「不可能！」莉比低聲說，盯著螢幕上的一個視窗，幾乎無法相信自己的眼睛。她一邊歪著頭死盯著他，一邊試圖調整自己呼吸。她無視審訊室畫面其他乘客的混亂，只專注於一張臉。

自己花了六個月在找的人，現在被困在一輛自駕車裡。

莉比的理性慢慢開始運作，懷疑這是不是六個月前在酒吧裡遇到的男人。是不是認錯了？只是一個很相似的人？她不確定。

她慢慢地看清他的面容，太相似了，本人比記憶中瘦小，顴骨更加明顯，眼神不像記憶那麼炯炯有神。但她相信，要是自己陷入同樣困境，也會像他一樣兩眼無神。

要確定這是不是她想的那個人，唯一的方法就是聽他的聲音。她看到他的嘴唇在動，但房間裡的揚聲器卻沒有傳出任何聲音。莉比考慮過與其他陪審員提這件事，但剛才和傑克爭論讓自己洩了氣，使她想保持沉默。現在，她會忍住不說。

莉比把頭轉開，負責傳送影片到主螢幕的助手吸引了她的注意。他瘋狂不斷在平板上四處滑動，然後拿速記員的設備，這些動作一直反覆。「怎麼沒反應，」他說，「我不懂，我無法控制顯示內容。」

「你控制不了那還有誰可以？」他同事問。他聳了聳肩。

與此同時，一名保安遞一支電話給傑克，傑克走到門口，在門楣下來回踱步，所有人都轉過去看，等待他提出一個合理的解釋。傑克脖子兩側靜脈正在收縮，臉也慢慢漲紅，看得出來他正失去耐心。

「好吧，找一個能告訴我怎麼回事的人！」他大叫之後掛上電話。

「傑克？」一名男性陪審員問，「發生什麼事了？」

「要花點時間整理思緒，這一點還有待確認，但可能有少數車輛……暫時受到了威脅。」

「你說的威脅是指什麼？」宗教代表問。

「你是說他們被駭客入侵了嗎？」一位男性陪審員插嘴了。

傑克什麼也沒說，莉比覺得自己的胃緊張得縮成像拳頭一樣大。

「我沒有說這已經發生，我只是說有可能發生類似的事。現在正在等內政部和交通部同仁進一步的資訊。」

「駭客？」格子衣服的女人重複道，「這不可能，這些車子是無法被駭的。你從一開始就這麼跟我們說的，不是嗎？」

「你不是一直這樣對外宣傳的嗎？」黑髮男子補充，「你向我們再三保證，這些車只有在必要時才會和外界連結，駭客無法駭進斷斷續續的線路或雲端，結果你現在跟我說，它們有可能被駭？」

「我確信這不過是猜測和謠言。」傑克回答，那微微的笑容很快就消失，正努力掩飾自己的擔憂。

那有十二個螢幕的電視牆上突然出現一個畫面：這次是一個老人，上衣的左胸別著勳章，他的肢體語言跟其他人形成鮮明的對比，他似乎並不緊張，很放鬆，在移動的車輛上注視著前方。

就在新聞播報員報導時，那名男性陪審員開口：「這下子有六個人了。」

「我們剛剛得到政府的消息，眼前看到的車子似乎已經被第三方不明人士接管，但目前不清楚接管的人是誰、目的是什麼，現在只知道，他們似乎都來自不同的國家，並且被設定要前往同一個目的地。警方還透露，裡面每位乘客都收到了死亡警告，生命將會在中午前就結束。」

「死亡？」宗教代表倒抽一口氣，轉向傑克。「你剛才不是說他們只是有可能被駭！那現在這些人是什麼？人質？你到底知不知道外面發生什麼事？」

傑克克制不住自己的沮喪，「為什麼這些我得從新聞頻道上聽到，你們怎麼一點消息都沒有？」他對著離自己最近的助手大吼，「如果道路上有車子被駭，為什麼我是最後一個知道的人？」

「我們正試圖確認每輛車內的乘客身分，以及車輛品牌跟型號，希望製造商可以找到方法，利用遠端遙控讓車停止。」

「希望？」傑克說，「我不要聽到『希望』，給我結果。還有，為什麼沒有人回我辦公室的電話？馬上聯絡政府通訊總部。」傑克揉揉眼睛搖搖頭，助手匆忙離去。

此時螢幕上又出現了另外一張鐵青的臉，那名黑髮陪審員說：「現在是第七位了。」這一位很容易看出來，是名亞裔女性。

「事情什麼時候停止？」宗教代表問，「這些人是誰？是怎麼被選中的？為什麼他們會成為目標？」

「妳怎麼不為他們祈禱，還一直在問這麼多該死的問題？」傑克喝斥，並盯著手中的電話。

「第八個。」黑髮男子繼續說，現在新出現一名戴著頭巾的女子。「究竟有多少人？」

莉比看到傑克的手握緊拳頭，眼中噴出怒火。「老天，我自己看得出來發生什麼，不需要你在旁邊跟我報告！我要你們都閉嘴，這樣我才能思考。」

「這位不是蘇菲亞．布萊伯利，那個女演員嗎？」穿格子衣服的女人問道。

「不，不可能，」宗教代表說，她在椅子上往前趴想看仔細一點，與此同時，新聞頻道也把焦點放在蘇菲亞身上，並把她過去演戲時的片段找出來進行比較。「妳說得對，好吧，我就——」

新聞播報打斷了她，「我們即將播出的影片來自社交媒體，裡面是這些乘客被宣告死亡訊息時，當下的即時反應。」

房間裡每雙眼睛都瞪得大大的看著螢幕。裡面克萊兒．雅頓上車不久後，有個聲音告訴她，車子已被劫持。之後更多乘客的影片片段相繼播出，每個人都被告知自己即將死亡。大家的反應包括了不可置信、恐懼、迷惑。莉比對他們所有人都感同身受，但有一個人她更是擔心，也就是那個人。

她半失神地不斷轉動自己手上一枚銀色戒指，等到播放他的影片時，駭客叫他「朱迪」，也聽到了他回應。莉比仔細聽著他聲音，「你是誰？你怎麼知道我的電話？」莉比也同樣想知道這兩個問題的答案。

真的是你，她心想。

# 14

莉比不知道該作何反應，想笑、想哭、想尖叫、想用拳頭敲打桌子大喊不公平。但她知道得要控制自己情緒。在跟房間裡這些陌生人透露真相之前，她想先弄清楚有關朱迪的事。

朱迪，她跟自己說，現在知道他名字了。這個名字就跟哥哥尼基經常播放披頭四的歌曲〈嘿！朱迪〉一樣。她不禁在想，要是相遇的那晚有聽清楚他的名字，也許會更早找到他，那他就不會像現在這樣出現在螢幕前面，被鎖在車裡，受到死亡威脅。現在每位乘客的名字都出現在螢幕上，已經不是一張張不知名的臉孔，而是有名有姓的人。

「立刻更新！」傑克突然大叫跑過來，嚇了莉比一跳。

「國家網路安全中心正試圖追蹤直播的伺服器，」他團隊裡的一人說道，「但無法定位，跳板經過許多國家的路由器。就算找到了，很可能也不在國家安全中心的管轄範圍內。」

「好吧，命令新聞頻道停止報導。公眾不需要知道已經報導過的事情，只會讓事情變得更糟。」

「我們無權對他們下令。」

「有的，如果這是一個恐怖行動，我們就能這樣做。要封鎖新聞，我應該命令誰？」

「但不是只有這個新聞頻道，拉森先生；就算地表上每一個主流新聞媒體，有限電視、衛星電視都停播了，人們也能在網路上觀看，因為社交媒體也在同步進行直播。比方說臉書，而且這些網路平台有自己的頻道，推特、Snapchat、YouTube直播、Instagram、Instagram TV，還有Vevo；而且這還只是冰山一角，還有無數個初創的網路小公司──」

此時傑克的電話響起打斷了他。講完電話後，傑克長吁一口氣。

「我被通知，這件事情現在被視為對我國一次重要的攻擊。」他說。

「被誰攻擊？」黑髮男子問道。

「目前還沒有哪個組織或是政治團體站出來承認。我接獲通知，政府通信總部每個人都為此事忙得人仰馬翻，美國和俄羅斯也都來協助。」

「一定有什麼防患未然的程式，專門處理這類事情？」莉比問道，傑克瞇起眼睛，但這並沒有阻止莉比繼續。「不是這樣嗎？每件事情不都該要有個備案？」

「他媽的，看起來有這樣的程式存在嗎？」傑克說道，「妳不覺得如果真的有的話，現在不是應該早就執行了嗎？」

「我對程式設計一竅不通，但是我知道，只要跟電腦有關的，就沒有什麼是安全的。只要有動機並且知道怎麼做，任何東西都可以被拿來利用。」

傑克惡狠狠地瞪了莉比一眼，讓她渾身發抖。「妳怎麼還在這裡，迪克森小姐？」他改變話題，一時讓她失去方寸。

「因為……我……」

「現在這裡發生的一切都與妳無關，不是嗎？請妳搞清楚，現在是國家安全事件，所以妳現在不需要當陪審員，可以出去了。」

莉比打量整個房間，沒有人想站出來替她辯護。她起身要去拿包包時，突然想到，要是她不在，不知道朱迪會怎麼樣。自己沒辦法幫助他，但命運讓他們的人生再次相遇，莉比覺得有責任留下來，直到這個死亡威脅結束。比起傑克的威脅，她更怕離開這裡。

「不要。」她把包包放回桌上，「我加入這陪審團不是出於自願；事實上我還拚命想逃離。但是你們所制定的法律，使我違背意願非來不可，所以現在這裡是我要待著的地方。如果沒有先例發生，你沒有理由讓我離開。」

莉比雙手扠腰，表現得比自己想像中還要堅強。但是沒人發現，桌子下面莉比的雙腳已經像風吹樹葉一樣地發抖。

「迪克森小姐！」傑克吼道，「在我親自把妳扔出去之前，請現在就滾出我的審訊室。」

黑髮男子從座位上起身，走到他們兩人之間。「別說了，傑克。迪克森小姐留不留不重要。」他第一次目光對上莉比，表情羞赧，好像在為傑克的行為道歉。「如果她想留下來，就讓她留吧。我們現在有更重要的事情要擔心。」

揚聲器傳出聲音，一股寒意瀰漫在空氣中，在人們聽過死亡威脅的影片時，他們認出了這個聲音主人。音色深沉甜美，語氣平靜，好像跟話中嚴肅的威脅，完全不成對比。

「你應該聽他的，傑克，」駭客開始說，「你有更重要的事情要處理，請不要在這過程中排除迪克森小姐。」

傑克突然轉頭看著自己的團隊，希望有人能告訴他怎麼回事，「是誰把他接過來的？」

「我自己連進來的，」駭客回答，「既然我有辦法隨機劫持八輛自駕車，還播車內影片給全世界看，那麼要進入這個毒蛇巢穴又有什麼難的，不是嗎？」

「他是誰，他怎麼知道我在這裡？」傑克繼續說，噘起嘴巴，像一隻咆哮的狗退到了馬路上。他轉身用手指著莉比，「是妳幹的嗎？這裡其他人我都信得過，只有妳是混進來的外人。」

「當然不是！」她回答。

「我對你們都很熟悉，」駭客繼續說，「費歐娜．普倫蒂斯出生於蘇格蘭，在羅傑斯和費里茂茲的律師事務所工作，和丈夫喬治結婚二十五年，女兒是塔比莎。還有穆里爾．戴維森，宗教多元論者，和勞拉結婚六年，七月將迎接她們第一位孩子。右邊是馬修．納爾遜，他是一位病理學醫生，最近離婚沒有小孩，最後是議員兼交通部長傑克．拉森，結過兩次婚，兩次都離了，沒有小孩。」

陪審員面面相覷，然後一起望向傑克，好像在等他保證這些個資流出去不會有什麼問題。但是傑克什麼也沒說，而是抬頭看著天花板，好像在跟上帝說話。

「你的所作所為是恐怖攻擊，」他說，「你正在攻擊我們的國家，威脅要殺掉我們的人民。」

「你誤會我了，我不是在威脅要殺掉人民，我是在跟你保證，這些人在今天早上結束前一定會死。而且也沒有什麼東西可以阻止我，所以請坐下，我們可以討論一下接下來會發生什麼事。

迪克森小姐也找張椅子坐下，就當在自己家裡。」

傑克試圖保持輕蔑的態度，留在原地站著，挺高胸膛，房間裡可以聽到他重重的鼻息聲。不久後，他退讓了，沒看向任何人，回到了自己的座位上。

# 15

**線上全球新聞**

自駕車遭駭：有十四個國家擔心自己是下一個受害者。

西班牙、日本和法國以及其他十一個購買英國無人駕駛汽車系統和軟體的國家，擔心他們可能成為恐怖分子的下一個目標。他們原計劃從明年開始使用五級自動駕駛汽車。

審訊室裡的陪審員、保全人員、幕後技術人員都在，沒人開口，駭客的威脅讓大家都感到沉重。

「你想要什麼？」傑克雙手緊握，彷彿在祈禱。

「哎呦，哎呦，傑克，一切都很好，」駭客說，「為什麼要這麼猴急？猴急對男人來講，可是個大問題不是嗎？總是想快點到達某個地方，為何不坐下來好好欣賞當下。你看到的這一刻即將成為歷史，這是世界上的人從來沒見過的事。十幾年後的人們將會記住今天這個時刻，而你和你的團隊正是這個歷史的核心，希望你注意一下牆壁那一邊。」

傑克稍稍猶豫，然後不情願地隨著其他人的目光一起轉向牆壁。他們看到了自己的臉出現在螢幕上，發出困惑和驚訝聲。這房間裡不知道從什麼地方安裝的攝影機正對著他們，尤其是傑克。

「你們是一個秘密的小團體，不是嗎？」駭客繼續說，「每個禮拜都會有一週的時間轉換陣地；大眾不知道你們是誰；就法律上來講，你們也沒有義務向人們解釋你們做出的判決；如果民眾拒絕參與，就會用起訴來威脅他們，但要是參與了，又不斷受到貶低，讓民眾不敢提出任何問題或意見。聽起來很專制啊。好了，這些都是過去的事了，傑克。今天結束後，你會被全球人知悉。世界上所有地方都會看到你的臉。」

陪審員看著傑克的團隊紛紛行動，試圖從影像中找尋攝影機的位置。「在這裡！」其中一個人帶著工具發出的嗶嗶聲，「在門的上方！」傑克從起身走到門框下，抓了一張椅子站到上面，搖搖晃晃地保持平衡，用指尖摸著牆壁，摸到了一個凸起來的東西。傑克用手指摳出那直徑不超過半公分的小鏡片，螢幕上的畫面突然暗了下來，然後再把它從石頭牆上摳出。他看著手掌中的物體，然後扔到地上爬下椅子抬起腳正準備要踩。

「如果是我，在踩下去之前會三思，」駭客說，「這不是什麼聰明的決定，你今天每一個行為都會有不同的後果。」

「傑克，」穆里爾小聲地說，滿是焦躁。「也許你應該聽……」

「他們會知道我們的樣子，知道我們是誰，」傑克固執地說，「必須在這件事情鬧大之前就把它處理掉，不能夠讓別人看到我們卑躬屈膝的樣子。」

傑克對著鏡頭微笑，一腳踩在上面，左右扭動腳跟徹底把它輾碎。畫面現在一片空白，牆上畫面立刻切換到房間內另一個隱藏鏡頭，傑克的笑容漸漸消失。

「你以為我只安裝一個攝影機嗎？」駭客說，「被你以為我這麼的怠惰，心裡實在是委屈。事實上，這房間裡有十幾個鏡頭，你也許能找到一些，但沒辦法找到全部。放心，這不是你最大的麻煩，懂嗎？」

傑克下意識微微地點點頭。

「所以，回到今天的事情上。我已經接管了你們八輛自動駕駛車子，這也是你們政府承諾不可能被駭客入侵或是有病毒的車子。這八輛車以我覺得合適的設定在行駛。這些乘客代表了目前英國不同階級，有的人是父母、有的人沒有子女、最年輕二十多歲、最年長七十幾歲。有人有工作，有人失業。有的人是土生土長在這國家、也有人覺得這個偉大的國家現在已經支離破碎。他們當中有六個人是特地被挑選出來的，有另外兩個人只是很不幸地在錯誤的時間上了錯了計程車，他們對你我來講都是陌生人。但是這面牆上，每一張臉孔都有個共同點，就是這裡每一輛車都被我設定了一樣的目的地。」

「從現在開始計算，大概兩個小時又十分鐘後會到達目的地，大約以每小時七十英里的速度行駛，這八輛車會迎面相撞。」

# 16

車內乘客聽到駭客的威脅，反應非常立即：震驚、恐懼、絕望的三重奏。

莉比很想捂住耳朵，不聽他們求救的呼喊，這些人緊緊扣住手上的平板。雖然莉比的生命沒有危險，但自己也被牽扯進這個事件中，有責任傾聽這些人的痛苦，不該迴避。

讓她最捨不得的是那孕婦的反應——克萊兒。螢幕上面標上每個人的名字。她悲痛欲絕。「我的孩子怎麼辦？」她哭了，「請不要殺我的孩子。」莉比又看向另個螢幕。綁著彩色頭巾黑皮膚的女人，閉上了眼，用異國語言叨唸著或是祈禱。然後，莉比看回到朱迪身上，他胸腔慢慢起伏，表情呆滯。她問自己：*為什麼在這個國家七千萬人當中，你偏偏會被選中？*但隨後，又想為什麼不能是？他們當中每一個人都同樣的無辜，不是嗎？

毫無預兆地，這些乘客中其中一名的聲音，透過揚聲器傳出來。「莉比，是妳嗎？」

朱迪盯著儀表板上的鏡頭，此時房間內所有人都轉過頭來看她。莉比也看著朱迪，內心狂跳。她想給他個溫暖的微笑，就像在酒館相遇時一樣。但是後來只是象徵性的淺淺一笑。「是的，是我。」本想揮揮手，但立刻又打消了這個念頭。

「莉比，哦，我的天哪！」他看到她的反應，就跟她一樣興奮。「妳在那裡做什麼？」他問。

「我被選為陪審團成員。」

「妳……妳好嗎？」

「我很好……嗯，在你出現在螢幕上之前，我一直都很好。」

「你們兩個認識？」傑克說，驚訝的語氣很快變成指責。「我就說她跟這件事情有所關聯。把她帶走，扣留進警察局……」

「哎呀，哎呀，傑克，」駭客打斷他的話，「冷靜下來，讓他們繼續。」

「妳怎麼不說妳認識他？」穆里爾問，他跟傑克一樣開始懷疑莉比。

「在聽到他的聲音之前，我還不能確定，我們只見過一次面，幾個月前在曼徹斯特的一家酒吧。」

「妳知道那天晚上之後，我找妳找得多辛苦嗎？」朱迪問。

莉比心跳個不停，「我也想找你，」她回答，「但是音樂太大聲了，沒聽到你的名字，要找你像大海撈針一樣。」

朱迪正要開口，但是駭客打斷他。「以後會有機會，讓你們這對甜心敘敘舊。但現在時間不等人，當然也不會等你，傑克。」

傑克看向揚聲器。

「你可以花一個早上的時間來玩貓捉老鼠，尋找我把攝影機藏在什麼地方，或是你也可以把注意力放在第八號車上。」

牆上最大的螢幕不再是陪審員的影片，切換到最年長那一位乘客的車裡。他有一頭濃密的白髮，混濁的眼睛，神情輕鬆。上衣口袋上別著彩色的勳章。車裡面的裝飾是便宜的塑膠材質，車窗上還貼著廣告，顯然是在一輛計程車裡。他在儀表板上的螢幕看到了自己，清了清嗓子。

「你好？」他發出聲音。

「早安先生，」駭客開始說，「你能介紹一下你是誰嗎？」

他伸直身子，往前微微傾斜，直視鏡頭。「我叫維克多．派特森，」他緩慢且略微大聲地說，「P.A.T.T.E.R.S.O.N.」

「你能多講點和你有關的事情嗎？派特森先生？」駭客說。

「我已經七十五歲，是退休的印刷工人。我有三個孩子和七個孫子。你是誰？我女兒是不是把地址給錯了？」

「從你身上的勳章可以看出來，你曾經在軍隊服役過？」

「噢，是的，」維克多自豪地回答，「福克蘭群島戰爭，皇家炮兵第二十九突擊隊，在阿富汗執行兩次任務，直到我被地雷炸到。」

「聽到這消息很遺憾，你能告訴我發生了什麼嗎？」

「小子，你認為地雷炸到會發生什麼？」他笑著說，「我那該死的胳膊和腿都被炸掉了。」他用右手輕拍自己的右膝，兩個都發出空洞的砰砰聲。「但抱怨是沒有用的，不是嗎？人生只能繼續。後來他們把我們都趕走之前，我享受了二十年當公車司機的美好時光。」

「誰把你趕走？」

「議會。當他們引進不需要司機的自駕車時，像我這樣的人就沒必要了，不是嗎？」

「派特森先生，你今天要去哪裡？」

「嗯，這輛計程車是來接我去醫院的，然後我聽到車裡有聲音告訴我，我即將遇上一場車禍，所以我現在有點不清楚。」

「如果不介意的話，能問你去醫院做什麼嗎？」

「放射治療，小子。我患有前列腺癌，醫生告訴我，繼續接受治療就還有八到十年的時間，這時間也夠了。」

維克多讓莉比想起自己已故的祖父，在哥哥去世之前他一直笑口常開，之後不久，他也去世。過去的記憶猶新，就像祖父昨天才從自己生活中消失一樣。每個人對自己所愛和所失去的人都有一樣的反應；只是莉比似乎比其他人對逝者有更強烈的緬懷之心。她把手上的戒指移開，露出底下皮膚的刺青，用五號大小的字體寫著「尼基」。左邊鎖骨還有一個比較大的字體，刺著披頭四的歌詞：「Don't carry the world upon your shoulders. 別哭，你還有更重大的責任等你去擔。」

畫面切換，從維克多的臉變成從外部看到計程車，那輛車正沿著一條繁忙的都市街道行駛，後面還跟著其他車。

「傑克，」駭客平靜地說，「還記得我早先跟你說過，你每個動作都會有相應的後果嗎？好吧，當我要你別做某件事的時候，比方說踩我的相機，你最好乖乖聽話。」

維克多的車子在毫無預警的情況下，突然爆炸，變成一個巨大的火球。地面燃燒著橙色火焰，往上形成濃濃的黑色煙柱，直竄清晨天空。

# 17

FH FinancialHeadlines.com

**自駕車行業，將在十年內為該行業領域創造三十二萬個就業機會。**

然而，在卡車運輸、駕駛學校、汽車事故維修、代客泊車、停車管理、計程車傳統司機行業，預計將有二十七萬人失業。

**蘇菲亞．布萊伯利**

「這特效真是逼真，」蘇菲亞對著自己的狗奧斯卡小聲地說，「看來他們還真捨得為這節目砸錢。」

她在螢幕上興致勃勃地看著維克多的車子「爆炸」。她吁了口氣，沒想到這場實境秀這麼快就有人被淘汰。對於其她參賽者的反應，大聲尖叫、罵髒話。她揉揉眼睛，「他們是不是表演得太過頭了，不是嗎？」她的狗從側面翻滾肚子朝上，用爪子踢她的手臂，直到她揉揉狗肚子。「我很好奇，如果半個小時內就被淘汰，是否仍能拿到全額的錢？如果不是這樣的話，那也太不公平了。」

奧斯卡放了一個臭屁，蘇菲亞聽到之後皺起鼻子。「有時候你還真是讓人討厭的小畜生。」她嘟囔著，並按下窗戶的按鈕，但沒有反應。她揉揉眼睛，現在《名人對抗賽》的製片人已經控制住車子。「這一定是為了逼真……讓我們覺得自己被困住，增加緊張感。」蘇菲亞翻開包包，拿了一瓶幾乎快用完的香奈兒五號香水，在車內噴灑。

「他們希望我怎麼做？我也該尖叫嗎？還是像柴郡貓[4]一樣坐在這裡對著鏡頭微笑，一直到車子抵達廣播室？這燈光好像有點刺眼，不是嗎？」

在這個時代，準時看電視已經成了過去式。觀眾現在想看什麼就看什麼、想什麼時候看就什麼時候看、想怎麼看就怎麼看。《名人對抗賽》是這個時代的代表，它擊敗了其他精采的節目，輕鬆拿下收視率冠軍。裡面要求名人在各項活動中竭盡全力展現十八般武藝，像是去比F1賽車或協助參與外科手術。所有這些都不是偽造的。大多數參賽者在比賽結束後，他們的名氣會一飛沖天。蘇菲亞很高興能被選中。

她最需要克服的是，二十四小時不間斷被鏡頭對著。她用了幾分鐘就調整好自己，換下日常生活的表情，展露微笑。目前自己的臉沒有出現在儀表板上，心裡思忖這樣的笑容是否上相。真正喜歡8K超高解析度螢幕的是觀眾還有整形醫生；像自己這種年老色衰的演員可不怎麼欣賞。

她又重新注意自己的競爭對手，也就是其他參賽者。她非常努力回想這些人是誰，但怎麼樣就是認不出來。可能是那些她不怎麼看的連續劇演員，再不然就是其他真人秀節目捧出來的明星。這種節目像吹泡泡一樣可以一直吹，不管碰到多麼鋒利的針，泡沫都不會破滅。

蘇菲亞非常專注在聽他們求救的呼喊，並搖搖頭。很懷疑這些人是否有像自己一樣下過苦功，他們甚至不知道品特和皮藍德羅的舞台劇鉅作。「他們太可怕了，」她小聲地對奧斯卡說，「我不知道他們是在哪裡接受訓練，但是他們應該要求退還學費。」

她往外看了一眼，現在車子在高速公路上，旁邊跟著超級列車軌道並行，但仍然比不上超級列車的速度。回想自己上一次坐火車旅行是什麼時候，大概是在一九七〇年代，和妹妹佩姬，要去紐卡斯爾頓看理查．伯頓的戲劇。蘇菲亞從十幾歲起就非常愛慕理查。後來有幸在舞台上遇到他，果然沒讓自己失望。更衣室裡發生的事情，她從沒跟別人提過，連佩姬都沒有，就算是現在，那段回憶還是讓她漾起了內疚的笑容。

沒有戴眼鏡，她很難在GPS的地圖上看清楚目的地，只勉強可以看到大約還有兩個小時才會到達。她很想知道製片場的位置。以前倫敦還是英國電視產業中心時，一切都很容易。但因為多元化的關係，工作地點分散在全國各地，有些地方根本就很難到達。她希望奧斯卡這段車程期間不要想上廁所，而自己也是。

❹ 柴郡貓，《愛麗絲夢遊仙境》裡那隻一直微笑的貓。

蘇菲亞臉上維持的笑容快要撐不住。她從手提包取出唇彩，又塗了一層後再次看向鏡頭，露出了演員專業的微笑。再用小指把助聽器往耳朵裡又推得更深，希望下次揚聲器發出聲音時，能夠聽得更清楚它說了什麼。

她還希望，等到到達工作地點時，她的經紀人羅伯特有幫她安排全新的造型，他知道蘇菲亞喜歡的設計師，雖然對方已經不再喜歡她。曾幾何時，他們會為了讓她走紅地毯時能穿自己設計的衣服而不顧一切。但新聞總是喜歡更漂亮、更苗條、更年輕版本的女星；後來的蘇菲亞不再受到關注，也無法保證能博得新聞版面，這些設計師便不願意讓自己的設計作品屈就。

蘇菲亞上次跟丈夫派翠克出席首映會，是在二月份。她現在已經忘了電影的名字，但派翠克的臉一直留在記憶中。她沒辦法聯繫上，但可能羅伯特已經通知派翠克，自己要去哪裡。也可能他從一開始就知道這個秘密。她深知派翠克是個多會隱藏秘密的人，而且就秘密來講，自己也不遑多讓。四十年的相處時間，兩人對此早已心照不宣。

現在藉著《名人對抗賽》的機會，自己可以遠離他，好好喘口氣。但缺點也顯而易見，沒有她的監視，派翠克可以自由自在做想做的事。蘇菲亞只能祈禱他謹言慎行，多年來他的錯誤行為已經讓她損失很多錢。

# 18

## 朱迪．哈里森

「天哪！」看到維克多死亡的場景，朱迪倒抽一口氣。揚聲器裡也聽得到其他乘客的恐懼以及審訊室裡的驚訝。胃部肌肉緊縮，一股想吐的衝動油然而生，但自己已經二十四個小時沒有吃東西，沒什麼東西好吐的。

朱迪目不轉睛盯著螢幕，維克多燃燒的計程車後面還有第二輛車，現場畫面繼續播放。後面那輛煞車並試圖避開前方的火球，但是車子爆炸的意外並不在系統預判的設定中。後來還是撞了上去，引擎蓋像手風琴一樣被撞得皺起來。朱迪聽到第二輛車內傳出更多的尖叫聲，車門很快打開，裡面乘客爭先恐後逃往安全地方。不久之後，第二輛車也跟著爆炸被火焰吞噬，畫面結束。

他此時沒有心思去想莉比，注意力回到其他和自己一樣被困住的乘客。他特別對克萊兒的痛苦表達關切，那是在駭客聲音之後，自己聽到的第一個乘客的聲音。畫面看到克萊兒一隻手捂著嘴，另外一隻手保護自己未出世的孩子。面對死亡時，母性本能地做出了反射，無條件想保護自己的寶貝，朱迪欽佩她無私的精神。從不同人驚恐的聲音中，他分辨出了克萊兒的聲音。「求求你……」她抽抽咽咽，「求求你。」

朱迪有一股衝動，想要跟她保證很快就有人來幫忙，不能放棄希望。但他能說的話很少，沒有辦法讓她或是其他被關住的人真的放下心，但好歹也得試一試。

「克萊兒，」他大聲地說，試圖蓋過別人的聲音。「克萊兒，我是朱迪．哈里森。」他等她回應，不斷揮手。「妳沒事吧？」

捂住嘴巴的手往上移，擦拭眼角的淚水。「我不會死，」她的聲音很小幾乎聽不見，「我現在還不能死，不能就這個樣子。」

「拜託請盡量不要驚慌，我知道這說起來容易做起來很難，但是我們不能屈服，好嗎？我的直覺一向很準，它告訴我妳很堅強。為了妳和小孩好，妳需要堅持做到這一點。有聽到我的話嗎？不要放棄，我們都不應該放棄，會找到出路的。」

「怎麼找？」她問道，「那個駭客說，我們都會像那可憐的老人一樣死去，要怎樣才能阻止這種情況發生？」

「我還不知道，這是會有點困難，但在我們用盡所有方法之前，盡量保持信心，好嗎？能答應我嗎？」

克萊兒吸回一把鼻涕，剩下的用手背擦掉。朱迪看著她的反應，頻頻快速地點頭。然後眼睛又回到螢幕上，注意到了莉比。在那一瞬間，他發現她有點不對勁。

# 19

DMN DigitalMailNews.co.uk

突發新聞：我們的道路上發生了恐怖襲擊。向英國發出攻擊的駭客，炸死了福克蘭群島戰爭英雄。

- 數百萬人觀看的現場直播下，一名領著退休金雙截肢的乘客，因汽車爆炸而喪生，觀眾們感到震驚。
- 揭開惡名昭彰的自駕車陪審團面紗，陪審員的臉在直播中公開全世界。
- 政要官員和皇室成員被警告，在駭客攻擊結束前，避免出遊。

莉比恐慌症已經有一年沒有發作了。

這問題在二十幾歲的時候一直困擾著她，到了三十歲左右才慢慢減少。在她擔任住院心理健康護士的工作時再次出現，她前未婚夫威廉堅持要她去找職業健康部門談，後來幫她配了一名心理諮商師。古德溫醫生提出她自己一直懷疑的問題：她有可能是創傷後壓力症候群。現在看到維克多．派特森被殺死，門羅街的回憶也被勾了出來，也就是自己哥哥尼基的死亡。

諮詢課程教會她，在恐慌症快要發作的時候該怎麼應對。所以在審訊室感覺到心悸不久後，她便站起來，無視周圍的騷動，在迷惘中努力保持鎮定，接下來是頭暈、腋下和胸口出汗。她盯著一面空白的牆，讓自己頭腦保持清醒。

她跟自己說：*不要逃避，面對它，它不會殺死妳*。

有人建議，在發作的時候最好有人陪，有助於安撫情緒。但這間屋子裡沒有她信任的人，唯一信任的人現在出現在牆上的視窗裡，而且他要面對的問題比自己的更大。莉比的眼睛慢慢離開那空白的牆，回到了朱迪的螢幕，焦慮的感覺慢慢從身體流走，心跳頻率也逐漸恢復正常。

剩下的七名乘客顯得很害怕，如果駭客能夠這麼輕易殺死一個殘障，並且領受退休金的戰爭英雄，那麼其他人也隨時面臨同樣的威脅。

大家都在大喊大叫，亂哄哄地吵鬧，莉比很難聽到完整的句子，只能隨機挑幾個單詞和幾句話。山姆不斷向海蒂重複自己很愛她，跟她說不會有事，但似乎都沒有人真的相信，戴著頭巾的貝奇斯，仍然在試著讓電話正常運作，不斷按按鈕，試圖叫醒作業系統。與此同時，莎班娜似乎不太了解發生了什麼事，只是覺得情況很糟，只有蘇菲亞從容不迫，對著鏡頭微笑。

朱迪比起自己，更關心別人。莉比看到朱迪安撫痛苦的克萊兒，試著說服她不要失去希望。這證明了他們相遇的那晚，她的直覺是正確的，他是一個好人，一個會關心別人的人，在莉比的經驗中，像這樣的人少之又少。

駭客的聲音打斷了大家。「現在，傑克，」他繼續說道，「你注意到我了嗎？」但在他回答之前，莉比插話。

「你不需要這樣做，」她從椅子上站起來，兩腳瑟瑟發抖，必須靠著桌子邊緣支撐。「維克多不應該這樣死掉，他是無辜的。」

「哇，看來終於出現有主見的人了，不是嗎？」駭客回答，「但我不得不反對她的觀點，他並不是無辜的，我們沒有人是無辜的。」

「你為什麼要殺他？他沒有對你做任何事。」

「迪克森小姐，請安靜，」傑克瞪著她，嚴厲地說著。「妳只會讓情況變得更糟。」

「更糟？因為有人不聽從駭客的指示，所以我剛看到一個人被炸成碎片！還有什麼比這更糟？怎麼可能還有更糟的？」

「就讓她說吧，傑克，現在這虛偽的法庭已經不歸你管。」駭客繼續說，「妳想說什麼，莉比？」

「維克多是個戰爭英雄，而且還是癌症晚期患者，你對他做的事情完全不公平。」

「就『無辜』和『不公平』這兩部分，我認為他在戰爭中殺害的那些人的家屬，可能不會同意妳的論點。」

「這是你對自己的辯解嗎？」

「我沒有必要為自己辯解，莉比。我可以叫妳莉比嗎？現在我們互相認識了，感覺迪克森小姐沒有那麼死板。維克多會死的原因就是妳剛才提到的，因為傑克不聽我的話。」

「就算他聽了，你也會找藉口隨便殺一個人。你只想證明自己的觀點。」

「那妳覺得我的觀點是什麼？」

「你是老大。」

「那麼我的表達方式是否適當且有效地能夠讓妳認清這件事情？」

「有效，是的。適當？你一定在開玩笑。」

「請不要再刺激他了！」傑克說。

「傑克，這可能是一個恰當的時機，我還知道你的更多細節，」駭客繼續說道，「比方說你的醫療紀錄、家庭住址、信用卡號碼、你找了哪位應召小姐、密碼、銀行帳單、抵押貸款的金額、你發送的電子郵件、收到的簡訊，甚至是投資標的，一些你不會希望稅務局跟海關找到的東西。要去探一個人虛實的時候，總會發現一些有趣的事，尤其是看到你都投資哪些項目。而且身為自駕車審判的守門人，又會得到哪些好處？我會把這些透露給數百萬的觀眾看，你可以注意中央最大的那些螢幕，看看我都挖出了哪些好料，我現在正在公開它。」

話音剛落，傑克的私人資訊立刻填滿了整個螢幕，同時還附有下載連結。

「快把它弄下來！」傑克對著技術人員喊道，所有人都爭先恐後地奔向鍵盤拚命敲打、輸入指令。莉比看到傑克睜眼盯著螢幕，但是那個連結仍然沒有被移除。令傑克焦躁的半分鐘過去了，他才再次轉身。莉比第一次看到有人快要氣炸是什麼樣子。

「怎麼回事？」他咆哮著，「為什麼連結還在上面？」

「我們進不去，傑克，」其中一位技術人員回答，「沒有辦法進行三角測量定位。」

「那就找警察，或是國家網路犯罪部門來處理！」

「他們已經執行修補程式，正在努力，但是仍然找不到源頭。」

「天哪，該死！」傑克喊道，「就沒有什麼人能夠幫我嗎？」

「他躲在系統裡，」一位技術人員回答，「要找出來並重新編碼，這需要專門的程式設計師，還得花時間才能處理，我們沒有接受這樣的培訓，也沒有這樣的安全許可。」

「你們真他媽的沒用！」他吼道，並將平板電腦扔向他們。那東西撞到其中一人的肩膀，然後快速旋轉撞到牆，砸到地上，螢幕粉碎。

「某人脾氣還挺大的，不是嗎？」駭客嘲笑說，「別忘了，攝影機正在看著你的一舉一動。」

傑克轉身看著螢幕，猶豫不決，似乎在權衡公眾對他的看法，以及是否需要放任自己發洩憤怒。無奈之下，他選擇了謹慎行事。

「我這邊系統告訴我，這個連結已經被下載將近一萬五千次，」駭客補充道，「這個年代信用卡的使用範圍真是廣，不是嗎？遠在澳大利亞和香港的人，現在都在用你的信用卡購物。」

螢幕上有一個計數器，顯示分享和轉貼的次數，每秒增加了幾十次。

「現在收手還不算太晚，」傑克說，語帶絕望。「把剩下乘客放了，你從哪裡來就從哪裡離開。如果你那麼聰明，你會掩蓋蹤跡，沒有人能找到你。」

「我很抱歉，但事已至此，這種選項是不可能的。此外，你難道不好奇我接下來要幹嘛嗎？我確信莉比很想知道。」

莉比突然被駭客點名，嚇了一跳，她抬頭看著朱迪的畫面。「不，我不想。」她回答。

「我懂了。但很不幸地，如果妳連維克多．派特森的死亡都難以面對……莉比，我想接下來的事情，妳可能也不太喜歡。」

# 20

## 海蒂&山姆．科爾

我到底對我太太做了什麼？

幾分鐘後，山姆的內疚聲蓋過了揚聲器其他乘客的求救。在此刻，他突然很想聽見自己太太的聲音。

「海蒂，妳在嗎？」他喊了一下，然後停下來聽，沒聽清楚後又問：「海蒂，請說話，告訴我妳沒事。」

突然之間車速改變，讓他分心。之前一直以每小時五十七英里的速度穩定行駛，現在降到了二十五英里。他們的惡夢結束了嗎？是有什麼人介入把情況控制住了嗎？當他看到前面的紅色交通號誌，才意識到為什麼，惡夢還沒有結束。

山姆想拚命大叫：「我已經拿到你要的東西，現在放我們走吧。」但他忍住了，因為目前這個情況，有些東西比他自己，或是他說過的謊言更加重要。

儀表板上的畫面，從維克多．派特森燃燒的車子切換到了其他乘客的畫面，山姆找到了海蒂。

「海蒂，」他大叫，非讓她聽到不可。他眼睛死死的鎖定在自己太太身上，最後海蒂終於聽到他了，並開口回應，山姆把頭靠近揚聲器，仔細聆聽，直到能辨認出她的聲音。

「山姆！」她回答道，「為什麼會這樣？」

他稍稍猶豫，不想承認自己是怎麼把情況搞得如此嚴重，能拖則拖。「我不知道，但我們必須堅強，」他說，「妳跟我，我們一起。」

「這沒道理，他為什麼威脅要殺掉我們？」

山姆跟海蒂一樣絕望，他想不起上次看到妻子這麼脆弱是什麼時候了，不是在岳父的突然去世，也不是在兩個孩子出生後。在他們的關係當中，海蒂一向是最堅強、最理性、最能分析事情的人。現在的狀況讓海蒂整個嚇呆了，他會盡自己一切努力來消除她的恐懼。

「你有看到那個人對那車做什麼嗎？」她繼續說，「他就這樣……被炸飛了。」

「那只是駭客自己的宣稱。電腦程式和影片特效可以讓任何東西都看起來真實。」

「就我看來，這就是血淋淋的真實！」

「我們不會死的，我向妳保證。」

「你不能向我保證什麼。」

「這只是某人的變態惡作劇，一旦妳的警員同事參與進來，看到有同僚被捲入其中，很快就會救我們出來。」

「天啊，山姆，別那麼天真！這跟我是否是警察沒什麼關係。看看現在發生什麼事，我們的車子被駭客入侵了，正在被別人控制。如果他費那麼大勁搞出這樣的事情，難道被警長跳出來罵個幾句，他就會突然改變主意？是嗎？」

山姆癱坐在座位上，用手抓著頭皮，好像這樣就可以刺激大腦，想出解救他們的辦法。車門上鎖，意味著沒辦法跳車。他從儀表板的螢幕上看到一名戴著頭巾的乘客，想用腳踹破強化玻璃，但沒有成功。車子的電池在行經充電站時也會自動充電，所以在到達目的地之前，電池也不太可能耗盡。再加上作業系統已經不聽指揮，不允許他跟其他乘客以外的人溝通，真的是徹底被困住了。

他一遍又一遍地問著「為什麼」。上個禮拜六前，敲詐他的人第一次進入他的生活，此後這個問題就一直困擾著他。就某種意義上來說，如果他們是這起劫車事件的幕後主使，也是有可能的。畢竟，他們在透露自己要什麼之前，也是一直折磨並嘲笑他。但是就另一方面來講，這不合邏輯，駭客的聲音響起前二十分鐘，他們才發了一封電子郵件給他，告訴他，他們要的是什麼，還附了影片作為證據，也已經下達指令，要把東西投遞到米爾頓凱恩斯購物中心。如果他們不食言的話，山姆可以重回過去的生活。

那麼，在交錢之前，為什麼要把海蒂扯進來？要是海蒂發現他做了什麼，他就不需要再隱瞞。如果他們想提高價碼，那最後一定會失望，因為他已經給不出更多的東西了。

他想得越多，就越發現這當中有很多不合理的地方，比方說，他們同伴還得假扮其他乘客，而且還有人被炸飛。這會不會是更大騙局的一部分？而其他人是否也參與其中？也或是他們跟自己一樣，是個受害者？

他想得越多，就越覺得自己跟海蒂好像陷入了跟敲詐無關並且更嚴重的情況。這比勒索更讓他害怕，至少他知道勒索的人要的是什麼。

但是有件事可以確定，自己不會像維克多．派特森那樣，化作一團火焰告別這個世界。如果要在兩人當中選擇，他們會先選擇殺了海蒂。

否則，他們將永遠無法取得車子後面手提包裡的十萬英鎊現金。

# 21

莉比不確定駭客到底安裝了多少個攝影機來監控審訊室，只知道其中一個正對著她的臉，現在自己正佔據了大部分的畫面。

這讓她感到不舒服和不安，雖然她並不害怕鏡頭，但超高解析度的螢幕突顯她的每一個瑕疵：毛孔和皮膚斑點。不自覺地想吸瘦臉頰，抬起頭不讓雙下巴現形，並調整姿勢以免圓肩。她看了看其他螢幕，有兩個新聞頻道用的是同一張圖片，底部打上了自己的全名，在畫面頂端還有「現場直播」的字樣。

她不自覺又去注意朱迪。她很想再跟他說話。若再次相遇後要怎麼開口的各種預想中，沒有能符合當下這種情況的。她不知道是否應該相信駭客所言，說他們有時間敘敘舊。現在她才意識到駭客稱他們為「這對甜心」。這麼短暫的相處，駭客是怎麼知道他們之間的關係？是不是發現她一直在找朱迪？她被駭客盯上了多久？

莉比此時發現到，在思考的時候，房間變得相對安靜。就算是喜歡虛張聲勢的傑克，也不怎麼開口，他也意識到自己在螢幕裡。事實上，所有陪審員在知道自己被公開後，講話都不這麼大聲了。

所有人看來都在等候駭客的指令，但他似乎不急於透露計畫，莉比隱約感覺他好像在等別人開口問。對他來說，這是個遊戲，他喜歡和玩家互動。因此，在沒有人願意開口時，她站了出來。

「你想讓我下一步做什麼？」她說。

「我還以為妳永遠不會問，」駭客回答，「首先，禮貌的提醒一下。自動駕駛車子的使用電動馬達和電路板的設計一個好處，就是節省了車子內部空間，比那些柴油或汽油車更能放東西，所以可以舒展雙腳，座位也更大，有更多的空間放行李、購物商品，或是好幾公斤爆裂物。要是我發現剩下七輛車當中，有任何一輛受到外部干擾，我將毫不猶豫引爆更多炸彈。如果有任何個人、團體、緊急措施、武裝部隊試圖讓其中任何一輛停下來，我就會引爆。又或是有人想讓車子偏離路線、擾亂交通號誌，我會引爆。如果有人試圖救出乘客，我會引爆。如果有人試圖拖慢速度，我也會引爆。我做了那麼多努力，可不是為了幾句空頭威脅就收手，我說得夠清楚嗎？」

「是的。」莉比回答。

「很抱歉我得這麼說，莉比，但妳的話沒什麼分量。我現在指的是你，傑克。你有什麼要說的？你會遵守我的規則嗎？」

傑克猶豫一下，然後簡單回了一句：「是的。」

「我很高興聽到這個回答。但我們都知道，說和做是兩件不同的事。我需要知道你是否說到做到。我之前跟你解釋過，每個乘客在上午結束前會相撞，並同時死亡。為了向你表示，我沒有你想像的那麼無情，我願意讓他們其中一個人全身而退，不傷到他半根寒毛。剩下六輛車會在兩個小時五分鐘後相撞，但那一位幸運乘客將毫髮無損的離開。」

「是誰？」莉比問，眼睛離不開朱迪，門外傳來吵雜的聲音，讓她分心。

「第一件事，為了充分體驗拯救生命的感覺，必須先取走一條生命。在你們之間，要做出決定，得犧牲一位乘客來拯救其他乘客。」

「我們不能這樣做！」莉比驚呼，「你不能讓我們去殺人！」

門的另一邊傳來的噪音越來越大。

「我們不會送任何人去死。」穆里爾交叉雙臂堅定地說。

「如果我告訴你們，要是不殺一個人，那我就把他們都殺了，怎麼樣？在我面前，我有一個鍵盤和四位數的密碼指令。我只要輸入這些數字，每輛車子將在同一時間被引爆。」

駭客敲擊第一個鍵帽時，他們也聽到輕輕的敲擊聲。

「他在虛張聲勢。」傑克說。

按下了第二個鍵。

「說不定他是在打別的東西。我們也不知道。」

接著是第三次擊鍵的聲音。

「真的想冒險嗎？」駭客問道。沒有人回答。

莉比說：「要選擇一個人是……不可能的。」

「不盡然，」駭客回答，「請讓我做個比較。比如說，其中兩輛車載有幾乎相同的乘客，都是兩名男子，年齡相同，相貌相同，從事相同的職業，有相似的家人，你會選擇哪一個死亡？」

「我沒辦法。」

「如果我說，其中一個男人對女人有性暴力的紀錄？那會有什麼不同嗎？」

莉比說道：「但那是假設，你現在要我們選的是活生生的人。」

「妳還沒有回答我。」

「選那個性侵犯，」傑克插嘴道，「這就是他要的答案，就說給他聽吧。」

「我都不會選擇，」莉比說，「我不會做出這樣的決定。」

「那麼妳就會把他們倆都送進墳墓，」駭客說，「謀殺了一個無辜的人，妳有什麼感覺？」

「殺人的不是我，你才是控制車子的人。是你殺害他們的。」

「我仍會安穩地倒在床上呼呼大睡，妳在高道德標準下會在夜裡糾結，檢視自己的決定是否是對的。但說真的，妳要是知道自己是對的，又怎麼會糾結。」

莉比還來不及回答，門外越來越大的聲音大到無法忽視了。兩名保全人員互相看了看，然後走向大門，從上衣口袋裡取出類似電擊槍的裝置。

「如果我說，你們五個人不必單獨承受這決定，那這樣會好一點嗎？莉比？」駭客繼續說道，「因為世界其他地方的人也有發言權。」

雙扇門突然打開，保全人員立刻擺出戰鬥姿勢，隨時做好對抗入侵者的準備。但進來的只是六名穿著制服的警官，胸前握著半自動步槍，進來後列於兩側，被護送的是兩名男子和兩位女士，以及一車子的電子設備。

「搞什麼，你是誰？」傑克問這位軍官，他的制服上印有最多的榮譽標記。

「我們接到內政部和國家反恐安全辦公室的命令，護送這些人到這個房間裡面，提供協助。」他把一台平板電腦塞到傑克的手裡，「都在這裡了。」

「提供什麼協助？」

# 22

跟隨
投票吧
投票吧
駭客劫持，哪一名乘客應該先死？
克萊兒
蘇菲亞
朱迪
莎班娜
海蒂
山姆
貝奇斯
947098 份投票

在這一天的開始，起初這間審訊室空蕩蕩，密不通風，無人在內。

在三十分鐘內，出現一陣混亂。五名陪審員、一名速記員和一名書記官，現在還擴大到包括保全人員、後台技術工作人員、員警跟一群新的陌生面孔。

一位看起來像東南亞人的男子，頂著一頭少年白的頭髮，戴著副厚框眼鏡，以及不自然的鈷藍眼睛，大步走進房間，吸引了所有人的注意。他調高眼鏡，把可利用的空間看了一遍。「桌子放在這裡。」他用手指了指窗戶底下的空間。他的團隊迅速行動起來，從另一個房間進來，將桌子滑過石頭地板並發出刺耳的聲音，就像用指甲刮黑板一樣。

「誰能告訴我這是怎麼回事？」傑克問負責的員警。他口袋上方的繡花徽章繡著他的名字「萊利」。他和同事一樣穿著防彈衣，雙手握著一把半自動步槍，靠在胸口下方。

「我們護送一個專家團隊到這裡來幫助你。」他回答道。

「用什麼幫我？又是誰讓他們來這裡的？我沒有要求他們過來。」

「內政部已給予他們特別許可。」

「但他們要有許可，需要經過審查……」

「別害怕，我們對危機並不陌生，」少年白的男子插嘴道，「孩子，面臨的危機多嗎？我們與貴國大多數政府部門合作很多年了。」

「那為什麼我以前沒有見過你？」

他上下打量著傑克，「我也想問你這個問題。」

傑克轉向萊利指揮官，「把他們趕出去。」他咆哮道。

「先生，你不是這個房間的負責人，我才是。我命令他們必須留在這裡。」

「給我接內政部的電話。」傑克對著空中大喊，沒有對特定人下令。

莉比和其他陪審員饒有興致地看著房間裡最新加入的人，忙著卸下推車上的電子設備、安裝電話、顯示器、電纜、無線路由器、鍵盤和平板電腦。

「對不起，長官，電話佔線中。」傑克的一名助手緊張地說。

「什麼？不通？」

「是的，所有的線路都不通。」

「我的老天！」他沮喪地大喊，克制自己的情緒。「好吧，所有不需要在這個房間裡的人，請出去。」他不高興地看著兩名保全人員以及跟著萊利一起進來的隨從。讓傑克生氣的是，保全和隨從轉向指揮官，直到聽到他的命令，才拖著腳出門。萊利也同樣對離開的武裝保全點頭致意。

「如果有任何需要，我就在外面。」萊利指揮官對著金髮男子說，然後在他身後關上門。傑克一直等到門鎖的電子提示音發出嗶嗶聲後，才轉身面對新進來的人。

「你現在給我個直接的答案：你們是誰？」

「要直接說明清楚有困難，這一點我再清楚不過了。」那邊的少年白的男子對傑克眨眨眼，就算在這樣的氣氛下，莉比仍被逗樂了。該男子摘下眼鏡，用套頭衫的袖子擦拭。「卡德曼。」

他說，沒有看傑克的眼睛。

「卡德曼是什麼鬼東西？」傑克茫然地提問。

「卡德曼是你在經歷這一切之後所需要的，我們會翻譯這個世界跟你說了什麼。」

「我為什麼要在乎世界說了什麼？」

「因為就整體上來講，他們算第六位陪審員。」

「你在跟我開玩笑嗎？」

卡德曼走向其他陪審員，「我討厭賣弄，但要我不這樣做，那還有誰呢。我是這個國家在社交媒體方面的頂尖專家。要是網路上出現什麼東西，但我還沒看過，那就代表它不重要。我和我的團隊會解釋在房間外面網路上的人說了些什麼。沒有人比我更懂大眾網路，這些都是從時刻的關鍵決策點、誘餌點擊率和機器學習中分析出來的。它涵蓋範圍從全通路行銷到日常的大數據。我知道哪些詞是重要的，哪些是不重要的；我知道趨勢是什麼，因為我經常讓某些事情成為趨勢，我建立演算法，可以比提姆．伯納斯-李❺更快整理我們所需要的資料。我會知道，是因為這就是我做的事。你問我卡德曼是什麼？你現在正在看著它，我就是卡德曼，你會讓我做我的工作。那些社交媒體裡的人和你我會一起投票，搜尋並翻譯他們認為誰該死該活的結果。」

❺ Tim Berners-Lee，英國電腦科學家，全球資訊網之父。微時刻（Micro-Moments），又稱「關鍵決策點」，Google在二〇一五年所提出、新定義的一個新消費者行為。

「為什麼這個世界上其他的國家人會在意？」傑克問。

卡德曼笑道：「喔，你還真『有趣』啊，不是嗎？」他轉身對旁邊的陪審員說：「還是他看起來有點『扭曲』吧？」穆里爾搖搖頭。他繼續說：「傑克，真抱歉在有人爆炸不到五分鐘內，就開了雙關語玩笑，願維克多安息。這已經是世界上所有人唯一在關心的事情了。世界各地國家，只要能接觸到社交媒體的人，都在關注著你，他們也在關注著那些乘客，會把所有當下發生的事情都記錄下來。看，」他把平板轉過來面對傑克，「平常每天每一秒就有六千條推特發出。而現在這個數字在今天翻了一倍。

「自從二〇二〇年達到最高峰後，臉書再也沒有這麼大的流量，這件事情每分鐘都會為他們帶來數百萬英鎊的收入，它現在正在把世界拉在一起。」

卡德曼翻開平板電腦的頁面，把它投影到牆上。顯示出世界各地的新聞頻道。美國、日本、俄羅斯、沙烏地阿拉伯、紐西蘭都在播放英國馬路上發生的事情和現場畫面。

「誰派你來的？」傑克問。

「現在我無法回答你。幾個月前，政府透過正常管道預訂了我們的服務，錢已經預付了。」他又道，「我們得隨時待命準備應付突發狀況。今天早上我們從飯店搭了計程車，在路上收到被困在車內的六個人資料。然後接到了那通內閣辦公室的簡報室A（Cabinet Office Briefing Rooms A）的緊急電話，也就是我們俗稱的眼鏡蛇會議（COBRA），他們想請求我們的協助，也很驚訝我們已經出發了。」

「萊利指揮官和他的團隊護送我們來這裡，並解釋了這扇門後在做的事。」

傑克惡狠狠的目光看著卡德曼，他要嘛是沒被嚇到，要嘛就是沒有表現出來。卡德曼轉向電視牆，「所以現在不要浪費時間，你想讓這批人中哪一個先死掉？」

# 23

旋律
發燒

為劫持事件製作自己的配樂！

追隨數

混合編製

4566播放量

1.AC/DC樂團
通往地獄的高速公路

2.臉部特寫合唱團
通往虛無之路

3.克里斯・里亞
地獄之路

4.幽浮一族樂團
漫長的毀滅之路

5.羅克塞
撞擊！砰！砰！

莉比不喜歡卡德曼提到乘客時候輕率的態度。

「我們還沒有好好討論，」她說，「而且也不知道從哪裡開始，這根本不可能。」卡德曼聳聳肩，「讓死人復活、以光速旅行、在超市收銀台排隊的時候不會去看前面的人買了什麼……這些事情才叫做『不可能』；現在要替一個陌生人投票，決定他的生死，這並不是什麼不可能的事情。而且網路上的人已經在利用這個機會表達自己的意見。」

「哪個正常人會在這種情況下要人去死的？」

卡德曼看了看手中的平板，「目前為止大約有二十萬人，這還只是推特上的趨勢而已。」

「我不明白，到目前為止這二十萬人在做什麼？」莉比問。

卡德曼轉向他的團隊，「我是不是要把所有東西跟他們解釋清楚？」他嘆口氣，「在劫持事件轉發了數百萬次當中，至少有二十萬人，把他們認為誰該死亡的乘客名字標上了標籤。」

「他們怎麼那麼快做出判斷？」穆里爾問道，「他們對乘客的了解和我們一樣少，這麼少的資訊怎麼能做決定。」

「戰爭已經開始了，就算資訊不充足也得打贏。」卡德曼回。

「穆里爾說得沒錯，」駭客插嘴，房間氣氛瞬間凝重。「人們純粹根據眼前看到的東西來投票，沒有其他更多的資料，就像你們在審訊室做的決定一樣。」莉比是唯一一個沒有為此感到羞恥的陪審員，「你們的過程充滿偏見和不公平，」駭客又道，「我只想讓遊戲變得更公平。」他停頓一下。

「他總是這麼戲劇化嗎？」卡德曼小聲地說。

「他在等我們問問題。」莉比說。

「噢，智力比拚。那我會很有興趣，怎麼玩呢？駭客先生？」

「讓我們多了解一下乘客們，好嗎？」駭客道，「請把注意力放在牆上。」

莉比看到牆上有些螢幕黑掉，其他則翻了過去，目前只剩下八個螢幕是亮著，有七個螢幕的畫面顯示乘客現況，最後一個則是在播消防員撲滅維克多計程車大火的現場。這提醒了駭客的可怕之處。

「讓我們從一號乘客開始。克萊兒．雅頓，二十六歲，特殊兒童學校的助教。嫁給班傑明，懷胎七個月，這是他們第一個孩子。」莉比替這女人心痛，眼淚不自覺滑下來，緊緊抓著自己肚子，當看到「#殺了克萊兒」出現在螢幕角落時，莉比感到噁心。

「第二輛車是貝奇斯．哈米拉，四十六歲，兩年前從索馬利亞來到這個國家尋求政治庇護。是個寡婦，女兒還留在家鄉，她希望能把女兒接到英國。申請成為英國公民，但被內政部拒絕，目前正在重新申請。」

在護士生涯中，莉比曾跟難民、外國國民、尋求政治庇護的人一起工作。她曾聽人們說過戰爭的殘酷，也知道它對一個人會造成怎麼樣的傷害，從而產生心理疾病，憂鬱症、創傷後壓力症候群、這些對她來講都不陌生。貝奇斯逃離自己國家，不得不把女兒留在國內，一定受了不少苦。

「我們第三位乘客，你可能認得。這位是女演員蘇菲亞・布萊伯利，七十八歲，七十年來一直是舞台劇和螢幕上的明星。和派翠克結婚，沒有孩子。沒在演戲的時候，大部分時間都在為兒童慈善機構和醫院籌款，金額高達數百萬英鎊。」讓大家都感到驚訝的是，蘇菲亞正對著鏡頭微笑揮手。

當四號乘客的臉孔出現在螢幕上時，莉比再次心跳加速。「朱迪・哈里森，今年二十九歲，曾經在製車公司擔任電腦程式員。沒有伴侶，沒有要撫養的人，目前失業，而且也無家可歸，住在車子裡。」

聽到他「無家可歸」的部分時，莉比深深吸一口氣。也注意到朱迪尷尬地避開鏡頭。不知道在他們分開時發生了什麼事，讓他得要住在車裡？這一次，莉比注意到畫面的後面，有個背包還有空著的披薩盒以及空的便當盒，這些東西散落在車子後座。她第一次注意到朱迪內心的悲傷，這種悲傷比他當下處境還要來得痛心。自己以前在哥哥尼基的眼神中也看過同樣的神情。

「第五位和第六位乘客，是一對夫妻，海蒂以及山姆・科爾，都四十幾歲。」駭客繼續道，「有九歲和八歲的兩個孩子，貝姬跟詹姆斯。結婚十年，山姆經營一家裝修和建築公司，而海蒂則是貝德福德郡的一名警官。」莉比的心思都在替他們的孩子著想，希望孩子不會受到直播的內容影響。這對夫妻看起來很焦慮，她不知道面臨這種生死關頭的情況時，是夫妻兩人一起面對比較好，還是一個人承受壓力比較好？

「最後一個，七號乘客是莎班娜・卡特里，三十八歲，是名全職母親，撫養五個孩子。她跟丈夫維漢結婚，維漢以人口販子的罪名被起訴。莎班娜十八歲後搬到英國，之後一直住在這裡，從來沒有工作過，也不會說英語。」

莉比不知道莎班娜對周圍發生的事情了解多少，從那扭動的雙手和緊閉的眼睛判斷，莎班娜非常清楚自己被捲入一件可怕的事情中。

「現在，陪審員們，」駭客又道，「不需要和你的同事討論，只需要根據我給你的資訊做判斷，現在是決定的時間。輪流告訴我，你們要送哪一位上路。」

# 24

**為您提供線上趨勢**

#移民前先學會英語－251098條推文
#我們痛恨八－167918條推文
#殺光全都－104221條推文
#救救所有人－12001條推文
#發送正能量－2566條推文

莉比把頭轉向其他陪審員，從他們茫然的表情看來，似乎也不知道該如何回應駭客的要求。

莉比清清嗓子準備開口。

「你只給我們這些人基本資料，那些不是他們的身分，」她開始說，「你不能指望我們根據這些資料就要決定，誰要去死。」

「我想妳很快就會發現，我的確可以，而且我已經做了。」駭客回答，「現在誰想先來？」

莉比不屑地揮了揮手，「不，我不參加。你可能控制住乘客，但沒有控制我。」

「莉比，看來我得好好提醒妳，要是不聽我的話會發生什麼事，妳還不清楚嗎？多虧了傑克，以及屍體碎片還在天上飄的維克多。我想我會毫不猶豫再來一次，把妳的朋友朱迪也一起炸上天。所以我再問一次：妳想先選誰？」

「二號乘客，貝奇斯。」傑克的話讓房間裡的人大吃一驚。他不以為意地交叉雙臂，「好吧，總得有人讓這事繼續下去。」他補充說，把目光投向穆里爾，彷彿在暗示她也快點決定。

穆里爾平靜地說：「我也懷著沉重的心情，選擇了貝奇斯。」

「貝奇斯。」馬修跟著附和。

「貝奇斯。」費歐娜說。

莉比看到螢幕上無助的貝奇斯，捂著嘴哭泣。

「那妳呢？莉比？」駭客問。

她依序看了每位乘客，但沒有一個人比其他人更應該去死或是活著。她選誰並不重要，因為自己已經不會是多數票。貝奇斯已經被判了死刑，所以莉比選擇這些人當中剩下壽命最短的人。

「蘇菲亞。」她說。就跟其他陪審員一樣，無法抬頭看自己所選中的人。

「謝謝。」駭客說，「不需要統計就能夠發現這是很一致的決定，但我很好奇，卡德曼，你能夠透露一下社交媒體上的結果嗎？」

卡德曼看著自己的團隊，在這些人嘴唇默唸著「已送出」後，卡德曼才看著自己的平板。

「我的演算法告訴我，社交媒體上的人最希望死去的乘客和陪審團的選擇一樣，是貝奇斯。」

莉比和馬修是陪審團中，唯二把目光轉到電視牆上的人，現在貝奇斯出現在畫面中央，她痛苦的求饒聲越來越大，穆里爾用手摀住耳朵。

「拜託，」貝奇斯用蹩腳的英語乞求，「求求你們，改變主意……我是一個好女人，我還想和女兒團聚，讓我告訴你我做了哪些好事，你可能就會改變主意。」

沒等貝奇斯說完，車子就劇烈搖晃，然後看到一道閃光跟火焰從車子後方爆出來。幾秒鐘內，貝奇斯就被大火吞噬。莉比整個人癱瘓了，無法移動她的頭和眼睛。貝奇斯著火了，拚命掙扎，發出莉比從來沒聽過的慘叫。突然之間一個身影出現在莉比眼前，擋住了視線，把手放在她的肩膀上。

「看著我，」他說，「看著我。」

莉比的目光和他相遇，「一直看著我，直到事情結束，我會告訴妳什麼時候停止。」後面傳來更多的哀號，然後又再一次爆炸，在畫面變成黑白之前，傳來火焰燃燒皮膚劈啪作響的聲音。當馬修放開莉比時，牆上只剩下一片空白的螢幕。

「我不能待在這裡，我得走了，」她喊道，站起身來用顫抖的雙腿向門口走去。「我需要呼吸新鮮空氣，我必須回家。」她雙手用力敲門，門開了，萊利指揮官和他部下堵住了出口，阻止她出去。

「拜託，讓我出去，」莉比乞求，「我不能待在這裡看到更多人死去。」

「我很抱歉，女士，但在這事件結束之前，我不會讓任何人離開這房間，」指揮官回答，

「我有命令要遵守。」

「我不在乎！」莉比大喊，兩行淚水滑下，呼吸急促，感覺自己的皮膚灼熱。恐慌症又發作了，這一次衝擊更大，感覺快承受不住，需要涼爽的新鮮空氣，以及安全的環境。

她伸手抓住指揮官寬大的手臂，想把他推開。但絲毫沒有作用，又沮喪地揮拳打到他的頭上，把耳機打到地上。指揮官抓著槍的護手和槍托，用力把莉比往後一推，讓她失去平衡摔倒，屁股先著地。尾椎跟石板地撞到時，她痛苦大叫。

「網路上的人不喜歡這樣。」卡德曼喃喃自語。

「不要這樣對她。」馬修嚴厲地說，並向指揮官表示歉意。

「請坐下，先生，」他命令，「這棟樓目前完全封鎖。方圓一英里內的每條街道正在疏散，這棟樓也正在被搜查，尋找疑似爆裂物。在追蹤到駭客或者我們知道怎樣奪回車子控制權之前，你們都留在這裡。」

他指著牆上出現的新聞頻道。陪審員認出畫面上的市政廳。武裝士兵正在用藍色的膠帶引導公眾疏散。警車、救護車、消防車和軍隊炸彈處理小組都出現在畫面上。大樓上方還有一群無人機在天空飛來飛去。

「我們應該堅守原則，不能他說要做什麼，我們就做什麼。」莉比說。馬修伸出手臂想拉她起來，莉比接受了，回到房間內關上門。

駭客的聲音又從揚聲器傳來，「如果妳打算這麼做，我會引爆所有車輛。」

「你有病，」莉比回答，「你不能為了吸引別人注意就把人炸死，這世界不是這樣運作的。」

「妳有看過上個世紀的新聞嗎？《歐本海默》、愛爾蘭共和軍、蓋達組織、艾塔組織、哈馬斯以及伊斯蘭國，都沒印象嗎？」

「不要誤解我的意思，一般人不會這樣做，他們不會為了殺人而殺人。」

「我也不會，我殺人是有目的的。」

「有什麼目的？」

駭客沒有回答。

「你早就知道貝奇斯會被選中，不然就是莎班娜，不是嗎？」

「為什麼會這樣認為？」

「因為她們兩個沒有任何正面資訊。而且還強調莎班娜沒有工作，不會說英語，有六個孩子，丈夫還是人口販賣罪犯。而貝奇斯是一個失敗的政治庇護者，還想把自己小孩接過來。你挑出一些資訊引導我們還有網路上的人，並用投票方式決定生死。」

「這個就是陪審團的運作方式。你們根據基本的資料做出決定。妳是想說，要是我提到她在索馬利亞的女兒其實已經死了兩年，而貝奇斯想要團聚的其實是女兒的骨灰，這樣會有什麼差別嗎？或是說貝奇斯在逃離自己國家內戰之前，被迫看著自己五歲孩子被叛軍強姦？還是我要說，在她女兒流血致死前，她還為她哺乳？還是我需要補充，就算經歷這些事情，貝奇斯仍然振作起來幫助了十五名孤兒，讓她們跟自己一起逃離索馬利亞？如果妳知道這事情，妳還會讓她被燒死嗎？」

莉比的表情大變，「你告訴人們他們想聽的東西，讓人更容易做出決定。」

「就像陪審團報告一樣，當需要做出決定時，資訊全面披露會很不方便。我說錯了嗎？傑克？」

# 25

**為您提供線上趨勢**

#ShaantiSeAaraamKaren[6]— 401301條推文
#安息貝奇斯— 345988條推文
#移民前先學會英語— 253098條推文
#救救所有人— 177918條推文
#發送正能量— 19566條推文

「他說這話什麼意思？」莉比對著傑克說

「什麼東西什麼意思？」傑克回答。

「他說全面披露很不方便，他為什麼要針對你說？」

「我不知道，妳怎麼不問他？你們兩個不是很有默契？但我給妳一個友好的建議，妳說話要

[6] ShaantiSeAaraamKaren，是印度語「安息」的發音。

小心點，不然人們可能會得出錯誤的結論。」

他說這句話的語氣一點都不友好，莉比抬起眉毛。「你為什麼會這樣想？我要小心什麼？」

傑克拉直領帶嘴角上揚，看來刺激到莉比讓他有點得意。「舞台中央很適合妳，迪克森小姐，妳來到這房間，一開始還是個膽小的壁花，現在看看妳，像個日本紫菀一樣，在不屬於自己的地方，到處扎根甩都甩不掉。說不定妳已經開始享受在鎂光燈下的感覺了。」他對著攝影機笑。

「我以為在你冷酷的臉孔後面，仍有一絲絲良心；但其實你根本沒有心，不是嗎？」

傑克輕輕地甩手，就像揮手甩掉一隻蒼蠅一樣。「我想妳會發現，我孜孜不倦所服務的上千萬選民，可能不會同意妳的說法。」

穆里爾打斷了他們對話，臉上寫著擔憂。「為什麼駭客沒有告訴我們車子碰撞點在哪裡？」

馬修搖了搖頭，「他只告訴我們他想讓我們知道的。」

「但我有點擔心，他是不是打算把車開到這棟樓裡？只有我這樣想嗎？」

傑克說：「不可能，如果每輛車都像駭客所說的那樣裝滿了炸藥，那他們根本進不了伯明罕或任何市中心。連一英里半徑的範圍都到不了。」

螢幕上出現了一個新角度拍攝的影片，從車子上方拍攝。螢幕上出現了數字和位置座標。

「嗯，」卡德曼摸著下巴的鬍碴，「很有趣，顯然我們應該是看不到這個的。」

「這不是新聞台的無人機嗎？」莉比問。

「不是，根據Reddit的說法，網民說這個質譜法是軍用的。」

有種不祥的預感從心底升起，「社交媒體上的人對這些無人機要幹嘛有什麼說法？」

「耐心點，」他回答，他的團隊在設備上輸入了一些關鍵字和訊息。「好的，喬……所以，七分鐘前，有一架無人機被路人拍下，還上傳到Snapchat。大家一致認為這是軍隊操作的無人戰鬥機……現在在KnowHow網上面的網民認出，它的型號是RP7876V。這樣的無人機配備武裝，能夠發射多枚飛彈。」

莉比面對傑克，「他們要在半路上就殺掉乘客？」

「這不是很明顯嗎？妳以為他們來幹嘛的？坐以待斃看著車子撞進城市爆炸？妳必須盡可能減少犧牲人數，這是標準的戰爭邏輯。」

「但這不是戰爭。」

「這就是戰爭，妳這個蠢女人！」他嘲諷道，然後猛然轉向攝影機，似乎是在提醒觀眾這件事。他也調整了自己語氣。「這名駭客正在向我們的國家、我們的道路、人民、你和我發動戰爭，你希望政府束手就擒嗎？我們不能允許這樣的恐怖活動發生，為了我們最大的利益，總會有些犧牲。」

當莉比看向朱迪時，肩膀垂下。她以為對他生命的唯一威脅來自駭客，而不是他自己的國家。

「什麼時候會發射？」

「我很懷疑它真的會發射。」駭客打斷他們的對話。

「那你就是在自欺欺人，」傑克說，「一個人的意志，永遠不會戰勝所有人民的安全。」

「你知道英國有多少學校、學院和大學嗎，傑克？」駭客繼續說，等了很久傑克才搖搖頭。

「差不多有兩萬六千所，裡面包含了約有九百二十萬名兒童。」

「你告訴我這些要幹嘛？」

「你不覺得我早就對可能碰到的各種情況做好了配套計畫嗎？在這兩萬六千所學校中，有幾十所學校已經安裝了炸彈，我可以在任何時候引爆。炸彈可能放在任何地方，教室、儲藏室、體育館、儲物櫃。有任何狀況讓這些乘客不照著我的計畫進行，我會毫不猶豫同時引爆學校裡的所有炸彈。」

「學校需要疏散……」傑克喃喃自語，從口袋裡拿出手機。

「想要在剩下的八十分鐘疏散九百多萬名兒童是不可能的。要聯絡每個家長讓他們離開工作崗位去接孩子。可想而知，整個國家會發生的交通混亂和堵塞，這種情況將會前所未見。要是國家被堵塞，我的車輛沒有到達目的地，那麼這些車輛跟學校炸彈都會被引爆。你願意發生這種情況嗎？」

「你的威脅不能夠阻止擔心小孩的父母，想去確保孩子的安全。」莉比說。

「也許我應該再補充一點，十所學校的出入口，我都安排了車子停在附近，裡面裝有釘子炸彈。爆炸半徑內的所有學生、家長、教師，就算沒當場被炸死，所受到的傷害也會是一輩子的事。」

莉比內心涼了半截。連傑克都不太確定下一步要做什麼，拿著手機，但沒有撥出號碼。新聞頻道的畫面再次出現，全部都是審訊室的現場畫面。「突發新聞：我們的學校裡有炸彈。」螢幕下方有一個走馬燈正在跑，莉比想像得到，這些父母看到這個畫面後會有多焦慮。

莉比發現朱迪是唯一一個冷靜看著螢幕的乘客，好像對自己的命運漠不關心。她從朱迪眼中看到了一種悲傷，比當下目前的處境還要更深沉，這是否和他以車為家的原因有關？

「讓我們緩和一下氣氛，看看社交媒體上的朋友對這個新事件的轉折有什麼看法，好嗎，卡德曼？」駭客說。

「就如你期望的那樣，父母之間出現了大規模恐慌，」他繼續說，「很多人叫囂著不要理會你，並且要他們的孩子立刻離開學校。」他摘下眼鏡笑了笑，「看吧，這就是我喜歡社交媒體用戶的原因，就算小孩子有生命危險，仍然選擇先跟世界分享自己的恐懼，然後再去救小孩。先分享後行動，我喜歡。」

「有人在談論我們嗎？」穆里爾問。卡德曼和他的團隊開始掃描消息源，穆里爾緊張地玩弄自己的手錶。

「當然有，我這邊正在計算，看來他們不太喜歡費歐娜外套的顏色，馬修的名字被標上『#熱狗』的標籤，上千萬的人呼籲把傑克開除；穆里爾的聲音『#很難聽』，而且『#碎碎唸個不停』，而莉比則是『#過分想討好人』，而且『#鞋子品味很糟』。」

「真的嗎？」莉比交叉雙臂，不確定哪一種評論更冒犯自己。「已經有兩個人在車子裡被炸死，成千上萬的兒童處於生命危險當中，但他們卻在推特上談論我的鞋子？」

「不過他們說的有幾分道理，」卡德曼回答，「我想他們是在恭維妳吧？」

「不，他們不是。」

卡德曼表情有點驚訝，「我建議妳把社交媒體當作一條河流。它會從一個地方開始流傳，行得越遠，路徑就會越蜿蜒。有一些新流向很快就會乾涸，而另一些則走出了自己的方向。每個人都有自己的觀點，妳大可以親自前往這些學校，拆除每個炸彈，然後單槍匹馬拯救每一名乘客的性命，但是那些住在哈克尼區國民住宅，頭髮乾枯，身上紋身還拼錯字，從小在溫室長大，然後變成網路巨魔的人，會因為妳救人的時候穿著裙子，抱怨妳讓女權倒退了十年。」

莉比很氣憤，她只想逃離這個房間回家，蜷縮在羽絨被裡，不要再去想自駕車的事。「求求你，」她對駭客說，「把這件事情結束了吧，你已經向大家證明，無人的自駕車沒有像大家認為的那樣無懈可擊，現在已沒什麼好證明的。」

「我從來沒有說我要證明什麼，莉比。」

「那你做這些有什麼意義？」

「日常生活中，我們讓人工智慧幫我們做出決定和支配生活，這就是你所相信的，不是嗎，莉比？我們對自己的存在漠不關心，心甘情願把自己交給人工智慧。這種沒有同情心、憐憫心、道德批判能力的東西。你不覺得我們把人類中的人性給抽乾了嗎？」

「我不會讓工具代替我思考。」

「但妳跟其他人一樣都是人工智慧的奴隸。不然我是怎麼知道兩年前妳在倫敦參加反道路革命法案的抗議遊行？」

「我……我……不知道……」

「因為人工智慧還有相關信息告訴了我，我需要的所有一切，包括妳是誰、信仰什麼。妳的手錶裡信用卡交易資料告訴我妳在哪裡、買了些什麼、一天之內往返的火車票，是哪一趟火車。還告訴了我，妳到虛擬助理推薦的哪間餐廳吃午飯，去的那家酒吧叫什麼名字，喝了些什麼。妳健身紀錄顯示妳的步行時間，走多遠、多少步，妳腎上腺素的水平，還有妳到唐寧街時脈搏上升了多少。手機記錄妳和通訊錄中一起同行的朋友姓名和電話，妳在回家路上聽了什麼音樂，以及那天晚上妳睡得好不好。就算是現在我還知道妳的膽固醇數值穩定在三點八。隨著目前的談話，妳的心率已經上升到每分鐘一百三十三下，妳的壓力指數目前為百分之八十。妳今天早上幾乎沒吃東西，體內鹽含量已經減少，妳應該在妳乾燥的眼睛裡面滴幾滴眼藥水。」

莉比看著手上內置健身追蹤器的銀色戒指，好像這是魔鬼製造的一樣。駭客一定已經查閱裡面所有資料。莉比扭動讓它鬆脫，脫下來的過程還卡了一下，吃力地拉出那個指節，然後扔到房間的角落。

「妳打算對自己的手機、平板電腦、智慧手錶、信用卡、簽帳金融卡做同樣的事嗎？」駭客問，莉比的臉漲得通紅。「妳不信任人工智慧的理由是錯的，要不要我跟其他人講，為什麼妳這麼厭惡這東西？」

莉比退縮了，她清楚知道接下來會發生什麼事，但無能為力阻止。

# 26

WNO WolverhamptonNewsOnline.co.uk

**專家對駭客車禍地點做出預測。**

**路線規劃專家聲稱，剩下六名乘客相撞地點很可能會在廢棄工廠。**

從不同車輛行駛的方向和爆炸時間推算，最後相撞地點很可能位於科爾希爾附近羅馬公園工業區的前凱利 & 戴維斯工廠，該區已經廢棄，現在已經是片荒地。

莉比緊繃的身體，準備迎接不可避免的事情。在最大的那個螢幕上顯示出伯明罕的門羅街，和莉比記憶中一模一樣。

傑克也知道接下來會發生什麼。「他是怎麼知道這些的？」他問道，「敏感資訊應該已經從公共網域中移除並刪除才對。」

「沒有東西會消失，」卡德曼聳聳肩，「一定會在某個地方，所有私人資訊，最後都會變成公共資料。」

畫面中的視角，看得出來是商店遮雨棚裡攝影機拍攝的，莉比看到兩年前的自己正往鏡頭方向走來。她回想那一天是怎麼開始的，那是一個普通的夏天早上，太陽在無雲的天空中高高升起，亮得讓她戴上了墨鏡，一陣微風吹過，身上的花裙子隨風飄蕩。

前方道路彎曲，莉比從一家商店走到另一家，對著她感興趣的櫥窗瞥了一眼，也經過了一些她不感興趣的商店。肩膀上揹著重重的半打香薰蠟燭，那是她買的打折商品。後來在一家鮮花店外停了下來，記憶中外面水桶裡裝的是橙色的菊花，還散發著草本植物的香味。

她越是靠近鏡頭，其他陪審團越能確定此人就是莉比。

「這是妳嗎？」費歐娜把眼鏡推回鼻梁上仔細檢查，莉比沒有回答。「就是妳，不是嗎？」

「哦，當然是。」穆里爾補充道。

莉比看到自己把手伸進包包裡，拿出至今仍在使用的電話。莉比記得那是她媽媽打來的，問她下禮拜是否回家過父親節。她媽媽一直在計劃星期天的烤肉。莉比跟她說，那禮拜天有緊急事情要處理，話音剛落，莉比就後悔自己說了謊。而此時的莉比一分鐘都不想待在屋子裡。

結束通話後，對面馬路傳來的笑聲引起她的注意，看到一對母女推著嬰兒車，莉比希望自己跟母親也能保持這樣的關係，她想不起來以前和母親一起歡笑是什麼時候。

這兩位婦女突然改變行進方向，想從一輛停止車子後面直接過馬路，卻沒有發現離她們十幾公尺遠的地方有車輛在移動。莉比本以為那輛車會突然轉向並且停下來，就算這樣可能和路邊停著的車相撞，也仍然有時間跟空間反應。結果並不是如此。那輛車緊急煞車，但沒有改變行進方向。莉比張開嘴想對那兩個女人警告，但來不及大喊，事情就已經發生。車子打滑，就像保齡球一樣把她們撞飛。

車子直接撞擊兩名婦女當中，較年輕的那位，她被鏟到擋風玻璃上，飛越車子頂端落在後面道路。年長的那位在車頭底下拖行。與此同時，嬰兒車被撞到路邊數公尺的地方，裡面的嬰兒彈了出來，小小的身體在柏油路上摩擦。

偵訊室裡畫面，切換到另一個攝影機的影像，莉比的眼睛裡湧出了淚水，這個畫面是那輛車的鏡頭錄的。莉比回想當時她把包包丟在人行道上奔向傷患，後面還聽到蠟燭撞到地上的玻璃破碎聲。她的第一個反應是幫助小孩，但已經有另一個比她更懂醫學的婦女正在替嬰兒做人工呼吸，小嬰兒似乎還活著。

她轉身看向被夾在車頭下的女人。莉比蹲在她身邊，受害者一頭灰色的短髮被染了血。眼睛睜得大大的，已經沒有生命跡象。

莉比聽到車門打開的聲音，一名乘客慢慢下車，張著大嘴，皮膚蒼白得像幽靈。他的年齡跟莉比相仿，透過擋風玻璃可以看到電腦遊戲的畫面。她認為事故發生的當下對方應該正在玩。「這車……是它自己開的……不是我的錯。」他喃喃地說。

此時，更多人注意到這個事故，紛紛向現場湧來，大聲求救。畫面切換至另一台錄影機的鏡頭，可以看到莉比正匆忙走向第三位被撞到道路上的女人。莉比推開圍繞四周不知怎麼辦的人群，看到受害者四肢已經被撞得扭曲變形，濕著眼眶，滿嘴是血。每次呼吸都很淺，嘴角冒出粉紅色的泡沫。莉比用急救培訓時的步驟來檢查這女人的生命跡象，她把自己健身追蹤器的戒指戴到女人手上，並在手機上查看測量結果，脈搏幾乎偵測不到，心跳也幾乎停止，壓力值到極限，除非有奇蹟，不然沒有辦法存活。

「我的女兒……」她上氣不接下氣，嘴裡吐出血腥的氣味。莉比抓住了一隻看起來沒有受傷的手，天氣很冷。「我的小女兒……」她又說了一遍，莉比把手靠近自己的臉給她溫暖。「她很安全。」莉比說謊，現在不是要誠實的時候，這女人聽到後似乎平靜了下來。「珍妮絲呢？」她問道。

「她會沒事的，只是有點瘀傷。」莉比回答，「妳叫什麼名字？」

這女人咳出了更多的血，這次血更濃了。「我需要……去看她們，但我動不了……」她焦急地說。

「妳可能骨折了，」莉比回答，很明顯這狀況不只是骨折。「我會和妳一起在這裡等救護車，到時妳可以在醫院看看她們。聽起來怎麼樣？」

「妳保證？」

莉比強顏歡笑，默默忍住不哭出來，不要洩露真相。

隨著警笛聲響起，救護車即將到來，這個女人身上的力氣一點一點耗盡，手也跟著癱下來。

「保持清醒，」莉比懇求道，「妳叫什麼名字？告訴我妳叫什麼。」

她最後的回答是垂死的呼吸，然後頭歪向一邊。

莉比對這事故中的每一秒都記得清清楚楚。在接下來的幾天後，她打電話找在加護病房工作的前同事，詢問嬰兒的情況。車禍帶給她可怕的創傷，急需換一個新的肝臟。但最後沒撐到找到捐獻者就離世。

莉比選擇不出席驗屍法庭，而是透過視訊的方式提供證詞。九月後，她得知這輛車免除所有責任後，她大發雷霆。她知道自己看到了什麼，這輛車本來有機會避開這些行人，但卻選擇把上面乘客的生命放在第一優先。

她不管是打電話給法院、寫電子郵件，都沒有得到回應。每次在社交媒體上發布相關貼文都會被迅速刪除。最後別無選擇只能放棄。當宣布五級自駕車將成為英國道路上強制使用的交通工具時，她請願、遊行、示威。但這些都是徒勞。

畫面中的每一幕，莉比都沒忘記過。就算過去這麼久，也仍歷歷在目。

馬修把手伸進公事包取出一包紙巾遞給她。她點了點頭表示感謝，並輕輕擦了擦眼睛。馬修的手暫時停在她的肩上，他的溫暖穿透上衣傳達給莉比。

「我記得那個案子，」穆里爾說，「太可怕了，太悲哀了。一家三代就這樣辭世。」

傑克說：「這一切都怪她們自己，自顧自閒聊，不看清路況。」

「那輛車有時間避開的。」莉比堅定地回答。

「沒有證據能表明這一點。」傑克回答。

「在那裡的是我，不是你。」

「好吧，我想這就是妳不尊重我們流程的原因，迪克森小姐。以妳的偏見，妳不符合這陪審團的資格。如果要我決定，妳應該離開這裡。」

駭客開口，「我認為在這一點上，可能有人不同意你的觀點。」

「誰？」

「朱迪．哈里森。因為在接下來的一個小時裡，莉比是否參與會決定他的生死。」

# 27

## 莎班娜·卡特里

莎班娜伸長脖子，看向車窗外想知道自己在哪裡。但她對這些道路並不熟悉，就跟她第一次來到這個國家時一樣。

在生命大半的時間裡，她的整個世界都被限制在步行能到的地方。甚至她生下最後一個孩子的醫院也離她家只有幾步之遙。她會知道是因為從產科病房出院時，她的丈夫維漢開車送孩子回家，然後命令她自己步行回去。

現在莎班娜唯一確定的是，無論這輛計程車載她去哪裡，她都不會是獨自去。但每位乘客在車內待著的時間越長，就越害怕。不久前，車內的一聲巨響分散了她的注意力。一開始是砰砰聲，接著是尖叫。在她意識到畫面上發生了這件事之前，她轉過頭尋找聲音的來源。螢幕上之前有一位戴頭巾的女人，現在已經變成燃燒的物體，車裡的其他人都在哭。他們讓她很焦慮。

莎班娜最後一次踏上未知之旅是在她結婚一週後，她的飛機離開賈特拉帕蒂·希瓦吉·馬哈拉傑國際機場，降落在倫敦希斯洛。那是她第一次離開村子、第一次離開家人、第一次飛行、新婚丈夫第一次打她。

她對英國的第一印象是灰暗。一切都由混凝土製成，黯淡無色，從高速公路上的橋梁到構成車道的鋪路板，再到維漢的家。這裡的房子也比印度更整齊。莊園裡的房子大小相同、花園比例相同、花的顏色也相同。雖然它沒有那麼擁擠、而且整潔氣味清新，但缺乏色彩。在她到達後不久，她就已經渴望見到五顏六色的混亂。當她向新婚丈夫表達思鄉之情時，丈夫用拳頭回應。

就在她與維漢舉行奢華印度婚禮的第三天，莎班娜開始懷疑他並不是自己家人所保證的那樣。她知道愛和被愛的感覺。這個人身上並沒有。一年前，她愛上了家鄉凱拉沙哈爾一家酒店餐廳的服務員阿揚。她的家人因為不同的種姓而看不起他，就這個原因，不符合她父母的高標準。她父親警告過，要嫁給他是不可能的，但父親的警告被置若罔聞時，莎班娜的兄弟們把對方打得半死，她從此再也沒有見過他。即使是現在，她仍懷念被他所愛的感覺。

第二年，她被介紹給維漢。年紀大她十歲，特地從英國飛過來見她。在三次家長陪同的第一次約會中，莎班娜說服自己，給點時間，也許可以讓自己愛上他。但是，隨著他們結婚慶祝活動的最後一天，朋友和家人對他們的關注開始減弱，他對她的所有興趣也跟著消退，只把她當成一個上床的對象。

多年後，維漢躺在她身上，散發著香菸、汗水和啤酒的氣味。他毫不在意自己對她造成的傷害。莎班娜唯一的逃避方式是回想阿揚。她還記得鄉下生活的漫長和慵懶的下午，她溜出學校和他一起騎著輕便摩托車。一起躺在湖邊高大樹木的樹蔭下，遠離他人窺探的目光，看著遠處的農民在晴朗的藍天下收穫金色的莊稼。她一生中從未像在那裡時感到如此平靜。

儘管今天的時間短暫，莎班娜的自由也依然回到她身邊。當她努力理解自己陷入了什麼困境時，她閉上了眼睛再次想起了阿揚。如果她能逃離這輛車，她發誓要帶著錢把孩子們帶回她的村莊，這樣他們就能在她曾經有過的寧靜中找到同樣的美。

莎班娜又看了看手機，希望它會響。要是自己知道怎麼使用它就好了，但她的丈夫從未允許她用手機。更何況，她又能打電話給誰？她幾乎沒有朋友，也不知道任何人的電話號碼。她只希望它能像兒子雷揚許說的那樣，只要按下綠色按鈕就能與他交談。這樣就可以告訴他，發生了一些讓她感覺不對勁的事情，她很害怕。

突然間，莎班娜想起自己女兒被葡萄噎住時，雷揚許打過一組號碼，在電話上按了九九九。幾分鐘後一輛黃綠色的車[7]開了過來，上面的人救了她女兒一命。維漢那個禮拜揍了她兩次，一次是她差點害死女兒，第二次是因為她含淚抱住救自己孩子的醫護人員。

也許這個號碼的人認識她兒子？她緊張地在電話中輸入這三個數字，然後按下綠色按鈕把它放在耳邊。沒有回應，只有一個單調的音調。她又試了兩次，但結果是一樣的。

那天早上雷揚許的話又浮現在腦海中：給我一個機會證明，這堵牆外面的世界很美麗。

她必須保持信心。她知道他是個好兒子，無論螢幕裡發生了什麼，他都不會讓自己母親受到傷害。

---

❼ 英國的救護車是黃綠格子相間的款式。

# 28

## - - YouBetOnIt.com - -

首頁 | 最新消息 | 現正發生 | 服務 | 登入

最新新聞 >

註 冊

乘客能存活的最新賠率。

| | |
|---|---|
| 克萊兒・雅頓 | 1:10 |
| 蘇菲亞・布萊伯利 | 6:2 |
| 海蒂・科爾 | 10:1 |
| 山姆・科爾 | 25:1 |
| 朱迪・哈里森 | 75:1 |
| 莎班娜・卡特里 | 100:1 |

訂閱

First name

Last name

Email

SUBSCRIBE

莉比的喉嚨很乾。走到房間的角落，從茶壺和咖啡壺旁邊的冰箱裡拿出一瓶氣泡水。當她擰開瓶蓋大口喝時，它發出嘶嘶聲。她感覺到每一雙眼睛都在盯著她。

她知道他們想從她那裡得到什麼，但她不願意正面回應。駭客又在空氣中留下一片不祥的沉默，等著她開口問：為什麼自己是否參與，會決定朱迪的生死？

莉比想說服駭客喚起良心，不要做這種讓人憎惡的行為，但失敗後她非常沮喪。還有讓她不安的是，不知道駭客知道自己多少生活大小事，又為什麼覺得有必要向陪審員和全世界展示那天門羅街的車禍。回到當下，莉比看著那一家人的死亡，讓她想起自己家庭中的陰暗，這樣的不幸讓她創傷後壓力症候群再次發作。

身為一名精神健康護士，她所遭受的痛苦幾乎和自己服務的病人一樣多。很多時候她會把自己分成兩部分：一個是有同情心、有憐憫心的專業護士；另一個是敏感又脆弱的女人，會經常被過去的失敗所困擾。雖然這樣的個人創傷能讓她更體會病人的痛苦，但就怕雇主會覺得她不夠堅強，而讓她做更多行政或支援性的工作。現在公開讓人觀看以前門羅街的事，只會有損她的形象。她對駭客的殘忍行為的憎恨更加強烈了。

「我沒有要跟著他起舞，」她說，「你們可以自行問他是什麼意思。」

「但他對妳比較有回應。」費歐娜敦促道。

「是啊，」傑克補充，「也許是因為妳天性就一直在跟男人調情。」

「閉嘴，傑克，」莉比喝斥，「閉嘴。」

他狡猾一笑。

莉比又喝更多的水，把瓶子放在冰箱的頂部。然後走到房間中央，抬頭看了看十二塊螢幕。她的臉出現在當中最大的一個，還有五個較小的螢幕裡也有她，這些螢幕播放著BBC、CNN、Sky News、MSNBC和日本NHK世界新聞頻道。其餘的影片播放的是乘客。她莫名地肩負要詢問駭客接下來計畫的重擔。

「如果要網路世界有什麼變化的話，那就是有人提高了受歡迎的程度。」卡德曼打破房間裡不安的沉默，「自從回播過去那被稱為門羅街的影片後，社交媒體上的人對這位愛鬧脾氣小姐十分感興趣。」

「他們怎麼說？」馬修問。

「我們來看看，一名叫『@賽博雷加十二』的標籤上寫：『#莉比太勇敢了』、『#女力崛起』；@天上天堂寫道：『唯一一個在對抗駭客的』、『#娘砲力量』；而『@液體愛六九』寫：『讓人心疼，我還在大叫，加油啊莉比，保持強大。』；有一個叫『#向莉比致敬』的標籤正在所有平台上流傳。我們的女孩已經全球化了。」

莉比面無表情地說：「前一分鐘他們討厭我的鞋子，下一分鐘我就成了英雄。」

卡德曼補充道：「哦，這雙鞋仍沒有任何人喜愛。」

莉比深吸了一口氣，抬頭看著天花板。「好吧，你贏了。為什麼朱迪會需要我的支援？」

「我已經向你們展示了送一個人去死是什麼感覺；現在要展示把一個人從苦難中解救出來又

是什麼感覺。因為在接下來的一個小時裡，你們將各自決定最後六名乘客中，你想救的是誰。當車輛相撞時，你們和網路大眾投票最多的乘客將豁免於難。」

莉比說：「為了挽救一條生命，我們必須把另外五條送進墳墓裡。」

「每個行為，都會產生不同後果。」

「不可能這樣做。」

「妳之前也說不可能的，但現在我看不到貝奇斯坐在她的車裡，不是嗎？只要有決心、動機和貪婪，便可以把任何事情變成可能。如果妳不相信我，就問問傑克。」

每當駭客暗示些只有傑克和他知道的東西時，傑克的沉默越來越明顯。

莉比回答：「我不想這樣做。」

「是救一個人的生命，還是把他們全部殺掉，選擇權在妳手中。」

「但這根本不是選擇，不是嗎？」莉比回到座位上，雙手抱著頭

「身為陪審員的你們躲在後面，沒有了解受害者真實身分情況下，就做出在事故中誰應受譴責的判斷。對你們來講，這些都只是案件編號。但現在在你們面前的乘客不是如此。我會幫助你們讓你們更容易下決定，會給每位陪審員一個機會，讓你採訪自己所支持的乘客，讓陪審團和民眾做出是否要饒他一命的判斷。你可以問他們任何問題，他們是否誠實回答也取決於他們自己。我建議盡可能誠實透明，這是為了每位乘客好。每個人都有機會提升自己的支持度，你們和公眾將決定唯一的倖存者。莉比，我們從妳開始好嗎？妳想支持誰？」

「朱迪。」她毫不猶豫地回答。她不能再失去直接與他交談的機會——也許這是最後一次。她對著他強擠出笑容，他也對此有所回應。我會盡最大努力幫你爭取機會，她想，有那麼一會兒，他好像聽懂她心聲，看了她一眼說：我知道。

「傑克，你是下一個。」駭客說。

「雅頓小姐。她可沒要求別人劫持她車子。」

「難道別人就有嗎？」馬修問。

「但她未出生的孩子也沒有。我們難道不能讓她和她的孩子逃過此劫嗎？」

「穆里爾，妳傾向於誰？」駭客問。

「莎班娜．卡特里。」

「當然，」傑克咕噥著，「妳對我們膚色較深的朋友，會這麼支持也是很能理解的。」

「她是五個孩子的母親，他們需要她。」

「也許妳可以問她一個問題，為什麼一個在我們國家生活了近二十年的人，卻一直學不會我們的語言？當然，她也許根本聽不懂妳的話。」

穆里爾翻了個白眼，「你不知道她的真實情況。」

「我們不知道她的情況。但就常識上判斷，她不重視英國，也不重視我們給她的機會。她沒有迎合我們的社會。」

莉比注意到，傑克說話的聲音越來越大，他挪動身體到鏡頭所對著的方向。她感覺他在向觀眾表演，角色是一名議員。

「你是說，因為她不會說英語，我們就應該判她死？」莉比問道，「她的家人呢？傑克，你表演得像個古板的種族主義者。」

「別跟我來這套，」傑克嘲笑道，「如果她是白人或歐洲人，我也會說同樣的話。至於她的家人……她生出孩子的數量，是我們全國平均的兩倍多。他們多大了？」

「我們不知道。」

「那可能都是成年人了？」

「她三十八歲，所以不是。」

「那她的家人很可能在經濟上依賴她。」穆里爾繼續說。

「妳說的應該是依賴我們的納稅人，」

「你最後一次繳稅是什麼時候？」馬修問道，「我想你的錢都藏在海外帳戶裡了。好吧，至少在駭客把你的底翻出來之前是如此。」

傑克沒理他，繼續和穆里爾爭論。「如果沒有鏡頭對著妳，妳真的會選擇卡特里夫人嗎？」

「當然！」

「我覺得妳不會。如果妳真的據實以告，那麼妳選擇她，只是因為妳可以預見，要是自己不支持她，其他支持妳的亞洲社區民眾不會讓妳有好下場。之前妳讓貝奇斯去死，已經使得國內非裔民眾失望。要是妳毫不抗辯就讓第二位有色人種，卡特里夫人出車禍，那麼你們這個已經薄如蟬翼的小組織就會崩潰，我可以補充一下，這也是遲早的事。我認為妳才是房間裡的種族主義者，而不是我。」

「你不僅是個偏執狂，而且還是個該死的白痴。」穆里爾繃緊下巴，鼻孔微微張開。

「馬修你呢？」駭客問道。

「我選擇海蒂的原因與穆里爾選擇莎班娜的原因相同。我不想讓兩個孩子成為孤兒。我不會讓這件事影響到我的良心。」

「哦，那麼現在你有良心了？」傑克說，「在你擔任陪審團的時候，選擇遵守議會規則，別人叫你怎麼做你就怎麼做，現在一旦鏡頭對準你，就突然變得在乎了？你們所有人都很搞笑。」

「妳呢，費歐娜？」駭客問道。

「蘇菲亞．布萊伯利。」

「什麼？」傑克對費歐娜笑得最大聲，「在這麼多人中，妳選擇救一個女演員的生命？」

費歐娜回答：「我不需要對你解釋什麼。」

「莎班娜的車怎麼了？」莉比突然問道。

大家的注意力被吸引到一個畫面上，莎班娜的車停了下來。她眼中顯現出不安，頭在擋風玻璃和身後的窗戶之間轉動。到處都是人移動的影子。

莉比繼續說道：「有事情發生，她在害怕。」

莎班娜的畫面突然被切換到車外的實況影片，她現在和鏡頭隔著擋風玻璃。人們蜂擁而至。

音量再次開啟，陪審員聽到人們喊著她的名字，雙手砰砰地打在窗戶上，並抓住門把手，試圖將門拉開。交通陷入停頓，也越來越多的人棄車，跑下來和被困在車裡的女子自拍，畫面切換到了即時Snapchat。父母舉高自己的孩子，讓他們更好地看到莎班娜和這歷史性的一刻。人群很快聚集，至少有十五人在那裡。

莎班娜充滿了恐懼，但她的尖叫被人群的歡呼和興奮聲音給蓋過。

「他們以為這樣在幫助她，」費歐娜說道，「覺得這樣也許能把她救出來。」

「警察怎麼不阻止？」莉比驚慌地問道。

卡德曼說：「一些正在觀看監視頻道的用戶聲稱，警察正在路上要驅趕這些人。他們應該馬上就到。」

莉比屏住呼吸，有三輛警車出現，閃著警燈鳴叫警笛。戴著防爆面具的員警下車後也跟著一擁而上，用盾牌和警棍隔離人群。這強硬態度遭到人民的反抗，他們一靠近群眾，群眾便紛紛轉為憤怒的暴徒，揮舞著拳頭，投擲石塊和垃圾。

一團黃色的氣體不知道從哪裡冒出來，鏡頭很難看清楚發生什麼事，但陪審員聽到了大人和小孩發出尖叫，並看到人們在奔跑。

「我有不好的預感，」馬修說，「我想駭客應有說過，如果車子行徑受到干擾，那麼就會……」

話還沒說完，莎班娜的車就發生爆炸，變成一團火球，身邊十幾個人和警察一同殞命。

# 29

## 朱迪．哈里森

「不！」看到莎班娜的車變成一團火球，朱迪大聲喊叫。他雙手一次又一次地拍打自己頭的兩側，好像這樣就能把自己打昏或是從惡夢中驚醒。他在座位上尖叫，目不轉睛地看著爆炸現場。車子在燃燒，黃色煙霧才剛消散，更濃厚的黑色煙霧便取而代之。他目光在不同的畫面間看來看去，哪一個更清楚就看哪個。在接下來的幾分鐘裡，朱迪目睹了許多流血和受傷的人被抬離現場，臉上充滿焦慮和困惑；也看到意識不太清楚的倖存者跨過屍體，有的人根本就支離破碎，還有的衣衫襤褸，四肢殘缺。

接下來是新聞頻道的直升機畫面，從上空可以看到爆炸的規模。莎班娜附近的車子也遭受魚池之殃，人們撲滅孩子身上衣服的火焰。他再也受不了，按下一個按鈕把椅子旋轉一百八十度，面向後排的座椅，抓起一個空的便當盒對著裡面吐。他乾嘔了好幾次，體內已經沒什麼東西可吐了。

豆大的汗珠從朱迪的髮際流經額頭，匯聚在眉毛上。他把它擦掉，車裡熱得要死，內心也越來越緊張，因為沒有冷氣，也沒辦法打開車窗，無法讓自己冷靜下來。

幾分鐘前看著莉比和駭客爭吵，一股驕傲感油然而生。房間裡她是唯一一位挑戰駭客，試圖說服他不需要用殺人來表達觀點的人。此時的她，比在酒吧裡唱卡啦OK時候更吸引人。

在史蒂芬妮之後，那天晚上是朱迪第一次對另一個人那麼心動。他想起十五歲的自己。他從五年級開始就一直和史蒂芬妮同班，直到十一年級才真正被她吸引；這不是小孩子般的吸引，而是青春期時的悸動。他鼓起勇氣邀她去看電影，而她也答應時，朱迪差點哭出來。那是他的初吻，只要閉上眼睛，那如同草莓般的唇彩味則會從記憶中浮現。他從未忘記自己的初戀，但也從未原諒史蒂芬妮和自己的兄弟相愛。

而現在有了莉比。自從她回應自己微笑的那一刻，他便被她簡單的一舉一動搞得心慌意亂。世界仍在為每個人轉動，只有他們的時間被停止了。長久以來，朱迪的情緒只有悲傷和怨恨，沒有想過在心裡會留給愛任何空間。

就算是現在想到她，都會產生非分之想，他感覺自己興奮了。在座位上不安地挪動了一下，以重新調整自己姿勢，希望沒人會注意到。然後又把注意力集中在莎班娜燃燒的車子上，自己的慾望又迅速消失。

他回想和莉比第一次見面時，特別是那些沒說出口的內容：偷瞄的眼神、臉紅的熱度、她給他的自信、希望、慾求……把這些合在一起，可能會撩起他強烈情慾，這些化學反應之前只有在史蒂芬妮身上感受過。如果他要列出完美伴侶的要求，那結果一定是莉比。他沒有想到會對一個剛認識的人傾心不已。但不管怎樣，這感情已是覆水難收。

即使在當時，朱迪也知道這是不公平和錯誤的。他不應該讓自己愛上莉比，因為這不在他的計畫中。當莉比不得不陪自己受傷的朋友去醫院時，他選擇了離開，就算痛苦，但也是最好的選擇。就算她回來看不到自己也不會真的傷心。要是一起度過了今晚，感情只會更深，難過就不可避免。但在自己離開前，想要帶走一點她的東西留作紀念。

朱迪在背包裡翻找出漱口水漱口，然後把它吐進一個空啤酒瓶裡。他突然注意到道路外的一個標誌，寫著「畢斯福德」。他回想起父親在汽車公司工作時的回憶，這個地方建成後以「英國第一個智慧小鎮」著稱。它是一個專門為自動駕駛車子、貨車和卡車建造的道路網絡。街道比普通街道窄，因為人工智慧的自動校正車道技術，可以省下更多的都市空間。

市中心也不再需要那麼多停車位——許多乘客開車上班後，會讓車自動回家，之後需要的時候再召喚它過來。這為更多的小型公園和綠地騰出了空間。畢斯福德正在為其他城鎮、城市和村莊做出示範，這個國家的車子，將不再需要人為駕駛。

朱迪曾多次訪問該鎮，測試自己家族公司為此所設計的軟體。直到現在反思自己對此城鎮所做的貢獻時，才明白自己犯下了什麼罪。今天發生的劫持事件，正是利用他們開發的大眾交通系統，對所有人造成傷害。

他因緊張而引發的頭痛，現在已從脖子延伸到了後腦。在門的側邊置物袋裡，他找到一盒撲熱息痛。從裡面取出兩顆，不用水直接乾吞。包裝上文字寫著「藥效長達七小時」。駭客說那天早上他們當中只有一個人能活下來。突然，這七小時感覺根本沒什麼意義。

# 30

UKT UKtoday.co.uk

影片

學校陷入混亂，駭客對學校發出炸戰威脅後，家長急於想從學校接走孩子。政府命令所有教師鎖門，防止外人進入，避免暴力場面。首相查爾斯·沃克強森呼籲民眾冷靜。

閱讀全文>

**克萊兒·雅頓**

克萊兒突然意識到，這麼緊地抱著肚子，可能會傷到裡面的孩子，於是把手鬆開。

她不想有人因她而受傷，目前車子行駛在寬廣的高速公路上，不會被熱情的民眾包圍。此時注意到頭上的全景式車頂有個影子，瞇著眼看才發現有東西在天空盤旋。心想應該是陪審團談論過的其中一台無人機。克萊兒希望它能保持距離，不要被人發現。之前阻礙她向人求救的隱私模式車窗，現在反而能保護她不被人發現自己在哪輛車裡。就目前而言，應該能避開和莎班娜一樣的命運。

在中午之前陪審團要投票時，她祈禱自己能獲得他們的同情，也知道他們同情的也許只是在肚子中成長的生命。但只要能安全，這都無所謂。

「妳必須讓他們想救妳。」克萊兒告訴自己，並想盡辦法要讓孩子活著。

懷孕的時間越久，自己也越頻尿，不到幾個小時已經開始想上廁所。車子開的時間越久，克萊兒知道自己一定憋不住。環顧車內，沒有適合的容器。而且現在全世界都在注視自己，不知道這樣做會不會激怒大家，於是她移動到前排另一個座位，避開攝影機，尿在褲子裡。至少這能帶給她短暫的解脫。

可能還有七十分鐘自己就會被駭客殺死。肚子一陣胎動，克萊兒擔心泰特被自己的壓力影響，所以強迫自己思考一些開心的事。

她渴望聽到班的聲音，於是從口袋裡取出手機，找到存有他們錄影紀錄的資料夾。她選擇的那段影片是在今年年初時錄的。地點在廚房裡。看著影片她重溫了班從前門進來，把背包丟在沙發上的那一刻。他看起來很困惑，不知道為什麼她手機在對著他錄影。

「這玩意是開著的嗎？」他問，克萊兒用點頭回應時，畫面隨之顫抖。「為什麼？桌上怎麼有香檳和一個袋子？該死，我是不是忘了我們的結婚紀念日？等等，不對，那是十一月的事，那妳這是在慶祝什麼？」

「打開它。」她咯咯地笑，班往她走過去。

他皺起眉頭，拉開袋口的繩子並打開，從裡面取出一隻淡藍色的泰迪熊。它的腹部有一個五公分見方的小螢幕。

「按它爪子。」克萊兒說，班照做後什麼也沒發生。「按另一個，看螢幕。」

克萊兒的相機對焦在班的臉上，靠很近，熊的嘴一張一闔，發出像是心跳的聲音。一個立體影像出現在它的肚子上，好像它就在那玩具裡面一樣。是個未出生的孩子在移動。「我懷孕了。」她低聲說道，「你要當爸爸了。」

班瞪大眼睛看著她，然後又看回那玩具熊。「真的嗎？」他問道，「這是真的嗎？」他抓住她的腰，把克萊兒舉離地面，緊緊地抱住她。

現在，克萊兒從車裡看到影片中的丈夫輕輕地把她放回地上，靠在桌子上哭了起來。這是一個他們拚命想要的孩子，但兩人都開始放棄可能看到的希望。

「你高興嗎？」克萊兒問。

「妳高興嗎？」班回應。當他再次抱住克萊兒時，畫面變得模糊了。克萊兒閉上眼，感覺現在他仍抱著自己，她把鼻子貼在班的脖子上，吸入他的喜悅。

克萊兒總是認為，如果他們並肩作戰，她和班就能克服前方任何障礙。但今天早上，她發現自己錯了。

克萊兒突然無預警地感覺到了震動，外面也傳來轟轟的聲響，她猛然回到當下。轉身看到外面有四輛警用機車，和幾輛全副武裝的軍用車車隊，從自己車的兩側包抄過來，天空的無人機現在已變成了一架直升機。

「哦，天哪，不。」她說，對這種額外關注感到恐慌和猶豫。但當自駕車加速前進時，她發現它們正在為她開路。裝甲車向兩邊開去，後面的警車阻止了其他車輛超車。

克萊兒發現自己的一生中，一直在靠他人保護。在自己破碎的童年裡和孤兒院及養父母家中，是哥哥給她安全感。但後來哥哥選擇成為偷雞摸狗的罪犯；克萊兒選擇了學習和教育，讓自己遇到班，他代替哥哥給她安全感。而現在輪到泰特了。要是這次能平安度過這危機，她希望自己的小孩永遠也不需要再次接下保護母親的責任。

就她所知，傑克．拉森是陪審員中最不受歡迎的。但在電視中曾看到他以滔滔不絕的口才，辯得他的對手啞口無言，認為他在說服人方面受過訓練。如果他能替自己辯護，很可能可以保住自己性命。他是個不輕易退縮的人。

而她也不打算退。於是她振作起來，奪回對自己生命的控制權，再次意識到儀表板上的鏡頭，對著它揉肚子，並和胎兒交談，跟泰特說自己愛他，祈禱能活過這次危機。而且一直保持能讓鏡頭麥克風錄得到的音量在說。要是贏得全世界的同情能讓自己獲得最多數的票，那這點代價不算什麼。她得不斷提醒陪審員，這輛車上不止一條生命。

但在內心深處，克萊兒敏銳地意識到，要是她能被救出來，得馬上從現場消失，要很快，快到沒有人能夠發現她在被劫持之前做了什麼事，這秘密得一直帶到墳墓裡。

# 31

## 蘇菲亞．布萊伯利

蘇菲亞用力搖頭。

「哦，不，不，不，」她說，「我不喜歡這個，一點都不喜歡。看看這個，奧斯卡，怎麼這麼噁心？」她的狗一直閉著眼，「怎麼會有人認為，把炸死人的細節做得這麼逼真會是種娛樂？我可以很確定地說，這一點都不好玩。」

她看著鏡頭提高音量，「誰能把這車停下來，我要下車。我要和我經紀人談談，在此之前，別想從我身上得到更多的反應。」

蘇菲亞又倒了一杯白蘭地，吞下自早上起第五顆止痛藥。等到上一波騷動稍微平息後，她凝視著螢幕，等待著有人回應她的要求。結果揚聲器只傳來了更多的叫喊聲和哭聲。她揉了揉眼睛，說得更大聲了。「看我的唇型，我，蘇菲亞．布萊伯利不演了，我不參與這節目。」車輛均速行駛，沒有任何減速的跡象。

她再次轉向奧斯卡，「聽那群人像該死的女妖一樣嚎叫。每個都在比較，看誰能發出最多的噪音，佔據最多畫面的時間。這很可悲，這不是我辛辛苦苦工作所追求的，最後的結果並不是美化暴力。我認為羅伯特談的這個演出，是個巨大的錯誤。」

正是那輛印度婦女的車子爆炸，讓蘇菲亞陷入了苦惱，她覺得對方應該是某個寶萊塢的女演員，只是自己不認識她。前兩輛車爆炸和其他乘客的反應，是為了吸引觀眾所做出來的逼真效果；但第三輛車爆炸的細節更加真實，配角一定花了好幾個小時在妝容和髮型，以確保真實感，其中還有煙霧彈、四處奔走的人、散落的四肢、搖搖晃晃的特技演員，以及被燒死的婦女。她知道現在的觀眾比以前要求更高，但有哪個頭腦正常人會想要看到小孩子被火燒。

「我在七〇年代參與很多艾克波恩的作品，所以別說我是個假正經的人，」她繼續對著鏡頭說道，「我不同意在黃金時段播放那麼血腥的內容來刺激收視率。在我跟經紀人談過，或是製片人向我保證這個節目有更棒的內容前，我不會繼續參與這節目。」

蘇菲亞有點猶豫要不要為這種事情大驚小怪。跳出來表態會有兩種結果，一種是適得其反，被年輕人視為老頑固；也或者可以堅持己見，贏得更多成熟觀眾的支持，但這是她願意承擔的風險。

她一直在等待廣告時間，能有機會在助聽器上安裝新的護耳器。聲音變得越來越小，但仍隱隱約約聽到那個穿著不合身格子衣服的女人，在對自己表達支持。她覺得自己身為一個國寶，也一定有基礎的支持度。

如果她繼續留在節目中，蘇菲亞認為自己最大的對手是一名孕婦，她正努力利用自身榨取更多的同情。妳能不能別管那該死的肚子？她心想，一直撫摸和摩擦肚子，又不會真的把裡面的玩具娃娃摸出來。

蘇菲亞內心深處討厭並嫉妒這個女人。多年來，她多次質問自己，沒有建立家庭是否是對的。沒有感受到另一種生命在她體內成長，使她失去多少？能否無私地愛另一個人的同時，也允許對方回報自己？她永遠不會知道。但每次質問自己的時候，都會想起她的丈夫派翠克，這會提醒她，這個決定是最好的。他不會是一個好父親。

蘇菲亞用一隻手撫摸睡著狗的頭，另一手輕輕搖晃白蘭地，心裡想著派翠克現在在幹嘛。因為自己被捲入《名人對抗賽》的狂潮，希望羅伯特能取消派車送派翠克去醫院的安排。他們在公開出席活動之前得先碰個面，如果不這樣蘇菲亞會很不放心。

她心忖要是自己能撐那麼久而不被淘汰的話，那至少往後七個晚上的節目行程，會有休息時間。雖然電影大片和一些電視角色都不再找她，但舞台上仍然需要她。所以蘇菲亞經常出差、住酒店，離家好幾個禮拜。派翠克不知道蘇菲亞叫人監視他的一舉一動，並向蘇菲亞匯報。包括廚師、管家、園丁，還有聘請的私人偵探，這些都是可靠的資訊來源。另外還有會計師跟一位數位鑑識專家，能在網路上盯著派翠克的一舉一動，在不被他發現的情況下瀏覽並檢查他的電腦。

「哈囉！」她又說了一遍，「有人聽到我的話嗎？」

突然，另一輛車的男人說話。「妳還不明白，是嗎？」他叫道。

蘇菲亞把臉靠近螢幕，直到看清誰在和她說話。是那對夫妻檔參賽者其中的男性。長得有點像某位白天電視節目的主持人，那個主持人曾經在更衣室裡向她提出過不雅的建議，被她堅定地拒絕。

「大聲點，我幾乎聽不到你。」

「我說，妳不明白，是嗎？」

「這當然不是什麼節目效果！」山姆大喊，「這是真的發生在妳身上，也發生在我們身上的事！醒醒，女人。妳被劫持為人質——他們今天早上已經謀殺了我們當中的三個人——為什麼妳還搞不清楚狀況？」

蘇菲亞注意到尖叫和哭聲已經停止，當她仔細看其他小視窗時，其他人也都在看他們的對話。

「這是一個電視真人秀節目，」她回答，突然開始懷疑。「我們正在參加《名人對抗賽》。難道不是嗎？」

「不，我們不是！我們唯一上的電視節目是新聞。我不是名人，我的妻子也不是，只有妳除外。我們都被強行扣留在車內，有人正在把我們一個一個地殺掉。」

蘇菲亞張開嘴，但一時說不出話。「噢，我的天，」她最後說道，一隻手摟住自己的狗。

「但我……我不明白……為什麼是我？」

「為什麼不能是妳？」山姆回答，「難道要因為妳很有名，就應該逃過一劫嗎？」

「嗯……是的。」

「再想一想，我們現在都在同一場事件中。妳並不比我們任何人都好。」

蘇菲亞不需要山姆提醒她這一點。她比大多數人都清楚，她為了保護自己的職業生涯和形象，做出一些會讓粉絲們感到震驚的決定。她胸口緊繃，擔心自己正是因為這個原因被選中，害怕自己最黑暗的秘密被曝光。

# 32

BAO BedfordAgendaOnline.co.uk

**上午9:58，艾瑪．巴尼特文森報導**

貝德福郡警方聲稱，目前正盡一切努力解救人質：海蒂．科爾警佐。總督察理查．莫羅伊在線上會議中表示：科爾警佐在盧頓團隊中深受同事歡迎，工作也十分認真，我們希望她安全回到我們身邊。

**山姆和海蒂．科爾**

可惜不能關掉儀表板上的顯示器，不然山姆早就這樣做，這樣就不會聽到蘇菲亞的聲音。自己被劫持已經很不爽了，發現她這麼愚蠢，這只讓山姆更憤怒。他不想再聽到這個自欺欺人的女演員完全狀況外，而且還沒有人糾正她。最後山姆實在忍不住，但看到那女演員聽到真相後垮掉的臉，山姆也開始質疑自己，與其面對殘酷的真相，是不是應該讓她保持天真。

與此同時在海蒂的車裡，海蒂希望她的丈夫也能停止咆哮。「山姆，夠了，停止。」

她咬著牙，「她已經上了年紀，你這是在欺負她。」

「我們就快死了，結果她還要求見自己的經紀人！」他回答，「我跟妳說，如果她覺得就因為自己是名人，所以可以逃過一劫，那我不如親自開車撞死她！」

「山姆……」

「不，不要試著讓我閉嘴。因為是個名人，所以贏得一位陪審員的支持，這樣公平嗎？她自己生活過得很爽，而我們還有孩子要養，我們有贏得什麼？什麼都沒有。要是他們沒有殺了那亞洲女人，是不是就要輪到我們了？」

「我不知道。」

「是的，妳知道；我們都知道。妳會看著我在這輛車裡被燒死。」

「別那麼說。」

「這是事實，不是嗎？有哪一位陪審員會支持我的？」海蒂什麼也沒說。

「情況就是這樣。」山姆交叉雙臂。

「如果孩子看到新聞，應該會很清楚知道我們陷入大麻煩了，是吧？」海蒂補充道。山姆搖了搖頭。

過去的三十分鐘裡，丈夫和妻子思維模式發生了變化。海蒂運用員警訓練中學到的事，讓自己心態變得更加平靜。也知道自己至少有一名陪審員支持，所以相信只要再多一點時間一定可以贏得更多選票。為了孩子們的利益，她必須堅強起來才能度過這場危機。唯一能依靠的人只有自己；這是她幾個禮拜之前被迫學習到的一刻。

和山姆的十週年結婚紀念日就快到了，海蒂身為妻子，知道這是最後一個紀念日。山姆不知道海蒂曾兩次和當地律師見過面，討論離婚以及後續影響。海蒂打算提出分享監護權；這並不是山姆應得的，而是為了孩子所做出的妥協。儘管海蒂很想讓山姆受苦，但也不會利用自己的孩子詹姆斯和貝姬來實現。

這麼多年來，這個家的主要經濟支柱靠的是山姆建設公司的裝修業務。海蒂在出國度假和購買新家具方面也有所付出。每次山姆外出工作，海蒂在家一直是母兼父職。

這段婚姻中的所有錯誤慢慢被揭露出來，今天本該是改變一切的日子。但駭客的出現讓它成為泡影，現在需要山姆跟她站在一起。

同時山姆也確定了，今天這種困局不是自己造成的。沒有證據表明是因為他的謊言讓所有人困在車內。莎班娜被殺雖然讓人難以接受，但也讓山姆還有海蒂多活了一段時間。這代表不管陪審員是不是喜歡他，他的機會仍在，並默默希望，在車子發生相撞前，莎班娜不會是最後一個死的。

但這也釋放了一些他沒有預料過的東西——對海蒂的怨恨。為什麼她會比自己更受人歡迎？

「我們不知道自己是否真的快要死了，」海蒂繼續說道，「我們現在什麼都不知道。」

「妳沒聽到駭客說的嗎？」他回應，「而且要是孩子們的學校裡真的有炸彈呢？」

「山姆，你需要喘口氣，想想看。這種事的可能性很小。我相信孩子們會沒事的。」

山姆想像孩子們發現父母遭遇危急時的表情，不自覺開始冒汗。「要是小孩在電視上看到我們，他們會怎麼想？他們會嚇壞的。」

「他們可能還不知道。」

「妳剛才才說他們知道！這個年齡的每個孩子都在社交媒體上。就算沒有看到，他們的朋友也會告訴他們。有時我覺得妳只是不想承認周圍發生了什麼。」

海蒂感覺身體僵硬，正要開口回擊，然後又改變主意。雖然只要幾句話就能讓丈夫啞口無言。但她告訴自己不是現在。要等到真正關鍵說出口才行。然後，一個更黑暗的想法出現在心頭，也許應該讓他繼續咆哮，變得越來越不受歡迎，最後自己埋葬自己？她搖搖頭，冷靜下來，這不是海蒂的風格。

同事們給她起了「冰雪女王艾爾莎」的綽號，這並沒有讓海蒂感到不安。有哪個員警沒被取綽號過？不是姓氏的簡稱、名字的縮寫，不然就是在名字前後加些綴字。在她加入警察局之前，曾利用業餘時間擔任社區志工，在她出生和長大但不太有人關心的社會住宅裡巡邏。她不怕黑幫和毒販的威脅，透過高效率的公民逮捕和無所畏懼的態度使她引起了老闆的注意，老闆鼓勵她申請全職工作。後來她進入刑事調查部門，同事也很欣賞她在辦案時能保持鎮靜的能力。配上她長長的金髮、嬌嫩的容貌，於是便有了「艾爾莎」的綽號，靈感來自迪士尼卡通《冰雪奇緣》。

如果警局同事看到現在的她，可能很難認出眼前的女人。這個「艾爾莎」正被恐懼所折磨。不管是誰，受到這種即將被炸死或是車禍身亡的威脅，都很難保持鎮定。這是她有生以來第一次感到自己需要山姆的安慰。

她跟自己說：這不是妳，不管這裡發生什麼事，這都不是妳該有的反應，冷靜下來，妳不需要山姆幫妳。

但在此時此刻她有個決定要做。她寧可山姆想出答案，也不要由她主動提出，這會冒著被觀眾看作自私的風險。但時間不多了，她急需要讓這問題浮出檯面。

「有些事情我們再談談，」她小心翼翼地開口，「我們當中只有一個人能活下來。社會大眾跟陪審員只能讓一個人活著，那就不可能會投票支持我們這對夫婦，孩子也沒辦法讓父母兩人都活著回去。所以我們得考慮一下要怎麼玩這個遊戲。」

「妳什麼意思？」

「我的意思是，如果我們之中有一方得退出比賽，給另一個人戰鬥機會，這才是合理的。」

「妳的意思是，有人要犧牲自己的生命？」

「如果走到這一步，那麼，是的。如果我們都在拉攏選票，那就有可能相互分票。」

山姆在聽懂她的建議時，呆了一下。他心想：妳這個沒良心的婊子。她覺得山姆不太可能獲得太多支持，所以不認為他應該活著。山姆用手摸摸頭髮，然後壓住自己上下跳動的大腿。但是海蒂是對的，他們沒辦法一起活過中午。但有一件事情她沒考慮到——山姆也不想死。

因為山姆的生命不僅僅是關於海蒂和他們的孩子。除此之外，他還有很多事情要做，而且和她沒有關係。他越是考慮她的建議，就越確定自己得做些什麼。他必須說服陪審團和公眾，應該送命的是海蒂而不是他。

# 33

半島電視台
全球線上

新聞快訊
駭客在人群中引爆炸彈，恐有數十人死亡。
英國盧頓：第二枚爆炸裝置在繁忙的道路上引爆，至少造成數十人死亡，數十人受傷。乘客莎班娜・卡特里的車子爆炸發生前，被過度熱心的民眾包圍。當地警方發出警告，上午死亡人數可能會大幅增加。

房間一片寂靜，大家還沒從莎班娜車子爆炸的事件中恢復過來。

網路上的新聞使用手機鏡頭、無人機、現場直升機……它們彼此互相卡位，想取得更多驚人的獨家畫面。

「他們怎麼能播這個？」莉比問道。

「社交媒體的直播已經改變了新聞播出的規則，」卡德曼回答，「要在網路上有競爭力，跟得上話題，就不能以言論審查的方式管制正在發生的事，反而要用同樣煽動的內容來削弱對方的影響力。」

「至少這意味著他們沒有心思注意我們。」費歐娜說

穆里爾是第一個向莎班娜表態支持的人，她把目光從螢幕上移開轉向面對桌子。把掛在脖子上的木製十字架轉了個方向，好像要讓耶穌迴避這邪惡的世界，諷刺的是，這世界也正是祂留給我們的。「駭客為什麼要這樣做？」她不可置信地小聲說。

「從該隱和亞伯開始，人們就一直在殺人，這妳也該知道，」傑克喃喃地回答，「而且不好意思，這種情況將會一代一代傳下去，直到這個世界上沒有人可以殺或被殺為止。」

「噢，傑克，」駭客說道，「從你的抱怨中可以聽出，你內心深處還是有點良心。你有什麼好不滿足的？是因為你所支持的這些自駕車正在殺人的關係嗎？還是在今天之後，你的全自動化道路的夢想將會化為泡影？」

「是你在殺人，這不是我的夢想。」傑克說。

「這些人會死是因為違反了規則，我一開始不就說得很清楚了。誰要阻止這些車輛行駛，那後果自負。這就是不守規則的下場：混亂和流血。」

「你不是要把這些乘客都殺了，不是嗎？」莉比問，目光停留在朱迪身上。「你要殺了他們每一個人。」

「不，我向妳保證，他們之中會有一個能倖存下來。」

莉比笑了起來，「你保證？你的『保證』能有什麼效？」

「恐怕這是妳僅有的了。反過來說，妳所沒有的是時間。那麼我們可以開始採訪了嗎？傑克，我想讓你先。你有十分鐘的時間，爭取讓克萊兒・雅頓和她的孩子活著。」

# 34

## 克萊兒・雅頓

那天早上，克萊兒在上車前就對自己發誓，不管發生什麼事，她都不會讓自己情緒崩潰。會在整個計畫完成後才為班哭泣。

她的誓言只持續了大約十分鐘，駭客的聲音就出現在車內揚聲器中，並通知她目前已經被劫持了。之後一個半小時的大部分時間裡，她一直在哭。現在她覺得淚水已經快哭乾了，但還必須再加把勁擠出更多眼淚，贏得同情。這是為了她和泰特能活下去，她必須更加努力勾起人們的情感。

除了懷孕外，外表也可能對她有利。她無意中聽到陪審員爭論著關於種族和貝奇斯之死的事。如果裡面的內容是可信的，那麼她是白人、年輕、有魅力的條件，可能對她有利。讓她感到羞愧的是，自己成年後大部分時間都和別人團結起來反對的種族主義，此時反過來對她有利。但要是陪審團和公眾得知她的丈夫有非裔加勒比海血統，而且她懷著一個混血兒，不知會有什麼反應。

尋求眾人的同情和支持和克萊兒的價值觀背道而馳。她小時候都在討好每一個人，在社會福利單位要認養孤兒時，她和哥哥穿著最好的衣服，注意舉止得體，希望能引起未來的養父母注意。後來在班的幫助下讓她知道，自己不需要讓所有人都滿意也能感受到自我價值。但現在歷史重演，她又變回了那個小女孩，得靠陌生人的同情換取未來。

聽到揚聲器發出聲音，她嚇了一跳，螢幕上出現一個白色的數位時鐘在倒數計時。

「妳好，雅頓小姐；我是傑克．拉森議員。」傑克硬著頭皮開口。

「嗨，請叫我克萊兒。」她回答道。直勾勾地盯著相機，眨了眨眼，讓淚水從眼角湧出。

這似乎讓他措手不及。

「請不要難過。妳感覺如何？」

「我好多了。」

「孩子還好嗎？妳需要醫療護理嗎？」

「不，我覺得還好。」

傑克稍稍猶豫，環顧了一下房間，緊張地拉著衣領，清了清嗓子。這是莉比加入陪審團以來第一次看到他手忙腳亂、急躁不安。「克萊兒，妳能介紹一下自己嗎？」

她仔細地選擇措辭，「我不知道該說什麼。我和我丈夫班已經結婚三年半了，我在彼得伯勒的貝爾韋尤學校擔任助教——那是幫助學習困難孩子的特教學校。班和我……」她停頓了一下，想營造戲劇性效果。「兩個月內，班和我即將迎來我們的第一個孩子，我們非常興奮。是個男孩，我們給他起了個綽號叫泰特。他是我們的小奇蹟。在我懷孕之前經歷過八次流產和一次異位妊娠。醫生說我不太可能懷孕，就算受孕，也很可能等不到出生那天就流產。」她抱著肚子，露出悲傷的微笑。「所以這個小東西對我們來說代表了一切。」

「我理解，我真的……我想妳一定被現在的事給嚇到。但讓我們試著保持積極。妳認為妳會成為什麼樣的母親？」

「希望會是個好母親。我沒有見過自己的母親。我哥哥和我一生中大部分時間都在接受社會福利照顧，所以我想給泰特自己不曾有過的母愛。在班和我嘗試懷孕時，經歷這麼多次失敗，這個孩子的出現已經讓我們對他有無比的愛了。每一天，我都會全心照顧班上能力發展需要額外關注的孩子。他們甚至不是我的孩子，但我依然非常關心他們。我們決定不做任何懷孕前的異常檢查，就算泰特在發展上有任何問題，對我們來說也沒有區別；我們會一樣愛他。他永遠是完美的。」

傑克捏了捏鼻梁，接下來的發言出乎意料地誠懇，好像是他們兩個人的私下談話。「克萊兒，我是和妳站在同一邊的。在我最後承認失敗之前，曾和我第一任妻子嘗試過十幾次。這對一個男人來講也是十分打擊，我感到無助，我無法做什麼或說什麼，不管怎樣都沒辦法安慰她……」傑克陷入沉默，彷彿回憶起痛苦的過去。

「聽到這個消息我很難過。」克萊兒回答。

「我真的為妳和妳丈夫感到高興。我只是很抱歉，對你們倆來說，這是一個多麼美妙的時刻，但現在卻陷入了這樣的混亂。要是妳能再堅持一點希望，我相信我的陪審員和公眾會投出正確的一票，把妳和妳兒子帶到安全的地方，」

克萊兒彎起顫抖的嘴唇，露出感激的微笑。

莉比邊聽邊記下傑克提問的方式，想從他身上盡可能學到些什麼。在時間用完之前，他引導克萊兒談論對泰特的未來計畫，還有目前的家庭生活對她的意義。莉比雖然不情願，卻也不由得對傑克感到佩服，克萊兒很幸運得到傑克的幫助。

「還有兩分鐘。」駭客打斷對話。

「妳能告訴大家，妳為什麼想活下去，克萊兒？」傑克繼續說道。

她再次低頭看著隆起的肚子，然後看著鏡頭。「為了我的孩子。我只想讓他出生到這個世界上，看著他快樂健康地成長。」

「我相信妳丈夫一定很擔心你們倆。」

克萊兒感到胃在翻騰，只是這次不是嬰兒造成的。

「是的。」她平靜地回答。

「談談有關他的事。」傑克鼓勵道。

克萊兒又稍稍猶豫，說話前仔細選擇了措辭。「我的班是一個非常善良、可愛的人，他願意為我做任何事。大學第一個學期，我們相遇在樸茨茅斯大學的學生會酒吧，在看到他的幾分鐘內，就知道他是我的真命天子。」

克萊兒回憶起幾年前他們相遇的情景，遺傳學家們發現所有人都攜帶著一種世界上除了自己外，只有一個人所共有的基因。這顯然是天生的，那是一個人註定會愛上的真命天子。他們可以是任何年齡、任何性別、任何宗教和任何地點的人。發現的科學家將其轉化為一項全球業務，叫「DNA匹配」，在這項業務中，寄送一個口腔試紙給某個人，並付費來檢測自己是否有匹配的對象。然而，這業務發生了災難性的安全性漏洞，世界開始懷疑其結果的準確性。

就算這樣，克萊兒想起自己連親生父母是誰都不知道，所以仍抱著想得到一些額外保證的渴望，因為她內心希望班是為她而生的。所以他們參加了測試，只是為了確定這點。結果正如所料，測試結果是陽性。

「班在畢業那天向我求婚，我馬上答應了，」她繼續說道，「他的父母覺得我們太年輕，試圖說服我們才剛出社會，不要這麼急。但我們並不在乎，私奔到倫敦，結婚，找到工作，最終在劍橋郡定居，去年一起買下了第一棟房子。在泰特出生前，正不斷翻新這個家。」

當她回想起過去平靜的日子時，有一瞬間，她感到胸前和臉上都泛起了溫暖的紅暈。

「妳愛妳的丈夫嗎？」傑克問。

「當然。」克萊兒毫不猶豫地回答，「他是我的一切。」

「時間到了，克萊兒。」駭客打斷。

克萊兒在鏡頭沒照到的身體側面緊握拳頭，又慢慢舒展開來，很滿意自己在傑克前表現出最好的一面。現在她的未來掌握在陪審團和網路上的社會大眾手中。

「希望我已經把妳推銷出去了，抱歉，別介意我這種說話方式，」傑克說完，向她露出一個溫暖的微笑。「我相信，如果我的陪審團和公眾能給我機會，妳的孩子會很幸運，能有這樣一位出色的母親。」

「謝謝妳，傑克。」駭客說，「在我們繼續下一位陪審員和乘客之前，我可以問妳一個我自己的問題嗎，克萊兒？」

「好的。」她緊張地回答。

「我很好奇，如果妳真像妳所說的那樣深愛著自己的丈夫，那麼妳為什麼要把他的屍體藏在後備箱裡？」

鏡頭捕捉到克萊兒臉上的驚恐，然後畫面又切換到她的後車廂，那裡的小燈照亮了一具皺巴巴的屍體，膝蓋壓在胸前，側躺著，了無生氣。

# 35

## 圖文聊天

○ **BBS 新聞**
克萊兒的後車廂——陪審員看到屍體時露出震驚表情。

○ **華盛頓環球報**
急停！美國總統停止自動駕駛車測試。

○ **每日星報**
性感蘇菲亞！點擊這裡，看她電影裡的全裸片段。

「剛才發生了什麼事？」莉比倒抽一口氣地說，努力想弄明白剛才耳朵聽到的話。

「我……我……不知道。」傑克結結巴巴地說。他和房間裡的其他人一樣目瞪口呆。

「我不懂，」穆里爾說道，「是駭客殺了克萊兒的丈夫嗎？」

「我不這麼認為，」費歐娜說，仔細地看著螢幕。「看看她，這不是一個發現自己丈夫屍體在後車廂的表情。她知道他在裡面。」

「所以是她殺了他？」穆里爾問道。

「我不知道。」

「他確定死了嗎？」

馬修表示：「如果他沒有死，那麼他一定是個演技非常好的演員。」

費歐娜不可置信地搖了搖頭，「我做了二十年的大律師，每次以為事情真相大白的時候，往往都是錯的。」

直到班的屍體出現在畫面上的那一刻前，傑克和克萊兒都提出了要投票給她的充分理由。即使是卡德曼和他的團隊也深受感動，一時忘了分析資料，目不轉睛地盯著螢幕。

莉比看到克萊兒的眼睛在瞪著鏡頭時，眼神就像恐懼的黑潭。「請讓我解釋……」克萊兒來不及說完，聲音就被切掉。牆上的畫面分成兩部分，丈夫和妻子各佔一邊。與此同時，新聞頻道也樂見自己的輪播新聞有了新的轉折。

「各位女士先生，」駭客說道，「請讓我為您介紹，克萊兒車上的第二位乘客，班傑明·德韋恩．雅頓。他就是剛才克萊兒說是自己一切的那個男人。」

克萊兒似乎急著想讓人聽到自己聲音，不停用拳頭敲打著儀表板和鏡頭，儘管表情很激動，但聲音被切掉也仍然無法傳出去。莉比最先想到的是她肚子裡的孩子。

「她需要幫助，」莉比說，但沒有人在聽，於是又提高音量。「看看她，她已經歇斯底里了。不管她對自己丈夫做了什麼，她肚子裡還是有個孩子啊。」

「她都不擔心了，妳擔心什麼。」費歐娜說道，「如果她真的擔心，那她會殺死自己孩子的父親嗎？」

「妳應該知道，所有故事都有兩面性，我也不知道事情是不是真的這樣發生了，駭客把她聲音切掉，沒有聽她怎麼說。」

「莉比，我為自己很多案主辯護過，很多時候知人知面不知心；她丈夫屍體在車內是不爭的事實，她已經百口莫辯。剛才應對傑克的採訪都是一種表演，她裝成是受害者。但她根本不是，連傑克都被她騙了。」

莉比轉向已經回到座位上的傑克，他滿臉通紅，一臉挫敗。

「讚啊！」卡德曼打斷了她的話，臉上洋溢著喜悅。「我們做到了！」他向自己的團隊敬禮，所有的人都轉過來看他。「我們取得了突破。實際上可以說是創造了歷史。這是自社交媒體開始以來，被貼上標籤最多的全球性事件。而我們正處於風暴中心！」他望著每個陪審員，尋找和自己一樣興奮的人，但他們各個面無表情。卡德曼聳聳肩說：「這群人真難相處。」

他對房間氣氛的漠不關心激怒了莉比。「你認真的嗎？還是這是你扮演的角色？」她厲聲說道，「我不懂，只要是有那麼一點同情心的人，都會對外面發生的事感到震驚。現在有數十名男子、婦女和兒童還躺在外面路上，傷亡慘重，而你只關心有多少人在談論這件事。」

「嘿，不管妳喜歡不喜歡裡面的內容，但兩軍交戰不斬來使，這位嚴肅的小姐，」卡德曼回答，「妳想從我這裡得到什麼？假裝我真的關心自己從未見過的人？告訴妳這不可能。這就是我和我的團隊在這裡的目的，告訴群眾真相並傳達人民意見。而不是當一切都很糟的時候，握著妳的手告訴妳一切都會沒事。我的工作是把新聞議程上的內容帶給妳，而非美化它。沒錯，現在，那名懷孕的美女已經打破了網路紀錄。」他滑了一下平板電腦，把螢幕內容投射在另一面牆上。「承認吧，妳很想知道他們在說什麼，不是嗎？」

在莉比否認之前，螢幕截圖和發文佔據了牆上的每一吋空間。她忍不住讀了其中一些。

「她和那個孩子都完蛋了。『#投給蘇菲亞』、『#駭客說出了真相』。」

「現在就把她炸了，別再浪費時間了，否則我就關掉電腦。『#投給海蒂』。」

「讓傳奇活下去。『#投給蘇菲亞』。」

「還有一個小時，快點繼續吧？好像連續劇，幹得好，駭客！『#投給蘇菲亞』。」

「現在妳懂我的意思了嗎？」卡德曼繼續說道，「不管妳喜不喜歡，駭客已經掌握了世界一切，何不享受一點無政府狀態？」

莉比閉上眼，對著卡德曼一行人搖頭。要和他以及他背後的網路世界較量，自己毫無勝算。

如果社交媒體反映了真實社會，那她不想成為這樣世界的一分子。這世界裡居然還有人對駭客致意。

「卡德曼，給你個友善的建議。」馬修站起身來，朝他走去。但實際上語氣並不友好。

「說吧。」卡德曼忐忑不安地回應。「第一，我不是在徵求你的同意；第二，我建議你心裡有什麼意見就留在心裡不要說出來。」馬修停下腳步，臉離卡德曼的距離只有兩英寸。「你就跟你那些網路上的網民一樣粗俗噁心。要是你和我急診室的同仁一起在外面協助把馬路上的屍塊刮起，撲滅兒童身上的火焰，那你還些有資格說出想法。但你沒有，你只是一個不了解人類生命的統計學家，你活在一個虛擬世界中，四周都是和你一樣沒有同情心的人，你比人工智慧更糟，至少人工智慧可以透過程式設計對人表達起碼的關心。所以，在你學會謙遜和同情之前，只在有人問你話時開口，其餘時間你都給我閉上嘴。我這樣說得夠清楚嗎？」

卡德曼點點頭，蒼白的皮膚瞬間漲紅，然後很快回到自己的團隊中躲起來。馬修回到座位上時，對著莉比點頭微笑。莉比再次抬頭看著揚聲器，「你還在嗎？」她問。

「我一直在這裡。」駭客回答。

「既然你一直都知道克萊兒丈夫已經死了，為什麼還要問她丈夫的事？」

「誠實啊，莉比，就像我一再重複的要求。但似乎沒有人聽。我給克萊兒機會，讓她主動坦白，她選擇隱瞞。而且還把自己形容成完全相反的人，為了贏得同情讓大家能饒她一命，讓其他可能更值得活下來的乘客機會更小。」

「但你也沒有說實話對吧？你還沒有告訴我們她背後的故事，也沒有告訴我們你為什麼要這樣做。你是個偽君子。」

莉比再次看向克萊兒的畫面。她正坐在那裡緊緊地盯著鏡頭，認真地聽著莉比的辯護。

「克萊兒有十分鐘的時間，她隱藏關鍵事實，利用欺瞞的方式誘導你們做出對她有利的決定。要是最後不能如她願，最後也只能怪她自己。這事情我很樂意和妳爭論一整天，莉比，但要是妳注意一下時間，就會發現妳每跟我爭一分鐘，這些人活命的機會就少一分鐘。要是不快點進入到下一個乘客，恐怕他們的死會讓妳良心不安。」

「拜託妳行行好，就這一次聽他話，閉上嘴巴。」傑克很疲憊，「還是妳希望他們都死，那妳就繼續試看看怎麼跟一個神經病合理溝通。」

傑克看起來像受到嚴重打擊。他的私人帳戶被公開後，裡面的錢也將不再屬於他，而原本控制的陪審團也處於混亂之中，政策上推行的「道路革命」隨著他個人聲望也一起成為廢墟；現在自己又支持錯誤的乘客。莉比也不想跟他爭論什麼，只能作罷。駭客說得對，時間已經不多了，她有種預感，後面還有更大的挑戰。

「卡德曼，」駭客繼續，「能不能告訴我們，誰是當下社交媒體的紅人？」

「蘇菲亞．布萊伯利，這算是符合預期的支持度，」他回答，終於輪到他開口，表現得十分熱誠。「大家都在討論她那狀況外的天真態度，她以前的片子被剪成迷因正在瘋傳。」

「那我們下一位輪到她似乎也很合適，不是嗎，費歐娜，妳準備好了嗎？」

# 36

## 蘇菲亞．布萊伯利

「這該死的東西！」

蘇菲亞苦等不到合適的機會，只好當著所有人的面把助聽器拔下來，然後在包包裡翻來翻去，插進快速充電器裡。

從前在舞台上，暴露於各種喧鬧、歡呼聲中，對自己聽力造成了損害。她討厭戴著助聽器，認為這是軟弱的象徵，雖然它附帶有語言翻譯功能，曾幫助她和一名日本導演溝通，順利拍攝完白蘭地廣告。

要是她沒聽錯，那自己應該不是在真人實境秀節目裡，這是件真正攸關生死的事情。再者，要是真如畫面上所呈現的那樣，那這事件正在全球各地播送，那這影響力遠比自己想像的要大得多。理論上蘇菲亞應該感到恐懼，可是實際上卻為之振奮。和平常的日子相比，她更看重舞台上的生活，而現在整個世界都是她的觀眾。

她把充好電的助聽器塞回耳朵裡，此時正好聽到那懷孕的女人把丈夫屍體藏在後車廂。真是個大反轉。蘇菲亞出演過許多電視劇，這類出乎意料的轉折往往會受觀眾喜愛。每位好的製片人都渴望自己的作品中能有這樣戲劇性的效果。

蘇菲亞仔細觀察了克萊兒的表情和肢體語言。她覺得克萊兒不是無辜的，她熟知克萊兒這一類型的人，憑著自己在演藝圈打滾多年的經驗，這種人她見多了。她們精明、善於操弄人心，為了得到自己想要的角色，會不惜一切代價。

她心裡幸災樂禍，但為了不露出微笑，她從嘴巴內側咬著臉頰的肉。當然了，這也意味著現在換自己表現了。為了確保能獲救，她需要上演一場能夠得到奧斯卡獎的演技。蘇菲亞的車裡沒有藏著屍體，但內心也有不少不為人知的秘密。

「妳好，蘇菲亞。」

突然出現一個女人的聲音讓蘇菲亞嚇一跳，後來認清是陪審員在跟她說話。那女人頂著一頭慘不忍睹的髮型，還有一件難看又不合身的格子西裝。她寧可是名男人來問她，她的異性緣一向比同性更好。

蘇菲亞注意到螢幕右側出現一個倒數的小時鐘。她想像自己正步入舊維克劇場，清了清嗓子，向觀眾露出最熱情的笑容。「大家早安，現在和我說話的是誰呢？」蘇菲亞問。

「費歐娜．普倫蒂斯。」

「費歐娜，妳好啊。妳就是負責救我一命的勇士，是嗎？」

她看出來費歐娜的眼神和肢體語言並不一致，言行看似大膽，但瞳孔不斷擴張顯得憂心忡忡。

「好吧，我們輕鬆一點，費歐娜。就算妳或是任何人不投票給我，我都不會埋怨。我的生活很充實又美好，甚至超出預期。要是能在這麼多觀眾面前結束我的一生，那麼我的死也會非常充實，我想不出更好的方法了。」她停下來，等待想像中的掌聲結束。「順帶一提，這位是奧斯卡。」她抱起自己那條搞不清楚狀況的狗，朝著鏡頭揮舞爪子，希望這樣可以贏得動物愛好者的支持，奧斯卡還順便舔了下她的臉。

「可能有些人還不認識妳，能不能自我介紹一下妳是誰呢？」

蘇菲亞深吸口氣，把狗放下。「當然，那麼我該從哪裡開始呢？我小時候在倫敦西區出道，一直都是職業演員，感謝觀眾讓我能持續在這舞台上發光發熱。我可能沒辦法羅列所有得到的獎項，大家聽了可能會覺得煩，所以就簡單說……我很幸運就好了。」

「妳是剩下乘客中……最資深的……這會讓妳感到不安嗎？」

通常提到年齡會讓蘇菲亞感到不悅，但這次不會。「我可能不像其他被困在車內的乘客一樣還有許多青春年華，但這是否意味著我應該被剝奪活著的機會？我希望不會。我相信自己還有很多東西可以貢獻。」

「能幫我們舉個例子嗎？我知道這些年妳做許多慈善工作。」

好女孩，蘇菲亞心想，這樣我就不用刻意把話題扯到那方面。

「噢，感謝妳還有印象，」她虛情假意地說，然後故意停頓三分鐘，回想和自己有關的慈善機構和醫院。「對，沒錯，」她說，「從事慈善工作是我最自豪的事之一，這帶給我許多快樂，就像我喜歡娛樂觀眾一樣。哈利王子曾經稱我為……噢，『國寶』。我喜歡捐錢給慈善基金，這是我真心想做的事。」

「妳捐助的設備救了我女兒的命。」費歐娜補充道。

蘇菲亞進一步靠近鏡頭，這發展比預期的還要好。「噢，真的嗎？再多說一點，親愛的費歐娜。」

「九年前，凱蒂接受了腦部手術，是妳的捐款培養了醫學院學生，還有建設醫院的錢。讓他們切除了一個良性腫瘤。因此我想藉此機會向妳表達感謝。」

「不客氣。談到募款，人們常常會丟出一些兩千五百萬或三千萬英鎊這些數字，但這只是個數目，誰會真的去計算有多少？我很高興妳的女兒是在我捐助下得到幫助的人之一。」

蘇菲亞意識到時間又過了一分鐘。

「其他乘客有的也已經為人父母了，」費歐娜繼續說，「顯然妳對兒童慈善特別關心，介意我問妳為什麼不自己組成家庭嗎？」

蘇菲亞低下頭，抬起頭來時微微傾斜了一下。幾十年前克萊恩王妃在接受英國廣播公司採訪時，採取了同樣的傾斜角度，這會讓她的話變得更有深度。蘇菲亞調整語氣，用更柔和甚至是遺憾的口吻說：「這麼多年來我把我的重心都放在了工作上，家庭被排在後面，說實話，費歐娜，這是我最大的遺憾之一。」

「我還沒問妳丈夫的情況，妳結婚多久了？」

蘇菲亞蜷縮著腳趾，「我和我親愛的派翠克已經結婚快四十年了。」

「如果沒記錯的話，他是妳第五任丈夫？」

「是的。」她簡短地回答，然後才補充：「我二、三十歲時的婚姻不怎麼順利，」蘇菲亞輕聲笑了笑，「但人們總說失敗為成功之母，嗯，差不多吧。但就像我之前說的那樣，我很幸運能擁有一個漫長又幸福的生活。我只希望妳的女兒和我多年來支持過的孩子能有和我一樣的快樂生活。」

「我知道我們剩下時間不多，所以我最後想問一下，妳覺得陪審團以及大眾應該要投票給妳的理由是什麼？」

「我從來沒有這麼大膽地覺得人們應該要投票給我，我當然希望能獲得更多的票數。要是我被允許活著，也不會把這個當作理所當然，一秒鐘都不會，我會繼續把人民的需求放在自己的需求之上。我曾經認識的一位牧師說過：『一根蠟燭點燃一根蠟燭的過程不會有任何損失』，這就是我的生活方式。」

倒數計時的時鐘歸零，蘇菲亞放鬆地靠在椅子上撫摸著奧斯卡，想像觀眾起立鼓掌的樣子。揚聲器又出現一個聲音，蘇菲亞認出來那是駭客。

「謝謝妳，蘇菲亞，」他說，「妳的生活的確很有趣，這是無可爭辯的。」

「那都是因為觀眾支持的緣故，我在這裡為他們服務。」蘇菲亞回答。

「介意我代表他們問妳個問題嗎？」蘇菲亞點點頭，很樂意自己還能在眾人焦點下多待一些時間。「妳有沒有考慮過自己建立一個家庭？」

「當然，就和每個女人一樣。」

蘇菲亞直覺告訴自己，駭客話還沒說完。她需要扯其他東西轉移話題，而且要快。「如果你想知道為什麼我沒有建立自己的家庭，因為我沒有生孩子的能力。」

她停頓了一下，從包包裡抽出一些紙巾，擦了擦不存在的眼淚。從這沉默的片刻可以知道，大家的注意力仍然在自己身上。

「我和派翠克相遇的時候，已經準備好建立一個家庭，但不幸的是，我的身體並沒有。我被診斷患有子宮肌瘤，這帶給我很大的痛苦，需要切除子宮。你可以想像這是一個毀滅性的打擊。我在醫院裡慶祝了四十歲生日，最近才發現那是我最後悔的事情，為此哭得死去活來。那個時候還沒有那麼先進的技術有卵子銀行；而代理孕母也不像今天這麼盛行，所以我失去當母親的唯一機會。這大概也是為什麼我捐錢給兒童慈善機構的原因，我把所有幫助過的兒童當成自己的兒女。」

「但有件事我有點不懂。」

「關於什麼的？」

「我以為不成家是你自己決定的？根據我這邊的醫療紀錄，不生小孩好像是你自己決定的。」

蘇菲亞平著氣息心想：他知道了，他什麼都知道了。她一隻手按住喉嚨，等著駭客繼續說，但經過一陣讓人難耐的沉默後，蘇菲亞率先開口。「那是一段複雜的過去。」

「也沒真的那麼複雜，不是嗎？妳沒有切除子宮，而是選擇絕育。為什麼一個自稱想建立家庭的人，會做這種極端不合理的決定？」

蘇菲亞瞪著鏡頭，偽裝已經被卸除，她的劇本已經演完，但是觀眾仍在等待。

「要是妳不願意和那些妳所謂的粉絲分享這件事，那我就幫妳做嘍？」他提出的建議沒有得到回應，「那我就當妳同意了，妳選擇絕育真正的原因是……」

「我想退出這場比賽，」蘇菲亞突然開口，「把我從名單中刪除，就讓別人代替我活下去。」

這是她第一次聽到駭客發出笑聲，「妳真的寧願死也不願意讓真相曝光？」

「我不想再參與其中，」蘇菲亞繼續說，「實在很噁心，你威脅我們所有人，硬要把私事扒出來攤在陽光下。」

「所以妳只想讓他們認識妳願意呈現的自己？」

「我的私生活是我自己的事。」

「蘇菲亞，已經來不及了。事實是妳做的是絕育手術，讓自己無法懷上妳丈夫的孩子。」

蘇菲亞的不發一語，像是默認一般。

「為什麼不願意懷上他的孩子？」

蘇菲亞感到喉嚨緊縮，沒有辦法替自己辯護。

「因為妳丈夫從以前到現在，都是一個讓人厭惡的戀童癖，不是嗎？而且妳跟他同流合污，利用自己的財力和影響力，掩蓋他過去四十年來，已經猥褻了數十名兒童的事實。」

蘇菲亞憤怒地搖頭，「你什麼都不知道……」

「我有其他受害者的名字、發生日期以及妳付了多少封口費。我甚至還有他拍的照片，而且已經寄給雜誌社和網站了。」

蘇菲亞雙臂僵硬地靠在座位上。大腦飛快地運轉，拚命想想出一個能夠挽救名聲的方法，但在準備開口辯護之前，就發現已經沒這個機會了，麥克風聲音被切斷，節目結束，職業生涯也跟著結束。

# 37

莉比長吁一口氣，才發現剛才一直沒在呼吸，轉身面對同樣目瞪口呆的馬修。

然後再看向朱迪的畫面，他表現得和其他人一樣搞不懂怎麼回事。

「我想英國全國防止虐待兒童協會的耶誕卡名單上，很快就會把蘇菲亞給除名。」卡德曼說。

「你在開性侵兒童的玩笑？」莉比問。

卡德曼瞥了馬修一眼，然後立刻退後。「我道歉。」

從克萊兒和蘇菲亞的私人秘密被曝光的情況，不難看出，挑選出的這些乘客並不是隨機的。在這個世界上，沒有什麼比秘密更讓莉比討厭的。她腦中突然想起警報，她哥哥尼基從出院那天起，就對家人隱瞞了想自殺的念頭。而威廉則隱瞞了自己和辦公室實習生的關係，朱迪又可能對她隱瞞了些什麼？

「駭客的指控不見得一定是真的，不是嗎？」她對傑克說，「或者可能只是故事的一部分？」

傑克沒有回頭看她，只顧著盯著螢幕。莉比繼續說：「他利用我們大家來陷害這些乘客，一旦乘客向我們表現自己良好的一面，他便會用揭秘的方式將他們抹煞。要是他不給這些人辯解的機會，我們又怎麼能知道真相？」

「辯解？」傑克嗤之以鼻，「迪克森小姐，妳還搞不清楚狀況，這裡早就不遵守任何公平的遊戲規則，駭客只承認自己安排的議程。」

「我不是笨蛋，這我也看得出來，」她回答，「他做的事情跟你在審訊中的狀況不也是一樣？你沒有給我們完整的資訊，不是嗎？我們在被迫決定誰該負責之前，你也只向我們提供部分資訊：受害者還有車子。而很多其他證據都以『機密』的方式被隱藏起來，最後被責難的永遠是受害者。所以他做的事情跟你做的沒有什麼不同。」

「妳這個說法並不準確也很無知，迪克森小姐。我們能做的是讓乘客說出，為什麼他們覺得自己應該活著，這事關乎到他們自身利益，誠實才是上策。要是自己不誠實，那麼只有老天能幫助他們。」

莉比直接盯著傑克的眼睛。曾經害怕的那銳利眼神已經不復存在。傑克已經輸掉了自己的戰爭。莉比問道：「你為什麼這麼容易就放棄了？」

「因為現在我不管做什麼，都沒辦法幫助雅頓小姐。」

「不，我指的不是克萊兒，我指的是這裡發生的事，在你職業生涯中，如果不以牙還牙地鬥爭，你不會有今天的地位。之前一直離不開耳朵的電話，現在不知道去哪了？為什麼你不再對辦公室發脾氣，要求和政府通信部門交談？」

「你們千禧一代的許多問題之一是花太多時間思考，對不需要關心的事情投入太多。要是我是妳，我會專注在妳朋友朱迪身上，看他那空洞的眼神背後藏了什麼東西。」

莉比沒有上當，「駭客有你的把柄，不是嗎？」

「別胡說八道了。」傑克瞄了一下自己在畫面上的形象，確認沒有看起來像莉比說的那麼惡毒。莉比整個人轉過來面對著他，但傑克仍然保持固有姿勢，似乎怕有什麼動作就會顯露出自己內心。「我說對了不是嗎？」莉比沒有停，「他暗示了很多次有關你審訊的事，而且你不知道他到底知道些什麼，所以保持低調以策安全。若他能知道乘客的秘密，那他會知道你的事情也不怎麼意外。」

「妳想像力很豐富，迪克森小姐。」

「你只是在等待時機，希望離開這個房間時，不要多做反駁，以免言多必失。」

傑克終於看了她一眼，用沉默說明了一切。莉比把注意力回到投射畫面的牆上。蘇菲亞面無表情，雙手合十眼睛不看鏡頭，而且從擋風玻璃往外看，彷彿畫面已經凍結。「能問一下社交媒體對我們的『國寶』秘密曝光有什麼反應嗎？」駭客問道。

「可能就如你預期的那樣，」卡德曼回答，「我覺得可以這麼說，她現在是這個星球上最令人討厭的女人。」

「離車子相撞還有四十五分鐘，我們繼續吧？」駭客建議，「接下來有一對唯一的夫妻檔，就找裡面其中一位。」

# 38

## 山姆．科爾

山姆沒有在鏡頭前表現出驚恐的樣子，胃酸一度湧進喉嚨到嘴裡，他硬生生把它吞下，感覺喉嚨在燃燒。

幾分鐘前，克萊兒和蘇菲亞的名聲在全世界面前分崩離析，山姆抑制住自己的喜悅。與此同時，他非常清楚自己即將受到人們的檢驗，同樣的事情也可能發生在自己身上，他也有很多秘密足以毀掉他的生存機會。

山姆大腦飛快運轉，他把選擇縮小到只剩兩條路，說實話跟說謊。如果自己擊敗駭客，主動承認罪行，也許社會大眾和陪審員會原諒他？他心想，不如直接判死刑會容易一點。他搖搖頭，迅速排除這個選項，除非他們當中有人陷入跟自己一樣的處境，不然沒有人能理解他所做的選擇。

如果要隱藏資訊來誘導別人，那麼他只有十分鐘來說服觀眾，自己比妻子更值得活下來。然後當時間用盡後，駭客揭露山姆的秘密後，仍可以保留一點支持度。說不定駭客還不知道山姆隱藏的秘密，但他確信，就算駭客不知道，社交媒體也會揭露，有太多人從不同的生活領域認識他，所以他得避開談論自己的公共領域的身分。

每隔一段時間山姆就會偷看海蒂一眼，試圖從她的表情和肢體語言判斷她是怎麼堅持下來。但這真的很難，他們在一起十二年，結婚十年，海蒂擔任員警的時間越長，就越難從她的外表判斷內心。海蒂在這個世界上看過太多的壞事，也讓她變得越來越堅強。

要是以前，海蒂才不可能問他是否願意為自己犧牲生命。他很懷疑，難道她就沒有想過，他也能像海蒂一樣為孩子提供很多東西嗎？海蒂想活下去，那她為什麼認為山姆不想？

他也自問，是否真的要為了自己的生存，試圖搶走妻子的支持票？他又瞥了海蒂一眼，想起她同事給她取的綽號叫艾爾莎，不用解釋也知道原因。比方說像現在，她皮膚表面可能已經覆蓋了一層霜，只是看起來不會有任何涼意。正是她具有能抽離當下的能力，才會把山姆生命的重要性看得比自己更低。就他所知，海蒂在孩子方面比他更有優勢，他在哈利法克斯工作好幾個禮拜，這代表貝姬和詹姆斯跟自己的母親關係更好。有時候回家時，自己無法進入他們緊密的小圈子，好像沒有地方容納他。可是他抽不出身，而且時間也不夠用。不管海蒂是不是故意的，她都讓山姆感覺在家裡只是個客人。在此刻，山姆發現自己比以往任何時候都恨她。

駭客再次開口，讓山姆大腿開始發抖。「穆里爾，準備好開始了嗎？」駭客問道，時間開始倒數，山姆看了穆里爾一眼，如果要選人救自己，穆里爾不是第一人選，但這種情況也無法挑三揀四。

「你好，山姆。」她想表達同情，像在安慰即將死去的人。山姆壓抑想要提醒對方自己還沒死的衝動，「妳好嗎？」

「說真的，我很生氣。」他特地交叉雙臂，彷彿為了強調這一點。

「嗯，這是可以理解的……」

「如果是妳，不會有同樣的感覺嗎？」他插話，「不是我死，就是我妻子死，再不然就是我們兩個都死，這不公平，不是嗎？我不想失去她，她也不想沒有我，而我們孩子看到他們父母在數十億觀眾面前被炸成碎片，妳要怎麼讓他們像正常人一樣繼續活下去？他們會終生受創，不是嗎？」

從穆里爾的表情可以看出來，她沒有料到山姆會如此憤慨激昂，讓本來要問的問題變得問不下去。

「嗯，你有，呃，兩個孩子，是嗎？」她問道。

「是的，一個八歲，一個九歲，他們是世界上最好的孩子。詹姆斯在學校是十歲以下橄欖球隊的隊長，貝姬是個非常有才華的小歌手。他們是我能夠撐到現在的心靈支柱。」山姆把手機舉到鏡頭前，展示了一些精心挑選的照片，自己兩隻手臂下各夾一個小孩，但裡面沒有海蒂。

「他們真可愛，」穆里爾說，「我相信你也知道，我們談話的目的就是讓大家多了解你一點，我能問問你結婚多久了嗎？」

「下個月就十年了。」

「你是一個有信仰的人嗎？」

「我是聖公會的。」

「會經常和上帝說話嗎？」

「恐怕沒有。我經常在外工作，沒有太多空閒時間。嗯，我確實很信神，直到現在，被鎖在車裡努力爭取活下去的機會。」

「在我們脆弱的時候，尤其需要信念支撐著我們。」

「說實話，我覺得神好像拋棄我了。」

「神總是在我們身邊。」

「我沒有看到祂，祂讓我跟妻子相互競爭，這個世界上除了孩子之外，我最愛的就是我太太了。上帝一定知道，我最不想要的就是跟她針鋒相對，所以我的命運已經註定。此外，海蒂總是會比我更受到大家的支持，不是嗎？這個就是世界的運作方式，媽媽永遠比爸爸更受重視。」

「嗯，是的，但也不是，」穆里爾回答，對於正確答案是什麼她也不太清楚，山姆看到她揚起眉毛轉向別的陪審員，像是在求助。「在這個平等的時代，大家沒有理由不會支持你，不是嗎？」

山姆笑了，「我想這個問題的答案我們都一清二楚，穆里爾。如果妳思考一下，這是赤裸裸的歧視。一個女人懷胎九月，然後把孩子生下來，這並不代表她一定會是個合格的母親。這也不代表身為一個男人，就不能和女人一樣好地養活孩子。請不要誤會我，我不是說我做得比海蒂更好；我的孩子們已經有了最好的母親，我只是想指出，在一個性別如此平等的時代，她會比我更有機會在這個情況中活下來。」

山姆注意到費歐娜在平板電腦上面打字，然後滑過來給不知所措的穆里爾看。畫面上的時鐘過了一分半，山姆把手放在大腿上，阻止它發抖。

「要不要藉這個機會向大家介紹一下自己？」穆里爾提高音調地說。

山姆回答：「如果我讓妳感到不舒服，我很抱歉，這不是我的本意。」

「不，不，你沒有。」她撒了個謊，微微對他一笑。

「我只是很沮喪，因為我可能再也看不到或是抱到我的孩子，」山姆繼續說，「他們是我的世界，我很感激海蒂花很多時間陪他們。但如果有半點機會，我希望能跟她互換位置。現在可能有數百萬的其他父親正在聽我說話，我對孩子的貢獻方式可能跟母親有所不同，但我相信重要性是一樣的。從現在來看，我可能會死。上帝為什麼要把我放在一個沒有生存機會的位置上？」

「嗯，也許就算你們一起創造的生命，也只有女人在生理上有辦法餵養和培育孩子，這也是為什麼她會被一些人判斷更有活下去的價值……」

「所以因為我在生理上無法養活一個嬰兒，我就應該被處罰？真的嗎？」

「並不是這樣……」

「所以不僅是社會上對我不利，連我自己的生物性基礎也在對抗我，這就是上帝創造的生物學？我真的被耍了，不是嗎？」

穆里爾試著談其他話題，從山姆的職業到他的興趣和動機，但不管談到什麼，他都會扯到對男性的偏見上。山姆盡力了，現在只希望他的論點也能夠打動其他性別的人。此時他意識到時間還有九十秒，還需要再撐一下子。

「我可以問你們這邊負責觀察社交媒體的專家一個問題嗎？」他開口問，但不等有人答應就繼續說：「在我開始這十分鐘之前，我在網路上受歡迎的程度如何？」

卡德曼立刻又變回那不可一世的態度，伸手拿他的平板電腦。「給我一分鐘，把資料整理一下。」他小聲地說。

「不幸的是，我也只有一分鐘。」

「好吧，就人氣而言，第一位是海蒂，第二位是你，第三位是蘇菲亞，雖然她現在人物設定崩壞嚴重，再來是朱迪，然後是克萊兒。」

「那現在呢？」

「雖然『#殺了蘇菲亞』之類的相關標籤是最多，但目前就乘客喜好度上來看，你的評價和積分最高。支持你的人大多來自英國、美國、丹麥、法國和瑞典，這些國家單親家庭的比例極高。」

如果可以，山姆很想對著空氣打出勝利的一拳，後來還是忍住了。在不到十分鐘的時間裡，他已經完成自己設定的目標。當然其代價是犧牲海蒂，他不想去看海蒂的反應，但還是忍不住。妻子的表情不再是冷若冰霜，而是寒風刺骨，眉毛緊緊皺在一起，嘴唇緊緊閉著，胸腔呼吸快速起伏，像在努力壓抑憤怒情緒。山姆心裡有一部分很想跟她說對不起，但知道不能這樣做，因為這不是真心的。

現在山姆更有機會活下來。

「時間到了，」駭客說。山姆看到穆里爾吁了一口氣，一副責任完成後如釋重負的表情。山姆振作起來，因為接下來幾分鐘會跟克萊兒和蘇菲亞的模式一樣，接受駭客最後的攻擊。他希望當自己被攻擊得體無完膚時，剛才十分鐘所累積的說服力，足以讓他保留一些支持票。

「這在輿論上是相當大的轉折，山姆，」駭客說，「這個手法非常巧妙。」

「我想補充一點，我並不想從我妻子那裡爭奪票數，」山姆盡可能用真誠的口吻強調，「我願意為她而死。」

「這我相信，如果這是真的，那麼這段感情一定十分美好。但並非如此，不是嗎？因為你是有機會這麼做，但你卻選擇了自己苟活。我想知道你是否也可以為其他人而死，也許是為了喬西，她是你跟海蒂結婚一年後另外再娶的女人。也或許你會為了你第二個家庭的兒子和女兒送死？這是一個沒有被公開的秘密家庭嗎？它對你來說會比第一個家庭更重要嗎？」

# 39

## 海蒂・科爾

海蒂意識到，現在有數百萬雙眼睛盯著自己，網路上的人還有陪審員都緊張地在等待海蒂做出反應。

她慢慢開始自己的表演，緩緩地搖頭。「不，你是個騙子，」她跟駭客說，「我不相信你的話。」

「我沒理由對妳說謊，海蒂，」駭客回答，話語中充滿了虛假的同情。「在妳跟丈夫結婚的九年當中，其中有八年他也在另外一段婚姻中，而且還生了另外兩個孩子。」

「我應該相信你的話嗎？」她回擊道，「你對我們所有人都進行指控，卻沒提供任何證據。在看到證據之前，我不會相信任何人的話。」

「還真是一副執法人員的口吻，科爾警佐。」

此畫面角落出現一個十分鐘倒數計時，同時還播放一段影片。裡面可以看到山姆在主題遊樂園和兩個年紀相仿的小孩子一起玩耍。他跟一個金髮男和紅髮女在滑架上一起從滑水道溜下掉入水裡時，每個人都淋濕了，走出滑水道後，都在咯咯地笑著，想擰乾衣服上的水。「爸爸，你全身都濕了。」

那個女孩用手指著正在搓揉濕漉漉頭髮的山姆。拿著攝影機的人，以自拍的角度對準所有人，那是一名皮膚蒼白，黑色短髮的女人。「噢，等爸爸穿著濕答答褲子回家時，就會後悔了。」她笑著說，然後畫面漸漸變黑。

下一個片段是在家庭餐館錄製，同樣是那兩個孩子，還有一群海蒂不認識的男男女女。在這影片片段中，那名女子帶著插著蠟燭的一個蛋糕靠近山姆，蠟燭分別以「4」和「0」的造型正在燃燒著。大家齊聲唱著生日快樂歌。海蒂記得自己曾經提議要為山姆辦一個生日派對，後來被山姆拒絕，現在她知道為什麼了。應大家的要求，山姆站起來發表談話。「我很感謝大家的到來，」他說道，「也感謝我美麗的妻子和孩子，幫我製造這個驚喜。她還真是神秘。」

「把它關掉。」海蒂喝斥，駭客答應了。當海蒂面無表情地看向山姆的畫面。山姆就算低著頭，也感覺得出他臉上寫滿羞愧。

「他們是誰？」海蒂開口問。

「這不重要，」駭客回答，「重要的是這些人存在。」

「如果你告訴我，我的婚姻是建立在謊言之上，那麼這就對我很重要。他們是誰？」

「他的兒子叫詹姆斯，女兒叫貝姬。」

「這是我們孩子的名字。」

「他取了一模一樣的名字。」

「那麼那個女人呢？」

「他的妻子叫喬西。」

「不要叫他妻子，」海蒂喝斥，「如果他先娶了我，那麼在法律上我才是他的妻子，而不是那個女人。」

畫面切到馬修，他立刻開始說話。

「我很抱歉，海蒂。」他說。海蒂沒有回應，馬修見狀又繼續開口：「我不知道是在結婚後劈腿，還是在有了第一個家庭之後又建立了另外一個更糟，我自己也是過來人。」

海蒂聽了他的話後，情緒稍微緩和。「是嗎？」她問。

馬修點點頭，「我的另一半粗心地忘記刪除一條簡訊，被我發現。當我說我同情妳時，並不只是口頭說說。」

海蒂向馬修露出感激的微笑，然後又把注意力轉向丈夫。「我甚至不用問你這是不是真的，山姆，看看你。」山姆此時在座位上顯得侷促不安，畫面上可以看到他的腿正在上下抖動。「你怎麼能這樣？」海蒂繼續說，聲音越來越大聲。「什麼樣的人會在結婚後，還會再和另一個人結婚？我是消失不存在了？還是你徹底把我忘了？那女人知道我們有家庭嗎？」

山姆張嘴想回應什麼，但是麥克風已經被關掉，無法給出任何答案。「把他的麥克風聲音調大。」海蒂下令，但是她的要求被忽視了。「你聽到我說的了！我有權知道！如果我要死在這輛車裡，至少我要知道真相。」

「我不認為妳會得到任何答案，海蒂，」馬修平靜地說，「駭客對給答案並不感興趣；他只想玩弄妳……玩弄我們所有人來滿足他。所以妳為何不親自告訴我們妳的情況呢？讓人們知道妳是誰，不用管山姆，不要依靠山姆來定義妳。」

「但我信任他，他怎麼能這樣對我？」

「做一個母親，妳會怎麼形容自己？」馬修沒有扯開話題。

「我不像山姆，我都會陪在孩子身邊，」她回答，「剛才輪到山姆被採訪時，他很想指出在一個家庭中，只有女性才被視為是養育者，很不公平。嗯，山姆，那是因為我別無選擇，我只能承擔這個角色。你一直沒有提到你是怎麼接下那份工作合約的，搞得你一個禮拜要離開家四天。現在我知道了，原來你的時間都花在陪另外一個家庭。我也是全職工作，但在孩子面前母兼父職的人是我。我帶著貝姬去上歌唱課，還載著詹姆斯到各地參加橄欖球比賽。就算你跟我們在一起，也總是心不在焉，總是太累而無法參與。現在我明白了，你可能一直在忙著照顧其他孩子。」

「妳覺得有什麼理由，自己應該在這場危機中生存下來？」馬修繼續說。

海蒂搖搖頭，「知道嗎？我不是故意要失禮，但我已經不想玩這個遊戲。過去十年裡我一直在養育我的孩子、在事業上取得成功、在婚姻上取得成功。這就是我努力做好一個人得到的回報。所以，去死吧。我不會再回答任何問題了。」

海蒂用指尖揉揉眼睛，看向窗外的景色。外面的交通完全停止，有一列隊的司機和乘客排成一排看著她的車經過，有的人拿著相機鏡頭對準她，也有其他人不斷揮手跟鼓掌。她緊張地倒抽一口氣，擔心有人想要破壞秩序想阻止車子行駛，那自己很可能會遭遇和莎班娜一樣的結果。但是好在他們都保持安全距離。

下一個發言的人是駭客。

「妳沒事吧，海蒂？」他問。

「不要惺惺作態，如果你在乎的話，我們就不會被困在這些車裡，像動物園裡的動物一樣被人圍觀。我和我的孩子會待在家裡，不會被你像這樣公開羞辱。」

「妳還有三分鐘時間。」

「就讓它跑完，或是轉讓給別人，還是你要把它塞進你的屁股裡我都不在乎。我只想用這個機會給我的孩子一個教育，那就是勇敢面對惡霸；堅持自己立場，不允許像你或是像他們父親那樣的人欺負自己。」

駭客讓畫面停留在發出挑釁的海蒂身上好一會兒，才終於再次開口。

「卡德曼，可以讓我們了解一下大眾對海蒂和山姆的反應嗎？」

「海蒂支持度已經超過了山姆，他已經降到比克萊兒還低的排名。顯然，跟兩個妻子生活，並組織兩個家庭的惡劣程度，遠超過了和丈夫屍體一起兜風。」

「雖然網路讓我非常著迷，但我們的乘客也不遑多讓。」駭客說，「我覺得妳很有趣，海蒂。提前結束時間是個十分危險的舉動。」

「這不是什麼舉動，我不是在玩遊戲。」

「但這並不是真的，不是嗎？」

海蒂的心沉了下去。有一瞬間。她以為自己已經沒事。只要扮演好受委屈的妻子贏得同情，那麼山姆的支持度就會變成她的。讓山姆嘗試一下被拋棄的感覺。但是現在駭客很清楚知道她在幹嘛，其他人也將會知道。

「妳知道自己丈夫組織第二個家庭已經有一段時間了，不是嗎？」駭客繼續說道，「為了報仇，妳從那個時候就一直在寄勒索信給他。」

# 40

很快地，莉比的目光第二次落在海蒂的臉上，想從她的反應上解讀些什麼，但什麼都讀不出來。

莉比只好轉頭看著山姆，他的腿不抖了，海蒂抑制住自己的情緒，而山姆卻恰恰相反。山姆無法和海蒂溝通，產生的挫折感累積成憤怒，使他表情變得猙獰。

山姆的情緒似乎是真的，但莉比不再相信自己的判斷。之前四位乘客的故事都讓莉比信以為真，但最後證明他們都有所隱瞞。一想到朱迪也可能如此，莉比就擔心得要命。她跟其他陪審員不同，莉比對她的支持者有感情投入。

儘管很想相信朱迪與眾不同，但事實上自己對他了解又有多少？兩人之間幾乎不認識，對這個人唯一的判斷建立在許久以前四小時的相處之上。之前乘客之間的最大共同點，就是他們都有所隱瞞。如果這個邏輯成立，朱迪必然也是如此，否則他為什麼會被困在一個裝有炸藥的車子裡？突然有個想法讓莉比感到震驚，駭客會不會把最惡劣的乘客排到最後一位？現在噁心的感覺比以往更強烈。

「沒有一名乘客有正面的結果。」穆里爾說。

「你們也一樣。」卡德曼補充。

「為什麼一樣？」

「陪審團負責做出重要決定，現在社交媒體發現你們的判斷力很有問題。你們選擇支持的人，不是丈夫殺手，就是戀童癖保護者，再不然就是出軌或是勒索。」

莉比沒有時間去懷疑朱迪了。現在他的臉佔滿了所有螢幕，倒數計時的時鐘也出現。莉比趕鴨子上架地走到房間中央，眼前這個人生命就在他手中。

「莉比，妳想開始就開始吧。」駭客說。

「你好。」她說，突然暴露在眾人眼光之下讓自己有點不自在。

「妳也好。」他用酒吧那晚相同的微笑對著莉比。莉比心中小鹿就像那個時候一樣開始跳躍。她忍不住回想起他們接吻時候的感覺是多麼美妙，如果這一切沒有被打斷就好了。

「你是怎麼堅持到現在的？」莉比在朱迪回答之前又糾正自己，「對不起，我不應該問愚蠢問題。」

「沒關係，我現在已經沒有那麼震驚了，還不算太壞。我不知道，每次想到再和妳相遇時，都沒料到會是這種場景。」

每次想到，莉比對自己說，他說每次想到。這意味著他還沒有放棄她。他覺得仍有機會。

「我覺得這誰都料不到，」她回答，「你是怎麼保持冷靜的？雖然我沒有被鎖在車子裡，但我怕死了。」

「如果說我不怕，那是在說謊。因為我已經知道，生命中有時候得學會接受命運。」

「我今天早上第一次看到你，並意識到你是誰時，我不確定你是否記得我。」

「妳是一個很難忘記的女人。」莉比聞言雙眼發亮。「我想說我之前講的話都是真的。我確實在社交媒體上搜索過妳，我一個朋友的朋友在開啤酒廠，同時也在經營那家酒吧。他違反了一些隱私法，從閉路電視的影片中，截取一些圖片來幫助我。」朱迪從儀表板上取下手機，並把它對準鏡頭，上面顯示著他之前存下來的照片。「現在我給妳看這個，感覺有點變態。」

「如果是其他人的話，可能是這樣，」莉比說道，「但你的話就不是。」莉比克制住自己的微笑。

「我可以問妳一個問題嗎，莉比？」

「不是應該反過來的嗎？」

「是的，但如果要花十分鐘來爭取存活的機會，或是選擇多了解妳；那麼了解妳對我來講可能更重要。」這一次莉比忍不住笑了。「如果那天妳沒有離開，留在了酒吧，妳認為之後會發生什麼事？」

莉比思考了一會才回答：「我想我的朋友們可能會去別的地方，但你跟我會待在花園裡待到很晚，然後我們會叫一些可怕的外賣，用覆蓋著化學塗料的免洗盒裝著可疑的肉，可能會在回飯店的路上就吃掉，之後你會問我的電話號碼，我會給你，然後會再次接吻。之後在接下來的幾天裡，我們會不停發簡訊給對方，再來週末我們會約吃飯，然後我們的關係從那裡開始。」

「妳想得可真遠，還那麼多細節？」朱迪調侃道，莉比發出的笑聲裡夾帶著鼻音。「的確有可能這樣發展。但是妳卻像灰姑娘一樣消失在夜裡，沒有留下玻璃鞋。而現在，除非妳能夠說服大家我值得活下來，不然我會被鎖在車子裡炸死。相當現代化的童話故事，不是嗎？」

莉比感覺有人在輕拍自己的手臂。馬修指著倒數計時，還有六分鐘，莉比肚子裡有種空虛感。

「我知道你之前說過什麼，」莉比續道，「但要是我不問一些問題，我可能不會原諒自己，這些問題說不定能拯救你的命。」

朱迪嘆了口氣，「那就問吧。但妳不想先解決房間裡的大象[8]嗎？」

「你指的是什麼？」

「為什麼我是乘客？我一直瞞著你們的秘密是什麼？」

莉比吞了下口水，彷彿想把恐懼嚥下去，但徒勞無功。

「我不確定我現在是否想知道。」她平靜地說。

「我們可以用最後幾分鐘來談為什麼我今天被帶到這裡，或者繼續談那天晚上如果我們有更多時間的話會發生什麼事。但是根據之前乘客的經驗，駭客正在等待告訴你們一些會改變對我看法的事。我寧願妳從我嘴巴裡聽到也不要讓他來幫我解釋。」

莉比下意識裡交叉雙臂，好像這樣可以保護自己不被他的答案傷害。朱迪雙手緊握，小心地選用自己的措辭。

「妳問我，儘管發生了那麼多事，我是如何堅持下來。我想我有不怕死的理由。在這所有……這一切……發生之前，因為今早本來的計劃，跟我平常不一樣。」

「怎麼個不一樣？」

「因為這將是我的最後一次。」

「最後一次幹什麼？」

「我的最後一個早晨。我今天就要結束我的生命了。」

❽房間裡的大象，是英文俚語，代表顯而易見但大家都避而不談的問題。

# 41

莉比猛地吸口氣，後退了幾步。

她睜大眼睛瞪著朱迪，希望這只是一個令人討厭的玩笑，但直覺告訴自己，朱迪不是會開這種玩笑的人。她轉向馬修、費歐娜、穆里爾，從他們臉上確認自己是否聽錯。從他們臉上疑惑的表情告訴她，她沒聽錯。

「我……我想我不明白，」她結結巴巴地說道，「你說打算結束生命是什麼意思？」

「就是妳所認為的那樣。我在衛星導航設定好要去蘇格蘭的福斯鐵橋。妳去過那裡嗎？」莉比搖搖頭。「我哥哥和我小時候每年夏天都會去南昆斯菲利跟叔叔住在一起。那是個美麗的地方，在一個充滿美好回憶的地方結束，這一切似乎很合適。」

莉比腦中一片混亂。朱迪的回答如此淡然，好像只是在計劃一個暑假旅行而非死亡。莉比反射性地想說服他不要，但曾經的護理專業培訓提醒自己必須小心用詞。

「我這樣問可能有點多管閒事，希望你能原諒我，但你為什麼會做出這樣的決定？」她開口問。

「妳不必用對小孩子的態度對我，莉比。」他回答，「我不是妳的病人，我只代表我自己，我想我和大多數想提前結束生命的人一樣，因為沒有活下去的理由。」

「但是我們見面時，你看起來很開心很有自信……你的笑容和熱情是我對你印象最深的事。」

「如果妳和我一樣長期受憂鬱症的困擾，那妳就會學習怎麼提升自己的演技。我十幾歲時，憂鬱症就一直斷斷續續在折磨我，近年來它變得難以忍受。藥物治療、心理治療、電療法……所有嘗試過的方法都沒半點效果。所以去年聖誕節我向自己承諾，要是這一切變得無法承受，我將奪回我的控制權，不再被它掌握。在經歷了這特別艱難的幾個月，我下定決心，今天將是我奪回控制權的日子，就在此時此刻。」

「那你的家人呢？」

「我哥哥是我唯一的親人，但我們之間距離很遠，已經不再真正了解彼此。」

「我相信他還是會想你的。」

「是，他可能會。不讓他傷心，並不足以構成活下去的理由。沒有什麼事能讓我改變心意。」

那我呢？莉比想問，但她忍住了。「有很多事情值得活……」莉比講一半就停住，她提醒自己，對一個憂鬱症的人說生活有多麼多采多姿，完全沒有幫助。「我很抱歉，」她又接著說道：「這不是你想聽的。」

「不，不完全。」朱迪真誠地笑了笑，「但謝謝妳。」

「為什麼過去幾個月讓你如此難受？」

「自從我們上次見面後，發生很多變化。我失業了，一直努力在找另一份工作；後來因為付不起房租，被趕出公寓，我一直住在車子裡。我在超級市場裡洗澡，有能力時，會在社區游泳池洗。我吃的東西，大部分來自食物銀行或是超級市場的垃圾桶。我失去自尊和信心，最重要的是，我失去了戰鬥意志。」

一滴孤獨的淚水，順著莉比臉頰滑落停在嘴角，被她輕輕拂去。「我很抱歉。」

「別這樣，這不是妳的錯。我無法找到擺脫憂鬱的辦法，就算奇蹟出現也來不及了，沒有人有辦法。」

「那如果那天晚上我們一直待在酒吧呢？事情可能會有所不同。」

「那只是一廂情願的假設不是嗎？現在……我在這裡，妳在那裡，這就是我們的現實。我內心有一部分希望，能在遇見妳的第二天早上就死，至少在死前見到妳，可以開心告別這個世界。」

「那你為什麼沒這麼做？」

「因為一想到能再次見到妳，我就有了希望。」

「我以前經歷過這種情況，」莉比突然開口，「我哥哥尼基，他被精神問題折磨。他的想法和你一樣，認為死後不會有人想念他。但是我們每天都在想，現在也很想念。」

「我很抱歉，」朱迪說，「我不知道這事。如果妳不介意我問的話，發生了什麼？」

「他十五歲在學校打橄欖球時頭部受傷。撞到地上的角度很怪，頭部血流如注。後來昏迷了一個月，當他終於醒過來並開始康復時，很明顯已經不是從小和我一起長大的哥哥。就像你一樣，他失去了信心，不是被焦慮困擾就是被憂鬱吞噬。他一直告訴我們希望能死在橄欖球場上。幾年過後，他已經有五次自殺失敗的經驗。他封閉自己內心，我們都無能為力。為了他自己的安全，我們不得不把他送去保護安全的機構。他出院那天，我們把他帶回家，才幾個小時後，他就在臥室上吊自殺了。是我發現了他的屍體。尼基是我選擇轉行到心理健康護理的原因。但為時已晚，我沒有足夠資源拯救我的哥哥，但我可以幫助其他人。」

「應該有更平等的對象，莉比，一個能夠對待妳，妳對待他一樣的人。就算我很想成為那個人，但那個人也不會是我。妳只會得到一個病人，而不是一個伴侶。」

「我不是說我可以，但我要告訴你，我不會放棄你。」

「妳不能透過拯救我來拯救尼基，莉比。這種壓力放在任何人身上都是不公平的。」

「這是我的決定，不是你的。」

朱迪平靜地對他微笑，「不管妳想邀請誰成為自己生命中的一部分，他都是幸運的，莉比。」

畫面上朱迪嘴唇在動，好像在說什麼，但聲音已經被切斷。此時莉比才注意十分鐘的時間已結束，她盡力挽救一個不想被拯救的人。

# 42

## 為您提供線上趨勢

#拯救克萊兒#拯救蘇菲亞#拯救海蒂#拯救山姆
#拯救朱迪—923萬推文
#你會拯救誰—865萬推文
#駭客是誰—230萬推文
#殺光全部—220萬推文
#幫莉比買雙鞋—55.8萬推文

駭客是第一個打破沉默的人。

「那麼，陪審團和所有網路媒體的人，目前每一位乘客都已經自我介紹，其中有些人的虛假形象被我用真相戳破。現在輪到你們做決定了。其中一位乘客將倖存下來，其他乘客大概再過四十分鐘就會迎面相撞。在陪審團的票跟網路上大眾的票合計結算之前，你們要先做好決定投誰，這樣才會知道誰是那名幸運兒。」

莉比期待後續還有什麼資料補充，想知道為什麼朱迪不願接納自己。但什麼都沒等到。朱迪是唯一做到駭客要求誠實的乘客，但代價是失去支持度。

「莉比，我們應該開始了。」馬修小聲地說，打斷了莉比思路。她轉過身來，發現身後穆里爾和費歐娜已經搬動椅子讓大家圍在同一張桌子前，還替她留個空位。她再次看了看每一個人後又抬頭看看投影牆，把還活著的五名乘客都瀏覽了一遍。再次轉過身來對著馬修點點頭，拉出了一張椅子。傑克坐在離他們幾公尺遠的地方，靠近出口。

「我們該如何處理這個問題？」費歐娜問道，「除非有人有更好的主意，我想我們應該一一點名討論，看看我們每個人支持誰。而且我確信有些乘客比較容易做決定。」除了傑克外，所有陪審員都同意。「我們可以從克萊兒開始嗎？」費歐娜說，「要投給她的人有誰？」

「我很糾結，」穆里爾承認，「雖然我無法判斷是對是錯，但我覺得應該給未出世的孩子一個機會。」莉比注意到她正用拇指和食指捏著脖子上的十字架，彷彿它可以引導自己。

「如果妳的女同性戀伴侶沒有懷上她的孩子，也許妳的偏見會少一點。」傑克說。

「她是我的『妻子』，不是『伴侶』，而且那是『我們的』孩子，不是『她的』。」穆里爾打斷他的話。

傑克反駁，「除非現在技術已經發展到可以讓妳提供精子讓她懷孕，不然要說這是她的孩子應該也不為過。」

穆里爾翻了個白眼，「這不干你的事，而且那是我的受精卵植入她的子宮。現在能不能回到主題？我不知道克萊兒為什麼把丈夫屍體放在車廂裡，或者是否真的殺了他。」

「不然還有可能是誰？」傑克問。

「也許克萊兒不知道他在裡面？」穆里爾反駁。

「哦，得了吧。她怎麼會不知道呢？」

「你每次進車都檢查後車廂嗎？」

「沒有，但我想我會知道裡面有沒有屍體。」

「傑克，你怎麼這麼快就拋棄你本來支持的人。」馬修說。

「我支持贏家，我讓前三名乘客復活的機會，搞不好都比雅頓小姐贏得比賽的機會更大。」

「或是復活你的職業生涯。」莉比補充。

「那麼妳要投票給她嗎，穆里爾？」費歐娜問道，「不幸的是，我們不能根據是否懷孕來決定是否支持。」

「但我必須這麼做。我要投給她。」

「如果還有誰支持克萊兒的？可以舉一下手嗎？」費歐娜依次看向每位陪審員，所有人都搖了搖頭，包括傑克。

「好的，那麼克萊兒．雅頓一票。」她在平板上輸入這個名字。

「妳認為我們做出決定後，駭客會告訴我們她丈夫的真相嗎？」穆里爾問。

「我並不指望，」費歐娜表示，「我不覺得我們會知道每個乘客最後的真相。」

43

# 線上問答測驗

新 聞 | 娛 樂 | 生 活 | 影 片 | 更 多

## 你會是哪位乘客？

作者：約翰．拉塞爾，工作人員

如果你被困在駭客的車內，你會是哪位乘客？

從這些選項中選出你的答案，測出結果會告訴你，你是另一半是戀童癖的過氣明星，還是後車廂藏有屍體嚎啕大哭的孕婦。

開始測驗……

## 克萊兒・雅頓

克萊兒的眼睛哭得發疼，就像有人把沙子踢進眼睛裡，然後又把它搓進去。她是很想哭，希望能得到一點安慰。但已經哭得太累，再也沒有眼淚。

她持續被困在車子裡，無助地聽一群陌生人討論自己的生命價值。當她向大家隱瞞班的真相時，也順便把孩子的未來葬送在謊言中。身為一個母親，她唯一的工作就是保護泰特，但現在失敗了。

當全世界看到她丈夫屍體的影像時，克萊兒就知道在這場危機中存活下來的機會只剩下零。如果自己是陪審員，在家裡或電視機看到別人陷入這樣難分黑白的混亂中，她也會站在證據那一方。但事實並非如此，甚至完全相反。如果再給她一分鐘解釋，為什麼班的屍體會在車上，那麼她和泰特可能還有機會。但這不是駭客想要的劇本，駭客想要讓他們死，克萊兒的末日到了，無力回天。

車子外面兩側，行駛著裝甲車和警車，以防止數百名的圍觀者干擾車子行進。這些觀眾待在人行道上，為了看克萊兒最後一眼。

克萊兒轉頭不看窗戶，開始注視凸起的肚子。「我很抱歉，非常抱歉。」她小聲說，手小心翼翼地在上面打轉，就像在轆轤上拉坯般輕柔。「事情不應該是這樣的，你爸爸和我為你計劃了一切，我們三個人要一起度過美妙的人生、充滿興奮的冒險。然後你會離開建立自己的家園，找到屬於自己的奇妙生活，而我和爸爸會一起變老。但後來他毀了一切，我失去了他，現在我也將失去你。」

克萊兒回想到六個月前，她的世界瓦解的時候，她記得很清楚，那天她靜悄悄地關上家裡前門，手提包掉到地上的同時，裡面塑膠瓶罐發出咔咔聲。她看著班吃力地扶著欄杆走上樓梯，轉個身進到門框，消失在臥室裡。克萊兒用手捂著嘴，默默地抽泣。她需要發洩一下才能再去關心她的丈夫。

克萊兒拍拍肚子，那時才微微凸起，還不明顯。她向裡面的孩子保證，等他出生在這世界上時，一切都會好起來。克萊兒不想以謊言當作開始，但目前沒什麼選擇，得不計一切代價保護肚子裡的小東西。

克萊兒走到臥室時在門口停頓一下，看了一下班。她丈夫正坐在床墊邊緣，頭埋在雙手中。這不是克萊兒愛上的那個強壯、不屈服的男人。不是她心目中那一百九十公分高、有著寬厚胸膛的運動員。以前他參加鐵人三項比賽時，克萊兒常在場邊為他加油。現在的他是一個受到驚嚇、脆弱的男孩，被困在一個殘破不堪的成年人身體裡，迫切需要克萊兒的安撫，但她無法給他，他所渴望的東西。

克萊兒走到班身邊，一隻手臂搭在他肩上。班握住她的另一隻手，並把克萊兒拉到眼前親吻她。班的嘴唇和手指都是冰冷的，克萊兒把它們纏繞在自己身上。

從克萊兒的位置，可以看到未來計劃成為嬰兒房的備用臥室。只是他們都沒有勇氣去清理裡面的舊書、CD和健身器材，更不用說裝飾這房間了。他們曾經犯了一個錯，在組裝好嬰兒床後的隔天，克萊兒開始流血，他們的夢想被奪走。現在他們心裡都悲觀地想著，這個孩子會像之前一樣流產，只是都沒說出口。孩子在克萊兒體內每停留一天，都是一個奇蹟。

「我們會好起來的，」克萊兒安慰道，歪著頭把太陽穴靠在班的身上。「你和我，我們會一起度過這個難關。」

「可是妳也不確定，不是嗎？」

「沒有什麼是確定的；這一點你跟我比大多數人都更了解。儘管我們經歷了這麼多事，也從未失去過對方，不是嗎？你又怎麼知道？我會讓這種情況發生？你是我的DNA匹配者，記得嗎？我們是為彼此而生。」

「我希望我能相信妳，但妳聽到了診斷。這是不可避免的。」

「外科醫生說可能是一年後，也可能是二十年後，運氣好的話可能更長。」

「或者可能是下週。或者明天。甚至是今晚。為什麼不在接下來的幾分鐘內呢？」

「班……」

「為什麼不能等到我八十多歲的時候再出現，那時我這輩子也過得差不多了，可以看著孩子長大。到時一切都不重要。為什麼要現在發生在我身上？」

「這不是發生在你身上，是發生在我們身上。」

「好吧，請原諒我這麼說，但腦子裡有動脈瘤的人不是妳。」

好像克萊兒很健康是個錯誤一樣，「能這樣比嗎。」

「我知道，這不是……對不起。」

在牛津約翰．拉德克利夫醫院的專家診斷完三個小時後，隨即進行了一系列測試，包括MRI掃描、CT掃描和血管造影。最後還注入顯影劑到血管裡，利用它拍攝出來的成像證實了外科醫生所懷疑的情況——一個動脈瘤，深埋在班的大腦內部。直徑七公分，在圖表中呈現為高亮度區。腦損傷或中風的風險極高，無法進行手術。

在此刻的家中，他們仍然手牽著手躺在床上。克萊兒責怪自己沒有正視丈夫最近的變化。一開始，他忘記一些對他來講很重要的事，比如妹妹的生日、在酒店附近和客戶約見面。有一天早上她發現班坐在早餐桌前吃麥片，克萊兒才告訴他那天是星期六不用上班。

克萊兒把班的記憶力下降歸咎於是工作壓力以及對生孩子的事擔憂。直到她發現班的車子手套箱裡有一個空的止痛藥藥盒，班才承認他的頭痛越來越頻繁。

「我需要靜一靜。」班說著，站了起來。

「你要去哪裡？」

「去公園。」

「我可以和你一起去嗎？」

「謝謝，但我想一個人。」

之後的三個月裡，克萊兒感受到的只有孤獨。夫妻兩人日常生活各過各的，彼此之間產生了鴻溝，克萊兒無法把它縫合，只能在裂縫出現時盡力填補，努力替班打氣加油，即使班已經對當個丈夫和爸爸失去興趣。他們一年前買下的舊房子仍有很多需要翻新工程沒做，最後克萊兒承擔了所有的翻修計畫和執行，希望在孩子出生前能完工。

最後她再也忍不住了。

「你知道我整個下午都在哪嗎？」累積一天的怒氣，克萊兒衝進他們的臥室。「不，你當然不知道，因為你太忙了，忙著躺在黑暗中替自己難過。而我則一個人在醫院害怕又要失去孩子。」

班坐直身體，「發生什麼事？」

「噢，現在你開始關心了。我工作時抽筋，然後有東西流出來，所以去了急診室，如果你願意接電話，你就會知道怎麼回事。」

「對不起，我一定把它設成靜音了。」

「不，不是的；它只是被關掉了，就像平常那樣，因為你無法面對現實。但是你自己的生命停止前進，周圍的世界仍在轉動。兒科醫生說這只是虛驚一場，孩子沒事。」

「感謝上帝。」他躺回床上鬆了一口氣，但克萊兒還沒結束。

「我已經受夠了，班。這應該是我們生命中最幸福的時刻，但你卻毀了它。要是剩下的孕期裡，我得和一具行屍走肉一起生活，那我不如去死。你給我打起精神，好好做我的丈夫，不要為你頭裡的動脈什麼時候爆裂擔心。要是你不能回到我的生命中，那現在就收拾你的東西離開，我們一家三口的體力都快用完了。」

克萊兒的強硬，在班的腦袋裡點亮一個燈泡。班在誠懇道歉後，日後行為上也慢慢變回克萊兒所愛的丈夫。班投入時間和精力在關係中，讓兩人都往為人父母的路上前進。

「有件事我需要和妳談談，」有天晚上班跟克萊兒說，他把一塊木板和釘槍放在草坪上，邀請克萊兒坐在半成品的露天平台上。太陽正慢慢消失在屋頂後方。「我一直在考慮這個問題，如果不可避免的那一天到來，那麼有件事我需要妳去做。不要叫救護車。我要妳把我送到辦公室。」

克萊兒揚起眉毛，好像聽錯了一樣。「你是說醫院？」

「不，帶我去那裡沒有意義，動脈瘤破裂就是遊戲結束；醫生也無能為力。我要妳帶我去上班，把我留在公司，這樣我的醫療保險就能付清貸款。」

「你在說什麼？」

「妳跟我都有人壽保險，對嗎？目前為止沒什麼問題，但因為我現在身體有醫療狀況，所以上限只能拿到十一萬英鎊。可是如果員工在工作場所中死亡，會有高達三十四萬英鎊的保險金，工作場所地點包含花園、院子、停車場內都算。我確認過保單了，這筆錢將是妳和泰特的未來。」

克萊兒搖了搖頭，「我不能在你快死的時候開車送你去公司，然後把你扔在那裡。這實在太可笑了。真是荒唐。」

「不，這是聰明的做法。對我來講沒什麼區別，克萊兒，反正我也會失去知覺、死亡。這樣一來，我會知道你們兩個都有保障。在妳的薪水降到法定產假工資時，會負擔不起抵押貸款。拜託，考慮一下。」克萊兒知道他是認真的，但這讓她感到不舒服。班也一定感覺到了，因為從此之後他再也沒提起。四個禮拜後，班死了。

發生車輛劫持的那天早上，班沒有按下鬧鐘，克萊兒醒來戳了一下他的肋骨，想把他弄醒。後來不管怎麼呼喚他的名字，推他、搖他、甚至翻身求他醒來，都沒有反應。克萊兒摸索班的身體，尋找心跳和脈搏，但一點反應都沒有。手指捏著下巴，撫摸班的臉頰，他身體已經冰冷，皮膚變得僵硬。太晚了，克萊兒摸著自己凸出的肚子尋求安慰，同時也怕孩子像班一樣突然消失。

早晨太陽穿過百葉窗，發出閃耀的光芒，克萊兒拿出手機按了第二個九，在按下第三個之前稍稍猶豫，在這一刻思考班說過的話。然後克萊兒癱倒在房間的扶手椅上哭，為自己有這樣的念頭感到愧疚。

一陣悲傷情緒過去，她知道班是對的。額外的人壽保險將用來修繕房屋、償還抵押貸款，並在泰特出生後減輕克萊兒回去工作的壓力。需要做的就只是把班送到公司的停車場，等待他的屍體被發現。

她換上衣服重新振作，為班選擇了一件適合在工作日穿的服裝。脫下班的T恤和短褲，換上了一條卡其色的休閒褲和一件清爽的白襯衫，她的淚水濺到了班的胸口。克萊兒停下動作，最後一次看著他，內心不由得產生埋怨。「你撒謊，」她低語，「你跟我說，你腦子裡的那個東西不會打敗你。」

把班搬到車上是一個挑戰，他的個頭很大，克萊兒一路從床上拖到地板、然後慢慢穿過走廊、樓梯，每隔一段時間就得休息一下，以免過度勞累傷害到胎兒。她用手機命令車子倒車進入車庫，按下了後車廂的按鈕使它降到地面上，最後使盡吃奶的力氣把班推到平台上。看著它緩緩上升把班裝進車廂裡，稍後再想辦法把班搬到車子前座去。

精疲力盡情緒激動的克萊兒，思考著接下來要做什麼。她用手機錄音記下筆記，以免忘記：設定車子開到班的辦公室；用免註冊帳戶預訂Uber去上班；中午之前發簡訊給班，然後再聯絡班的老闆，說自己沒有聽到丈夫的消息很擔心，並且看到應用程式定位，確認他的車輛仍然在公司，那這樣公司同仁很可能會調查，班的屍體就會被發現。

接下來的時間裡，克萊兒像往常一樣行事，避免引起懷疑。她從前門離開房子，設置了警報器，向鄰居桑達拉茲揮手，並上了自己的車。

但駭客對克萊兒有一個不同的計畫。再兩個小時就要中午了，班可能不會是這輛車上唯一的屍體。

至少在相撞前，我們都會在一起，克萊兒邊想邊撫摸著肚子。

毫無徵兆地，她感覺體內有一種爆裂的感覺，隨後有液體緩緩地流到腿上。克萊兒本以為是胎兒壓在膀胱上，但是自己並沒有感到尿意。之後才驚恐地意識到怎麼回事，她的羊水破了，提前了兩個月。

孩子已經快出生了。

# 44

馬修從角落的冰箱裡回來，手裡拿著木質托盤托著五瓶瓶裝水。從莉比開始，他依次地把它們放在每位陪審員的面前。莉比用微笑來表達感謝。

「我有比這個更強烈的東西。」穆里爾說道，並擰開瓶蓋，倒進一只高腳杯裡。

「我以為妳不喝酒。」費歐娜說。

「為什麼？就因為我信神？」

「嗯，是的。」

「把四個人送進墳墓，就足以讓教皇變成酒鬼。」

費歐娜輕拍了一下她的手臂，表示安慰。

與此同時，莉比將注意力轉移到牆上的時鐘，她敏銳地意識到，最後的時間流逝得特別快。她關注不斷減少的秒數，以確保駭客沒有偷偷加速度，給他們帶來更多壓力。與此同時，卡德曼和他的團隊忙於處理永無止境的資料，在陪審員們辯論著每位乘客是否值得支持時，他們保持沉默在工作。

一抹陽光從高大的拱形窗戶穿入房中，讓莉比分心。這是她第一次考慮到，今天結束後，人生會有什麼改變。等她離開這房間時，將不再會是原來的自己。所有八位乘客的面孔都將加入尼基的行列，成為縈繞在她身邊的幽靈。

費歐娜用誇張的方式清了清嗓子，引起房間裡的人注意，並拿起平板電腦。「我們可以繼續討論蘇菲亞．布萊伯利了嗎？」她問。幾秒鐘後主畫面切換到一個黑暗模糊的人。「她在哪裡？」

「我想她可能有什麼東西蓋住鏡頭。」馬修很困惑，「她把自己藏起來了。」

「真諷刺，不是嗎？」費歐娜說，「她一生都在渴望得到關注，現在有她職業生涯當中最多數量的觀眾，她卻無法面對他們。」

「妳認為她能聽到我們說話嗎？」穆里爾問道。

「我毫不懷疑，駭客會讓她非聽不可。」馬修回答。

「說實話，我不知道該對她說些什麼，」費歐娜繼續說，「我很少說不出話來，但是，在這種情況下，我真的很迷茫。」

「目前也只有駭客一方的說詞，如果駭客說的是真的，她怎麼能掩蓋她丈夫的所作所為呢？」穆里爾問。

「可能她主動參與其中，」費歐娜說，「也許他們是一起做的，是一種共同的娛樂活動。多年來，我曾幫幾對被類似罪名指控的夫婦辯護過。」費歐娜說。

「妳自己也有女兒，怎麼能為這樣的人辯護？」

「別忘了無罪推定，被證明有罪之前，都是無罪的。」

傑克笑了，「無罪推定不是絕對的，只有它對妳有利時才會這麼說，十分鐘前妳還準備把雅頓小姐扔到狼群裡去。」

「就算蘇菲亞只是隱約知道自己丈夫在做什麼，那她不需要親自傷害孩子也能成為共犯，」費歐娜補充，「在法律和大眾眼裡，包庇罪犯並付封口費給受害者，就會讓她和加害人有一樣有罪。」

「她為什麼選擇絕育？」穆里爾問道。

「駭客說這是因為她不想和自己丈夫生孩子，」馬修補充道，「也許是擔心他會對兒女做一樣的事。」

「這代表她並不是真的邪惡；也許還有某種母性的本能？」

「只有牽扯到自己骨肉時候才會。那其他人的孩子呢？她沒有舉報自己的丈夫，沒有阻止他的行為，這代表她根本不在乎。」

「那她為什麼要花這麼多時間，為許多兒童慈善機構募款呢？」馬修問道。

「藏木於林，躲在顯眼的地方，」費歐娜繼續，「還記得多年前吉米．薩維爾，他在死後我們才發現他做了什麼嗎？類似的事情。他一生都受公眾檢視，為慈善事業籌集了數百萬的資金，而他卻一直在我們的眼皮底下性侵兒童。我並不是說蘇菲亞是和他一樣，但你不能否認兩者有相似性。」

穆里爾嘆了口氣，「社會大眾可以原諒名人許多違法行為，但絕不會原諒猥褻兒童。我不想這麼說，但為了蘇菲亞自己好，她最好還是死了算了。」

每個陪審員目光都回到了蘇菲亞的身影上。

「那我們還需要為她投票嗎？」費歐娜問道。

其他人搖搖頭，把目光從螢幕上移開。

「那我們繼續討論下一位乘客。」

# 45

## 蘇菲亞．布萊伯利

蘇菲亞發現無法用遙控器遙控靜音，便把它丟向儀表板。背後的脊椎仍然在痛，她往前彎腰在控制台上隨便亂按，想奪回控制權。在職業生涯中，蘇菲亞一直希望被別人談論，渴望得到關注，但現在卻完全不是這樣。她唯一的願望是躲避這個世界，在保有隱私的情況下度過最後的時光，只和自己的狗在一起。

蘇菲亞最可怕的惡夢就是聽到陌生人談論自己隱藏了四十年的秘密。現在這些秘密已經曝光，沒有辦法回頭。她寧願自己的車爆炸成一百萬個小碎片，也不願面對一個活人。她拔出耳朵裡的助聽器，丟在地上。

蘇菲亞解開脖子上那一條顏色鮮豔的愛馬仕圍巾，會買下這條圍巾，是因為它讓自己想起在摩洛哥的片場曾經看過的夕陽景色，蘇菲亞把手提包放在儀表板上壓著圍巾，讓其自然垂下蓋住鏡頭。

突然，她意識到自己再也看不到日落或片場了。

「我希望人們都像你一樣，」她搔著奧斯卡的耳後。狗把頭歪向一邊，讓她的手指能更深入。「希望能找到一個像你一樣對我忠誠的人。那麼也許一切都會不同。也許我會做出更好的選擇。也許你和我現在就不會坐在這裡。」

蘇菲亞又倒了一杯白蘭地，喝了一半後，用剩下的一半來吞下兩片止痛藥。遇到派翠克之前蘇菲亞一直在戒酒；現在她指責派翠克讓自己變成了酒鬼。

蘇菲亞做過許多錯誤決定，但放棄成家是罕見的正確選擇。她對建立家庭沒什麼興趣。姊姊佩姬生下了羅比，兩年後又懷上了佩吉。很多跟她一樣的童星為了組建家庭，放棄了職業生涯中的關鍵角色。後來她們重返工作崗位時，都沒辦法再吸引到觀眾目光，回到舞台中央。蘇菲亞便快速有效地接手這些人的粉絲。演出的關鍵角色也替自己贏得了榮譽和獎項，讓她變成七〇年代收入最高的英國女演員。

之後被介紹認識迷人的商人，派翠克．斯旺森。蘇菲亞的價值觀發生了改變。那個人走路的樣子讓她想起小時候迷戀的好萊塢明星。他擁有卡萊．葛倫的優雅和氣質、詹姆斯．史都華的幽默和克拉克．蓋博的陽剛之氣，集大成於一身。

三十八歲的蘇菲亞已經離過四次婚，並不太想再找第五任丈夫。但是當派翠克邀請她共進晚餐時，自己拒絕不了那深藍色的眼睛。在經歷一場像龍捲風般的浪漫戀愛後，她把矜持拋到九霄雲外，認識後兩個月，就對他的求婚說出了「我願意」。在那個陽台下是她這輩子最幸福的時刻。

失敗的婚姻紀錄，讓蘇菲亞被許多八卦報紙和脫口秀取笑。表面上她一笑置之，內心深處其實厭惡變成一個笑柄。所以現在蘇菲亞比以往都更堅定地想要維持著這段婚姻。自己承受曾經離婚的流言蜚語，並保持派翠克的社會地位。他們之間算是一種平等的關係，蘇菲亞在里奇蒙和白金漢郡的房地產上加進了派翠克的名字，自己銀行帳戶和許多投資也跟派翠克是共同的聯合帳戶。

他在情感上讓蘇菲亞感到安心，讓她重新開始考慮是否要成為一名母親。和之前任何一位前夫在一起時，從來沒有這個念頭過。但派翠克不同，每次佩吉和羅比來過夜時，他都把他們當自己孩子關心。看到他們一起玩耍好幾個小時，便對自己拒絕為他生孩子一事感到愧疚。有一次，蘇菲亞在美國電視錄連續短劇下班後，派翠克來探班，兩人沿著聖塔莫尼卡海灘散步回酒店，蘇菲亞談到這個話題。「為什麼突然這麼覺得？」派翠克有點吃驚，「我們剛開始交往時妳就說得很清楚，沒有考慮過要生小孩，是發生了什麼變化嗎？」

蘇菲亞深情地望著他，看到他眼神中充滿溫暖。她從來沒有感受這麼深的愛過。「改變主意是女人的特權。」她回答，「你懂的。」

「不，我說真的，告訴我。」

「我已經三十八歲了，我們也都不年輕。如果再繼續這樣下去，那麼大自然就會把決定權從我手中奪走。你、我、我們……我現在發現這是我一直在等待的事情。你覺得呢？」

派翠克停下腳步，雙手摟住妻子的腰，拉近到唇邊深深一吻。「我嘛……我們什麼時候可以開始嘗試？」

她用手指勾著他褲子上用來固定皮帶的布環，帶著他穿過酒店大堂，直達套房。

四個月後，在一次偶然中看到的橘子園窗戶裡的倒影，摧毀了蘇菲亞的夢想。發生得如此迅速，甚至不超過一秒鐘，但她永遠不會忘記。

他和蘇菲亞的外甥女和外甥在里奇蒙的家中玩耍，在游泳池裡度過了大部分的週末。

「派翠克，把孩子們擦乾，我叫廚師準備午飯。」

「好的。」他回答。

她的丈夫從游泳池裡出來伸手去拿毛巾。羅比和佩吉坐在色彩鮮豔的充氣墊上，用手划船，比賽誰最快划到終點。「快點，小傢伙們。」派翠克說，佩吉朝著他的方向過去，派翠克一把把她抱出游泳池，放在一張太陽椅上。

走去廚房的蘇菲亞，突然想起還沒問大家要喝什麼。一轉過身就看到派翠克正跪在地上幫佩吉擦乾身體，一隻手撐著她的背後，但另一隻手卻扶住了一個不該扶的地方。蘇菲亞愣住了，派翠克意識到蘇菲亞回來後迅速把手移開。

她的演技掩蓋了語氣中的震驚，「大家都想喝些什麼？」

「我要可樂。」兩個孩子高興地叫喚。蘇菲亞有點猶豫，眼睛盯著他們，想再次確認剛才看到了什麼。但小孩子回應她的只有天真的笑容，她只好轉身，繼續讓派翠克跟他們獨處。

之後的幾個禮拜內，那個場景一再出現在蘇菲亞腦海中。*是看錯了嗎？是不是對一個不小心放錯位置的手反應過度？這是我最愛的男人，也是唯一想到要和他生孩子的人，他怎麼可能是這種人？不可能的。*但是就算蘇菲亞再怎麼用力遺忘，懷疑的種子已經扎根。

幾個月後，蘇菲亞從法國南部拍戲回家，發現派翠克和佩吉以及羅比三人單獨住在一起。她沒有料到會看到這一幕，突然緊張了起來，心中回想到派翠克放錯位置的手。她屏住呼吸，在陰影下等待觀察，看是否會出現什麼不恰當的行為。他們三個人在派翠克用粗繩子繞過粗大的樹幹做出來的盪鞦韆那裡，天真地玩耍。「孩子們為什麼在這裡？」蘇菲亞問道，試圖掩飾心中的不安。

「妳姊姊問我，能否在她跟肯尼去羅馬度假時，照顧他們。」他回答說。

「昨晚你沒有提到這件事。」

「她請的保姆在最後一刻取消，她才來問我。沒關係的，不是嗎？」

「當然。為什麼不呢？」

她勉強擠出個微笑。派翠克把相機放在躺椅上，親吻妻子的臉頰。「能想像我們如果有自己的小佩吉在這裡跑來跑去，會是什麼樣子嗎？」

「為什麼是小佩吉？為什麼不是羅比？」

「我不知道……我一直在想像我們有一個小姑娘。一個迷你版的蘇菲亞。能在舞台上追隨妳的腳步。一個真正的父女關係，我真正的女兒。」

她聽到派翠克的話後臉色發白，突然間，蘇菲亞一點都不想懷上他的孩子。她內心的聲音發出警告：不能相信他！在職業生涯中，她一直都依靠內心的直覺在幫助自己。

經過一夜的失眠，蘇菲亞等到派翠克離開家去打高爾夫球後，才靠近佩吉。小朋友們坐在書房裡看動畫。

「妳昨天和派翠克叔叔玩得開心嗎？」她問道，佩吉點了點頭。「妳做了什麼？」

「我們在樹林裡玩。」

「和羅比一起？」

「沒有，他自己在車上。」

「只有你們兩個？」佩吉再次點頭。蘇菲亞的心跳加快了。「你們在玩什麼？」

「不能說，」佩吉手指放在嘴唇上，發出噓聲。「這是個秘密。」

「妳可以告訴我。我不會跟別人講。」

「但我答應過的。」

「有時候答應的事是可以違背的。妳不是相信我嗎？」

「是的，」她回答。「他幫我拍照，說是媽媽叫他這麼做的，要讓她看看我是怎麼長大的。」

蘇菲亞身子僵硬，「拍什麼樣的照片？」

「在樹附近跑來跑去的照片。用相機拍下後，要一直搖晃，然後就會像魔術一樣出現影像。」

她指的是蘇菲亞在聖露西亞度假時，買給他的寶麗來相機。蘇菲亞想起昨天她回到家時，他在花園裡帶著它。她匆匆跑到派翠克用來當辦公室的偏屋。在腎上腺素和不安的刺激下，她不知道該從哪裡開始尋找，也不知道自己要找什麼。從櫃子裡的檔案開始翻，然後翻閱書架上的書和塞滿文件的抽屜。沒有任何罪證。但她並不覺得寬慰，而是感到挫折感。因為自己內心的聲音從未出錯。她知道自己那天在泳池邊看到了什麼。

一疊舊外套的角落，探出一個盒子邊緣，吸引蘇菲亞目光。她試探性地打開蓋子，看到裡面有一疊棕色的A4信封，沒有名字，上面都寫著同一個郵政信箱，正面有荷蘭郵戳。她檢查其中一封的內容，裡面是一本彩色亮光封面雜誌，內頁是一頁頁年輕女孩的不雅圖片。蘇菲亞把它丟在地上，倒退一步，呼吸急促。

她渾身充滿力氣，繼續在其他信封裡翻找，裡面都是同樣的雜誌，不同期數。下面還有一只白色信封，上面的地址位於荷蘭，是派翠克的筆跡。信封裡是寶麗來的照片。蘇菲亞瞇著眼把它們拿出來。最擔心的事情發生了，是佩吉；有穿著衣服和裸體的照片都有。派翠克拍這些照片並不只是為了滿足自己，還為了分享給其他志同道合的人。

蘇菲亞擔心自己站不穩，往後靠在牆上。頭腦一陣暈眩，她抓起照片往口袋塞，盒子放回原位，跑回臥室。進房門上鎖，對著水槽嘔吐，從來沒感受這樣的痛苦過，心愛的男人玷污了孩子純真，而且是在同一個屋簷下。

外甥女離開前，蘇菲亞要她保證不把這些照片的事情和母親說，作為回報，她答應佩吉可以邀請自己的朋友一起到倫敦一家攝影棚裡拍照。她外甥女高興地尖叫起來，並發誓永遠不會洩露這秘密。

有好一陣子，蘇菲亞都沒辦法離開自己家，倫敦西區的戲劇排練都以病假的理由缺席。派翠克不時會來關心她的情況，蘇菲亞蓋著被子跟他保證，自己只是需要多休息。

這是蘇菲亞一生做過最艱難的決定，內心被撕扯成兩半。派翠克的行為必須被阻止，而佩吉跟其他的孩子也必須受到保護，不能受到像這樣禽獸的對待。她要跟律師聯絡、和警方預約，這本來是正確的做法。但她再次鼓起勇氣要按電話時，都只響了兩聲便掛斷。她以佩吉當作藉口，和自己說，自己不願意讓心愛的外甥女受到盤查，而且佩吉的父母知道自己把孩子交給一個如同禽獸般的「家人」，還性侵了他們的小女兒，也會讓他們痛不欲生。

蘇菲亞內心的直覺呼喚著：妳可以對世界撒謊，但騙不了自己，妳不願公諸於世，是因為害怕自己努力爭取的一切都將灰飛煙滅。

即便在混亂狀態下，蘇菲亞也發現，要是派翠克被揭發，那麼自己所熱愛的事業也會跟著結束。她的名聲、票房、作品……一旦自己的名字和一個有戀童癖丈夫聯想在一起，前面累積的都不再重要。沒有導演、製片人或是演員，會甘冒風險和她這樣的人一起合作。

然而，儘管派翠克扭曲的內心讓蘇菲亞感到噁心，但自己仍無法關閉對他的情感。他是蘇菲亞所期望的好丈夫、好朋友。曾經計劃一起去看世界、投資公司，建立家庭。一想到要拋棄這一切，獨自一人重新生活，蘇菲亞就感到害怕。她沒有力量失去派翠克和她的觀眾，所以她選擇兩個都要。

蘇菲亞站在派翠克的辦公室外面，看著他在搜查房間，尋找寶麗來相片。在失望之下派翠克離開房間，卻發現妻子皮膚慘白，兩眼哭紅。一看到她，派翠克就知道妻子已經發現自己的真面目，張口欲言，但吐不出半個字。

蘇菲亞塞了一張名片到他手裡，上面是彼德．休伊特醫生的資料，他是一名精神病理學家。蘇菲亞說：「我已經幫你預約星期四，」她說，「這醫生守口如瓶。」派翠克沒有反對。

接下來的幾個月裡，每次她姊姊要求帶孩子過來時，蘇菲亞都會用工作和生病當藉口推辭，到最後，感到困惑的佩姬不再詢問。蘇菲亞很難過要把自己姊姊推開，但她不能冒險讓佩吉單獨和姨丈在一起。

那個時候，派翠克定期每個禮拜參加兩次心理治療，蘇菲亞經常利用這個時間搜查他的辦公室，看看他有沒有再犯的痕跡，但什麼都沒找到。

經歷過一年的分居不同床生活，絕望的派翠克乞求妻子帶他回去。

「我知道我錯了，」他謙卑地說，「休伊特醫生讓我了解自己為什麼要這麼做……我只是一再對別人重複自己小時候發生的事，不斷循環。我以生命發誓，我不再是過去的那個人了。」

他解釋他自己是如何改變，而且也有進一步控制衝動的工具，蘇菲亞迫切地想相信他。她懷念醒來時能聞著他的氣味，懷念他手指滑過身體時的輕柔觸感，懷念家裡走廊裡迴盪著的笑聲，沒有了這些，這一年像是一輩子這麼長。

蘇菲亞無視內心發出的警告，跟隨自己的慾望拋棄避孕措施，說服自己能在四十歲前懷上自己所愛男人的孩子，可以幫助他治癒心理創傷。在之後的幾個禮拜裡，他們的關係越來越穩定，蘇菲亞從未感受到這麼多的愛。

有一天，蘇菲亞打開花園裡避暑小屋用來通風的門，偶然發現派翠克在一張布滿灰塵的長椅上，放著最新一期的色情雜誌。這讓蘇菲亞嚇一跳，但她沒有崩潰，而是放下它，轉身離開，甚至還替他找理由。如果他能從雜誌中的照片獲得性滿足，那麼就不會對孩子伸出魔爪，這算是兩權相害取其輕。

但是，再一次發現派翠克的問題沒有根除，卻選擇和他一起繼續生活，這需要付出巨大的犧牲。為了保住蘇菲亞的婚姻和事業，她不能允許兩人中間再多一個孩子，這樣會誘惑派翠克。她沒跟他討論，便預約了一家私人醫院做絕育手術。

從九〇年代進入了千禧年，然後又過了一個二十年，長期以來她都靠著酒精和鎮靜劑來緩解這個痛苦的決定。只有在清醒的時候，才願意承認，不應該把名聲看得比什麼都重，這是錯誤的。她越來越討厭派翠克咄咄逼人的態度，最後他們的婚姻變成了名存實亡。丈夫和妻子在公開場合和紅地毯上相處的時間，比在家的時間還多。從事慈善工作和醫院募款活動，成為蘇菲亞對派翠克罪行視而不見的贖罪和懺悔。派翠克也從未拒絕陪同蘇菲亞參加開幕儀式或參觀兒童病房的邀請；蘇菲亞的目光一路上也緊緊盯著他。

有一天早上，蘇菲亞掛上電話直接到派翠克辦公室找他，推開門看到他坐在沙發上，臉被一大張報紙擋住。

「我會計打電話來，說帳戶裡少了三萬英鎊。」蘇菲亞說。

「然後呢？」

「它在哪裡？」

「我用它來處理些事情。」

「什麼樣的事情？」

「一些與妳無關的事，我以為我們已經達成協議了？妳過妳的生活，我過我的。沒有問題。」

「派翠克，你做了什麼？」

他放下報紙，嘆了一口氣。「這個……一個不小心的輕率之舉。我需要錢來解決一點誤會。」

蘇菲亞心臟怦怦跳，「你被人逮到了是嗎？所以必須付錢封口。」

「就像我說的，妳過妳的生活……」

「你亂搞也會毀了我的生活！」她尖叫，「是誰？你做了什麼？」

「一些女孩的母親對我產生的誤解，我得用這些錢，確保誤解不會誤導更多人。」

「所以你付錢給她了？有哪種父母會這樣就放過你？」

「妳是在怪她睜一隻眼閉一隻眼嗎？親親，小可愛，達令。」

「如果她回來要更多錢呢？或是威脅要跟八卦雜誌爆料，或是報警？」

「不會的，她簽了一份保密協定。我錢一拿出來，她差點連我手都不肯放開，深怕我縮回去。」

「哪來的保密協定？」

「我一位律師朋友起草的，格式相當標準。」

「噢，我的天，」蘇菲亞感到頭暈目眩，「你這樣做過多少次了？」

派翠克視線往上，越過眼鏡邊緣看著她。「妳真的想知道？」

蘇菲亞想，但不敢知道。「這必須停止，你必須向警方自首，這是唯一的方法。」

「不，我不會這樣做，我在監獄裡會被人生吞活剝。」

「那就去醫院檢查，你需要治療。」

「像我這樣的人是沒辦法治療的！妳一定知道吧？我的……衝動……已經牢牢固著在我的大腦裡，心理對應機制在我身上起不了作用。」

「然後呢？讓你下半輩子都在猥褻兒童，然後付錢給他們的父母？」

派翠克搖搖頭，「我不喜歡用這個詞。」

「猥褻？為什麼？那就是你，一個戀童癖，我嫁給了一個戀童癖。」

「妳很久以前就知道了，不要假裝妳第一天發現。」

蘇菲亞咬著嘴唇，看著遠方。「拜託，派翠克，我們不能再這樣下去，你的行為讓我很痛苦，我必須說出來。」

淚水從蘇菲亞臉上滑落，暈開了眼線，留下兩條黑色的淚痕。派翠克放下報紙起身。兩隻手輕輕搭在蘇菲亞的肩，好像在安慰她。「我很抱歉，蘇菲亞，我真的很抱歉，但這是唯一的辦法。妳要是公開坦承知道我的事，卻仍跟我一起生活，或是讓大家知道我用我們共同帳戶的錢拿來付封口費；那麼妳的人生也會和我的一樣立刻結束。我跟妳保證，我就算死也一定會拉人陪葬，雖然我不願意，但只要有人聽，我也會告訴對方，妳在這過程中扮演怎樣的角色。」

蘇菲亞的臉漲紅，手往後面一抬，狠狠賞了他一巴掌。派翠克用力一推，蘇菲亞就撞到後面牆上失去了平衡，倒在地上縮成一團。派翠克揉揉刺痛的臉頰，心平氣和地倒了一杯白蘭地。

「要來一杯嗎？」他漫不經心地問，「這會幫助妳不要看得那麼清楚。」

「為什麼你要毀了我？」蘇菲亞可憐巴巴地說，「我對你做了什麼？」

「妳剝奪了我做父親的機會，我知道妳做了絕育手術。妳的醫生打電話來關心妳康復的狀況，但她不知道妳是瞞著我做這件事的。」

「在知道你是這種人之後，我怎麼可能生下你的孩子？」

「說不定這可以改變我的內心，但現在永遠不會知道了，不是嗎？」

蘇菲亞無助地看著派翠克，派翠克聳聳肩，邊走邊喝大搖大擺走出辦公室。

突然，一聲巨響把蘇菲亞拉回了現實，有東西撞擊了她的車子後窗，讓她嚇了一跳。蘇菲亞轉身查看聲音的來源，就在此時，又一個物體撞上車門。

「天哪！」她大叫，奧斯卡也在狂吠。

她試探性地看了看外面，第一次發現街道上擠滿了人，自己的車子就從他們身邊經過。沒戴助聽器，聽不清楚他們在叫什麼，但從這些人的手勢和表情，可以看出他們十分憤怒。其他人也對著她的車子丟東西，石頭、石塊、泥土塊。蘇菲亞遮住眼睛，此時前方一座橋上有一個人高舉磚頭，時間算得很準，丟下磚頭時擊中引擎蓋，又彈到擋風玻璃上，留下了像蜘蛛網一樣的圓形裂痕。

「求你了，別這樣。」她哀求道，聲音在顫抖。「拜託，我很抱歉。求求大家，不要來煩我，我知道錯了，我只想平靜地死去。」

蘇菲亞發出尖叫，這一次是裝著易燃物的玻璃瓶，上面塞了一條正在燃燒的布，從擋風玻璃、側面車窗，紛紛砸過來。車子加速駛離人群，像一顆燃燒的掃把星。

# 46

蘇菲亞燃燒的車子在街道上奔馳，黑色和灰色煙柱尾隨其後，這可怕的畫面出現在審訊室的牆上。

無人機在空中互相輕推卡位，爭先恐後地靠近，想從車窗裡捕捉到蘇菲亞的恐懼。其中一台無人機順利拍攝到那個已不再受歡迎的明星，現在她是一名驚恐的女人，用外套遮住自己的狗，想阻擋外面的火焰。駭客已經把聲音切掉，讓蘇菲亞無聲的尖叫顯得更有分量。

「這些人做的事根本是野蠻，」莉比說，對大眾的行為感到震驚。「他們不比駭客好到哪裡去，不管她被指控什麼，仍然是一個七十八歲的老人家。」

「恐怕年紀不在這些人的考慮範圍內。」馬修說道，「她現在正在被一群暴動的民眾包圍。」

「這樣子有什麼好玩？」

「我不知道這是因為好玩，還是因為他們被捲入當下事件。當人們變成暴徒的一分子時，就不再是單獨個體，抑制力消失，不遵循正常的道德規範。他們當中有任何一個人要是單獨出現在蘇菲亞面前，有可能會向她丟磚頭或汽油彈嗎？我想不會。但是當他們被和自己同質性很高的人包圍時，就不認為自己是暴力的，因為暴力責任分散至整個團體，而非他們個人。」

「謝謝你那精闢的洞察力，醫生，」傑克嘆了口氣，「也可能是她活該，剛好報應來了。」

「別理他。」莉比不高興地說。

「我只是在表達公眾意見。」

「社交媒體上也是這樣嗎？」莉比問。

馬修點點頭，「人類是群居動物，我們會和自己相似的人往來。現在要找到和自己同樣的人，最容易的方式就是上網。一般情況下，妳口中的普通人並不會在推特上發文，揚言要殺死一個領退休金的人。但是處在暴民心態以及躲在鍵盤後面發言，會讓一個人變得更大膽。」

跟在蘇菲亞後面的消防車和裝甲車互換位置。消防員從窗戶爬出去，其他人則繫上安全帶，用水柱對準蘇菲亞的車，用水抑制火勢，最後終於撲滅。但莉比依然感到非常不快。

「時間現在不利於我們，各位女士們、先生們，」費歐娜提出警告，「我們需要開始討論下一位乘客，山姆・科爾。」

「啊，重婚者，」傑克說道，「跟謀殺親夫和戀童癖相比，這不是什麼世紀之罪，不是嗎？」

「你去說服他的妻子看看，」費歐娜說，「我無法想像一個人怎麼可以說謊說這麼長的時間。而且是在兩個妻子都不知道彼此的情況下，維持兩種不同的生活……當然，就算他很滿足自己這樣的生活，也會因為這件事而變得不純粹，因為他永遠不會真正放鬆，可能會害怕說溜嘴？」

傑克說：「我覺得他能夠維持這麼長的時間，應該給他鼓掌。除了道德上面有瑕疵外，他這樣的行為是否值得讓我們送他去死？」

「不投票給他不是送他去死。」穆里爾糾正，「只是代表還有其他乘客更值得我們支持。」

「妳之前選擇採訪他，現在又不支持他。妳不忠誠的程度跟妳的性格還真是相符。」

「就像你對克萊兒的忠誠度一樣。」她反擊，傑克哼了一聲。

「我不會支持他，他試圖操弄我們的意圖太過明顯，」莉比表示，「他透過犧牲妻子，來扮演一個可憐受苦的父親。真的讓人討厭。」

「他的出軌行為是不是刺激到了妳，迪克森小姐？」傑克問道，「妳和馬修有很多共同點，也許今天這事情結束後，你們可以交換號碼，說不定能夠在一起長長久久。」

莉比忍住把水瓶扔到傑克頭上的衝動。

「有時，非常時刻需要非常手段，」他繼續說，「我們不能因為山姆求生意志強烈而譴責他。誰知道我們處在同樣情況下會怎麼做？而且，嚴格上來講他並沒有說謊。在跟小孩的關係上，男性的確比女性受到更嚴格的對待。」

「噢，傑克，別跟我說這些廢話。」費歐娜說。

「妳是好像很輕易就把他妻子也在騙我們的事情放到了一邊。身為一名員警，應該要誠實，不應該有瑕疵。結果她連自己家庭都守不住，還反過來敲詐山姆。我不知道她徇私枉法公器私用了多少次？」

「我們並不知道她是不是真的這樣。」馬修說。

「也許吧，但我還是要把票投給山姆，」傑克相當不屑，「有人支持我嗎？馬修？費歐娜？」

「不要。」費歐娜回答，接著莉比和馬修也都否定了。「那麼到目前為止，克萊兒一票，山姆一票。」費歐娜在平板電腦上寫上山姆名字，「還有四票，兩名乘客。下一個是誰？」

# 47

## 山姆・科爾

是她，一直以來都是海蒂。你的妻子，你所愛的女人，一直都在讓你的生活變成地獄。

山姆大腦飛快運轉，就像有人在裡面點了火。過去的幾個禮拜他夜不成眠，分析生活中的每一個人，想知道到底是誰敲詐他。但是一直無法確定名字和理由。他認為最不可能成為犯人的就是他兩個妻子之一。

他沒有聽陪審團討論是否要救他的命，也沒有發現自己已經獲得一票支持。他全神貫注在想海蒂是怎麼發現自己的雙重身分。他是怎麼出包的？她知道了什麼？是從那個名字開始的嗎？

「喬西是誰？」他記得在一天晚上，打電話給海蒂時，她發出這樣的疑問，山姆嚇一跳。

「不知道，為什麼問？」

「因為你剛才叫我喬西。」

「不，我沒有。」

「是的，你有。你說：『我八點左右回家，喬西。』」

「這裡收訊不好，我是說『八點左右回家，甜心』。」

「甜心？你什麼時候開始這樣叫我？」

從來沒有過，至少沒有對海蒂。這是他對另外一個妻子的稱呼。「我正要開始用，」他說謊。「妳叫我寶貝，所以今天開始我也要叫妳甜心。」

「駁回。為什麼跟我講電話的時候，還要一邊竊竊私語？」

「我還在現場，還有一座舊樓梯要拆除；我讓大家加點班。」

「好的，好的，明天晚上別太晚到。希望你回家能保持清醒，十分鐘就好……甜心。」海蒂笑著掛上電話。

山姆把手機放回牛仔褲口袋，脫下烤箱用的隔熱手套，對著廚房牆壁打了三拳。「媽的！」他嘟囔著，怎麼會犯這麼粗心的錯誤？

「爸爸，你為什麼對牆生氣？」門口有個聲音傳來。他轉頭看到兒子詹姆斯。

「我沒有，小傢伙。」他帶著虛假的微笑

「那你為什麼要打它？」

「偶爾釋放一下多餘的能量，也不錯。」

「發生什麼事了？」喬西問，從兒子身邊側身經過到冰箱拿東西。

「爸爸很奇怪。」詹姆斯從廚房桌上拿起掌上型遊樂器，拖著腳走出廚房。

「你怎麼那麼奇怪？」

「小孩子看八歲以上的人都是怪人。」

喬西站在山姆身後，雙手摟著他的腰部，前額靠在他脖子上。「你早上什麼時候離開？」

「我把鬧鐘設定在五點半，車子充好電，一路上應該很安靜。」

「你覺得你有辦法在我們結婚週年紀念日休假幾天嗎？」

「好啊，有何不可，」他點點頭，「我那個禮拜早上會在倫敦開會，開完會之後就有時間。」

很多事山姆沒有跟他第二任妻子提過，其中一個就是他會在倫敦和第一任妻子慶祝十週年結婚紀念日。在這十年中，他發覺簡單的謊言會比複雜的更容易維持兩個不相干的家庭。海蒂生下女兒的隔一年，喬西也同樣生下女兒。這也是為什麼山姆堅持要用他已故姊姊的名字給喬西生的女兒命名，但其實他姊姊沒有死，而且也不叫貝姬；貝姬是他跟海蒂女兒的名字。

巧的是，喬西第二個孩子和海蒂的一樣是男孩。於是他得到了和自己同父異母哥哥一樣的名字：詹姆斯。山姆知道要盡可能要保持兩個家庭的設置一模一樣，這樣犯錯的可能性就會降低，但這並沒辦法阻止偶爾說溜嘴，比方說用第二任妻子的暱稱稱呼第一任。

他和海蒂蜜月完的兩天後，在電子郵件信箱看到DNA匹配的測試結果。山姆在和海蒂戀愛結婚之前就已經參加了測試，那個時候公司還沒有爆出安全性問題，DNA匹配讓大家不信任還是很久之後的事，郵件裡的測試結果顯示他跟海蒂並不匹配，可是那時已經結婚了。

雖然他對自己的新婚妻子感到滿意，但山姆一直無法擺脫心裡的糾結：外面哪一位才是自己的真命天女？經過一番苦惱的掙扎後，他覺得找出答案也不會少塊肉，於是要求取得他DNA匹配者的資料。

山姆在雪菲爾的家附近約會，離他在盧頓的家有兩百英里，幾分鐘後，山姆一眼就認出了喬西。這不僅僅是一見鍾情，而是一種難以言喻的情感，他把它比喻是在體內爆發一千次的小幸福。那時他知道自己麻煩大了。

從外表上來看，喬西跟海蒂簡直一模一樣，但是就個性上有著天壤之別。喬西是個家庭主婦，性情溫和，全心全意關心山姆；而海蒂則是自信、富有行動力，在家中佔據主導地位的女人。她們兩個要是能夠合而為一就更完美了。

喬西也一直以為山姆是單身，山姆怕自己會失去她，沒有澄清這件事。雖然很想知道兩人之間能發展出什麼樣的關係，但他已經有一個妻子。山姆跟海蒂原生家庭都很破碎，知道離婚會造成多大的傷害。他不夠堅強，無法承受這種痛苦，特別是自己也仍然深愛著海蒂。因此他決定兩個女人都想留著。

「我得到了一份新的合約，」他在家附近酒吧吃飯時跟海蒂宣布，「是一份大合約。」

「有多大？」

「非常大。」

「喔，寶貝，太好了。」海蒂眉開眼笑，越過桌子捏他的手。「是怎麼樣的合約？」

「一所新建大學的合約，我投標了附近學生宿舍的整修工程，一整棟宿舍需要整修和重建，我們贏得了最大的合約。」

「你為什麼不早說？」

「因為有一個問題，它在雪菲爾。他們希望我在現場蓋個基地，變成我每個禮拜有三、四天要離家去工作。」

「喔，」她興奮的心情被澆熄，「到那裡需要多久時間？」

「大約三小時，我知道這聽起來不太妙，但是這代表我們有機會實現曾經討論過的夢想，這麼想的話，那這合約不就很值得考慮嗎？」山姆握住海蒂的手，「到時候我們可以搬出這個公寓，買一棟房子，會比我們計劃的更早地生一堆孩子。但是，如果妳真的不想讓我去，那我會拒絕。」在山姆內心深處，希望海蒂聽到這個消息的憂慮可以蓋過憤怒。最後，海蒂同意了。

「我有一個好消息，」不到一個禮拜時間，山姆在雪菲爾也跟喬西這麼說。「我得到一份大學學生宿舍翻新的合約，但它在鄧斯特布爾。所以我每個禮拜只能在這裡待上三、四天。」

當山姆解釋那個根本不存在的工作合約時，看得出來喬西的高興因分離而增添了一些雜質。山姆沒有多想什麼，突然脫口而出。「願意嫁給我嗎？」他問。在跟海蒂走上紅毯的十個月後，他跟喬西走上了另一張紅毯。

維持兩段婚姻和兩個家庭，是一項後天學來的技能。他的生活從此一直踩在刀刃上，懷疑自己是否對著正確的妻子說出正確的話。難得可以一覺到天明，早上醒來時還得擔心自己有沒有說夢話，會不會無意識透露了一些東西。大部分的夜晚，良心不安會讓他無法入眠，因為他擔心現在和未來。他退休後該怎麼辦？他要選擇和哪一位妻子一起白頭偕老？如果不在這兩個家中突然死亡，那要怎麼辦？有關當局會先通知誰？如果孩子發現有同父異母的手足時，會原諒他嗎？喬西或海蒂會理解他同時愛著兩個人是什麼感覺嗎？

慢慢地兩個家庭經營的時間越久，山姆的時間分配在兩個家之間；一個星期和海蒂度過三天，下個星期就和她在一起四天。這樣的生活也得做出很多犧牲，得要迴避兩個家庭一起出國度假，這會造成很多複雜的潛在問題，比方說緊急聯絡電話以及沒有辦法解釋自己為什麼曬黑。他手機中會有兩份行事曆，隱藏在兩個應用程式裡，這樣他就知道每天晚上要在哪裡睡覺，也不會忘記紀念日、生日、約會。山姆以幾乎相同的方式粉刷、裝修和翻新了兩處幾乎長得一樣的房子。工具箱裡有相同的設備；車庫裡有相同品牌的割草機、長柄除草機、修整剪。一切可以複製的東西都被複製了。

當孩子生病或感冒時，就需要更多靈活性。他已經數不清有多少次把一個家庭的病菌傳到另外一個家庭。聖誕節是最棘手的時候，經常是和海蒂過完聖誕節，隔天就和喬西一起過節禮日[9]，然後下一年則是顛倒過來。為了解釋自己為什麼不在場，他會告訴兩個家庭他要回去看獨自住在西班牙的母親。他整個生活都是在踩平衡木。

這種欺瞞生活的另一個副產品，就是兩個家的費用不斷增加。為了應付帳單，他每天工作十五個小時，結果兩個妻子都抱怨他陪伴的時間太少。

雖然很困難，山姆一直過著雙重生活。直到兩個月前接到一通電話。那個時候喬西和詹姆斯

[9] 節禮日是英國與大多大英國協國家在十二月二十六日慶祝的國定假期。

坐在觀眾席上，看著貝姬在學校《紅男綠女》的演出。山姆電話響了，本以為是和工作有關，他把耳機塞到耳朵裡，找一處安靜的走廊通話。

「是山姆嗎？」一名不認識的男子。

「是的，我能幫什麼忙嗎？」他回答。

「我是唐。」

「唐？」

「是的，我們從『男男相識』應用程式認識的？記得嗎？你給了我你的號碼，告訴我今天晚上晚一點打給你，可以在電話這一端找點樂子。」

「對不起兄弟，我想你打錯了。」

「我已經把你個人資料存在手機裡了。」

「我不知道『男男相識』是什麼。我覺得有人在搗亂。」

「浪費時間。」唐咕噥著，電話斷了。

山姆把手機塞回口袋時，又收到簡訊，標題是「袒胸露弟性感照」，還寫了，「想交易嗎？」然後附件是三個不同角度拍攝的勃起陰莖照片。還有另外兩通簡訊也是類似的內容，他把手機關掉，感到很不安。

山姆等到回家喬西和小孩都上床後，才重新打開手機。幾十封類似的簡訊和電子郵件塞爆他的信箱。有一個連結指向同性戀約會網站，該網站是為那些想劈腿和婚外情的男人架設的，其中一個頁面裡有山姆的資料和電話號碼，但裡面卻是其他人的照片和生殖器。「山姆．科爾，四十歲，徵求不設條件的任意來電和視訊，本人親自和你共度美好時光。願意接受多P，沒有任何界線。」

「怎麼回事？」他大聲說，然後又點開連結，想把個人資料刪除。但自己沒有密碼，運氣不太好，也沒猜中。他心臟突然差點跳到喉嚨裡……這可能不只是惡作劇。

哈利法克斯、雪菲爾、鄧斯特布爾、盧頓——

他跟海蒂在盧頓的朋友圈，都知道他在雪菲爾工作；他跟喬西在雪菲爾認識的朋友，則認為他在鄧斯特布爾工作。如果有人同時知道哈利法克斯和盧頓，那麼就知道他所隱瞞的雙重生活。

接下來的幾個禮拜裡，有更多男男女女的簡訊和來電，都聲稱是從婚外情約會網站看到他的訊息。山姆滑動並瀏覽所有這些資訊尋找線索。有鋼鐵直男約會網，還有一些是同性戀跟雙性戀的網站，裡面有一些令人瞠目結舌的極端癖好交友。最後他不接任何不認識的電話，這些騷擾訊息才慢慢消失，但他仍然擔心誰知道真相。

現在變成駭客指定乘客的他，想起來大約在同一時間，海蒂在經濟上開始對他施壓。

「你覺得這些怎麼樣？」海蒂在山姆做早飯的時候把一本小冊子塞到他眼前。裡面是各種廚房設計，以及可以指定建材訂製的高級設備。

「很不錯，」他回答，「怎麼了？」

「什麼怎麼了？我們需要一個新廚房。」

「這個廚房有什麼不好嗎？」

「這廚房至少二十年了，兩扇櫥櫃門從鉸鍊上掉下來了，其中一個爐架壞了，佈局也不切實際。我們應該好好享受這些錢，這可是你每天辛苦工作賺來的。」

「我會考慮。」他回答。山姆急著想改變這個話題，如果他的薪水只給這個家，那完全可以負擔得起頂級廚房。但現在要在兩個家庭之間平均分配，每一分錢都被掐得很緊。但這次海蒂可不會再被騙了。

「你會考慮，是嗎？」她說，「誰叫你是一家之主呢？」

「我不是這個意思。」

「山姆，你幾乎不在家，都是我在陪孩子。除了新廚房，這個家還需要考慮浴室的問題，蓮蓬頭又漏水，窗框開始腐爛，溫室也需要更換。這個房子快瓦解了，你都沒注意到嗎？這個週末，我會開始檢查我們所有帳戶，看看可以從哪裡擠出一些錢來。」

山姆驚慌失措，「不，不……」他急忙否絕，不想讓妻子看到他財務上的秘密，否則很可能發現他跟喬西的聯合帳戶、抵押貸款，以及另外兩張信用卡。要是把海蒂列舉的所有東西都買齊了，那麼他就會破產。「我們一步一步來。」他不情願地又看看那本小冊子。

一個禮拜過去，一封電子郵件上面的標題寫著「你的妻子們」。山姆想鑽到地底下去，他把信件打開，裡面有兩張照片，一張是海蒂和他的孩子在布萊克普度假；另一張是喬西跟小孩在花園裡玩水槍。山姆費盡心思隱瞞的一切出現了危機。

「你是誰？」他打字打很快，心跳更快。「你想要什麼？」

一個禮拜後，第二封電子郵件送達，上面寫著：「我可以讓這些消失。」

「怎麼消失？」他立刻回答。

過了七天才收到回覆，「這要花費你十萬英鎊。」

兩封信之間的等待過程，讓山姆精神崩潰，但他也沒有辦法讓時間快點過去。

「我沒有那麼多錢！」他打字。

「你有一家建設公司。」

「我不能隨便拿錢出來，這是詐欺罪。」

「重婚也是詐欺。」

山姆想像著兩位妻子發現真相的反應。海蒂討厭騙子，她大部分的工作都是在試圖拆穿謊言找到真相。因此當海蒂下班後，便沒有力氣再做同樣的事。山姆想像她大發雷霆，以重婚罪將他逮捕。喬西則會受到巨大打擊而崩潰。要照顧兩個孩子和一位患有癡呆症的母親，已經讓她承受很大的壓力，要是再給她更多痛苦，會要了她的命。

山姆陷入兩難。如果報警處理，海蒂就會知道喬西的存在，他的婚姻將無法繼續。自己的童年有太多時間，看著父母在不健康的婚姻中利用自己當作籌碼相互對待，他不希望這種情況也發生在孩子們身上。如果付錢，可能會讓他公司陷入困難。

「如果我想辦法弄到錢，我怎麼知道你以後不會要更多？」他打字。

「你不會知道。」之後又是隔了七天才來信，「你只能相信我。」

「好吧。」他回答。

「我要現金，從現在開始算起的一個禮拜內完成交易。下週二早上，我會指示你錢該放哪裡。」

山姆晚上輾轉難眠。當喬西熟睡時，山姆蜷縮在她身後，手臂放在她肚子上在耳邊細語，彷彿是最後一次。他已經把商業帳戶裡的錢全部提出，只剩下一些零頭。只希望可以通過前幾天的透支額度和信用卡申請，這能夠讓他的公司仍有償還能力。不過可能需要好幾年才能把這些債還清。這是山姆不必要的額外負債，但為了保護現況，也是值得的。

那天早上稍早，山姆出門前，在台階上與海蒂擦肩而過，藉此機會揣著她下巴吻她。

「你做了什麼事嗎？」她問，上下打量著山姆。「你只有在做錯事時，才會這樣吻我。」

「妳太多疑了，科爾警佐。」他回答，然後把裝著現金的手提包塞進車子後座。「星期五見。」

回到現在，所有片段串在一起，謎團終於清楚。他一想到海蒂發現自己這麼過分的當下內心有多氣憤的同時，內心的罪惡感也油然而生。發現丈夫劈腿已經讓她精神受到打擊，所以才會這樣對他。今天，山姆又試圖搶她的票，奪走她生命，關係只會雪上加霜。

山姆希望海蒂能夠了解，自己之所以會這樣，是因為他有四個孩子要養，而不是兩個。然而這已不再重要，在今日之前，山姆一生中從來沒感受過，當一切失去意義後的無助感。

# 48

「現在來到倒數第二位乘客。」費歐娜說。海蒂的臉佔據了畫面中央。只看到她的眼睛很漂亮，但看不出任何情感。費歐娜仔細又看了一遍，嘖嘖地說：「我不知道可以對她說什麼，如果我是她的辯護人，我不會讓她出庭作證，很難說服其他陪審員對她感興趣。」

穆里爾說：「如果要說實話，我覺得她跟她丈夫比，也好不到哪去。」

「也許吧，但妳想像一下，要是妳丈夫也重婚會是什麼情況？」馬修說，「劈腿是一回事，但跟另一個女人結婚，這要說多少謊。天知道海蒂到底經歷了些什麼。」

「噢，天啊，」傑克在房間的另一邊嗤之以鼻，「不能從更透徹的角度來看待這問題嗎？一個白痴同時愛上了兩個女人，一個蠢蛋。事實就是這樣，而且這不是也發生在妳珍貴的聖經裡嗎，穆里爾？一個叫麥拉的，如果沒記錯的話，他也娶了兩位女性。」

穆里爾說：「他是一名殺人犯，在被社會唾棄之前，他兩位妻子已經拋棄他了。」又補充道：「如果你要引用聖經來證明觀點，至少請把事實弄清楚。我想了解一下，駭客說海蒂勒索她丈夫是什麼意思。」

「妳不太會有機會了解。」莉比說，「這又是一個模糊的指控，我們只能靠腦補的方式想像。」

「但我們對海蒂了解多少？」費歐娜說，「我不知道是什麼使她要做這樣的決定，也不知道為什麼我該支持她。」

「每個人都一樣，越來越重複，」傑克打個哈欠，在座位上挪動一下姿勢。莉比瞪了他一眼，傑克又道：「還有兩名乘客，你們如果不是投給科爾夫人，就是把票投給一個無論如何都想要自殺的流浪漢，我有說錯什麼嗎？」

穆里爾說：「我希望她能夠表現更多的情緒，求我們救她的命，這樣她才能再看到自己孩子。」

「妳聽起來很失望，」傑克說，「如果不是了解狀況，人們很可能以為妳喜歡扮演上帝。」

「這不是我的意思，」她抗議，「我只能根據外表來判斷，她的表情是我唯一的資訊來源。」

「你們有想過她可能是怎樣的妻子嗎？」傑克問道，「也許她丈夫會搞外遇是被她逼的，」他看向馬修，「有時候一個人無法滿足你所有需求。」

「那就離開這段婚姻，」馬修說，「你不也經歷過很多次了，傑克？」

傑克笑了，「你真的想深入這個主題，馬修？至少我沒把我的另一半逼去找另一個男人。」

馬修表情變了，椅子往後推準備起身。莉比在他站起來之前抓住他的手臂。「別理他，」她平靜而堅定，「他故意激你。」馬修停止動作。

「聽她的話吧，乖狗狗，」傑克瞇著眼笑了，「現在讓我們回到那位冰雪姑娘上，要是她能表現出更多女人味，也許會對她自己有所幫助。」

「你是對所有女人都有意見，還是只對女強人有意見？」莉比問道，「她是一位有兩個孩子的全職媽媽，不管她做了什麼，就算是利用職權之便折磨出軌的丈夫，嗯，我認為還是會有很多人支持並認同她。」

「包括妳嗎？」傑克問，「當然了，妳良心告訴妳，要把票投給像科爾夫人而不是哈里森先生？還是妳要遵從妳內心的欲望，把票投給一個行將就木、想要自殺的人，然後讓科爾夫人慘死？現在重新考慮妳對科爾先生的立場也還不算太晚。他也許在誠信方面有所欠缺，但妳不能否認這個人有求生欲，生命還有意義。哈里森先生有什麼？就算是受到自己所愛的人的鼓勵，也不足以讓他想繼續留在這世界。」

莉比感覺臉在發燙，在那一刻，她無比厭惡傑克．拉森這樣的人。

「你知道嗎？」費歐娜打斷他，「你剛剛成功拉到票了，傑克。我不管海蒂做了什麼還是知道些什麼，我都會投給她，你可以盡情地翻白眼，你的想法對我來講沒有任何區別。」

「那麼妳只是在把丈夫和妻子的票給分開。跟我站在一起，至少他們的孩子可以有其中一位父母活著回去。」

「那為什麼是我要改變投誰，而不是你？」

「科爾夫人有兩個孩子，科爾先生有四個。」

「如果那麼關心小孩，為什麼你不支持莎班娜？她可是有五個孩子的母親。」莉比問。

傑克嘆了口氣，「來了來了，過度熱血的自由主義者開始誹謗了。」

「無情冷血的種族主義者，在那邊胡說八道。」

「夠了！」費歐娜大聲警告，嚇了莉比一跳。「這不是在玩！請記住全世界都在看我們，只剩下二十分鐘做決定。現在，還有誰願意和我一起支持海蒂？」

「我支持。」馬修突然說。

「海蒂現在以兩票領先，山姆一票，克萊兒一票。」

莉比的心像在坐雲霄飛車，忽上忽下。這代表除非社會大眾也支持自己，否則傑克說得沒錯，朱迪是一個行將就木的人。

# 49

## 海蒂．科爾

海蒂沒力氣再去恨丈夫，當她第一次知道他欺騙自己過著雙重生活時，她所有能量都已經用完。又經過了兩個小時的情感上打擊，她的戰鬥力已經被擊潰，連哭出來的力氣都沒有。

自從發現山姆的秘密之後，第一次感覺到悲傷，因為她正在失去這個她自認為了解的男人，在此之前都滿心地想要報復，讓山姆受到和自己一樣的痛苦。

現在被關在車裡，讓她能審視內心。看清楚自己做的一切是多麼的愚蠢和不合理，完全不符合自己的性格。如果能回到過去，她會當面質問山姆，把他趕出家門。從發現事情的那一刻就應該這麼做。要是朋友碰到類似情況，她也會給朋友一樣的建議；結果自己卻懷著強烈的仇恨並進行報復。現在成了什麼樣？被困在這個車子裡，當著世界的面死亡。

由於海蒂有兩票，仍然有機會在這場危難中倖存。但之後將不得不面臨一系列的問題，包括被開除。政風處會發現警方之中出現了一個腐敗的員警，企圖用詐欺的手段獲得金錢，利用警方資料為個人謀利。社會大眾不會在意她是因為受到傷害才這樣做。

發現山姆有第二個家庭純屬偶然。本來像一般的日子那樣，山姆在兩百英里外的地方工作，海蒂在休年假，學校放學後就在家照顧孩子。海蒂把孩子送上車，設定自動駕駛到校外教學的公園。回家後一個人坐在破破爛爛的家中，咒罵著漏水的屋頂和破碎的窗戶。她用平板電腦登入臉書和論壇，找貼文裡有沒有什麼推薦的店家。但看到朋友們在流傳的短片，不經意點開其中一個，從此她人生改變。

這是一種病毒式傳播的影片，在幫一個心理健康治療機構籌募資金。參加者會被迫潑一桶水，再撒上一袋麵粉，看起來就像是一個雪人。海蒂看到朋友在頭髮上摳除黏稠的麵糊塊狀物，小聲地說：「我死也不會做這種事。」突然她發現，山姆．科爾的名字被標註在「你可能也喜歡看」的標籤之下。

這讓她很不解。他們結婚幾個月後，山姆嚷嚷著要停用所有社交媒體。「這些公司對我們瞭若指掌，」他抱怨，「讓我覺得不舒服，此外我連自己的生活都沒時間經營了，哪來的時間去看別人生活。」海蒂對此無法反駁。然而山姆一定不懂，雖然臉書帳號不再活躍，但仍然可以被其他使用者標記。

出於好奇，海蒂點擊他的名字，出現了一則帶有縮圖的影片。上傳者叫喬西．科爾，每段影片中都標有山姆的名字。海蒂想不起來有什麼親戚、家庭成員名叫喬西的，至少她沒見過。第一段影片的主角是她丈夫和一對不認識的小男孩跟女孩。他們一邊傻笑一邊對他潑水，然後用麵粉把他裹住。「我是一個雪人，我提名安德烈．韋伯還有達倫．奧沙利文。」山姆說。

「你想要一條毛巾嗎，爸爸？」女孩打斷他的話。「是的，謝謝。」山姆回答。

海蒂愣了一下，想說一定是聽錯了，倒回去又看一遍。「爸爸，」那女孩說，海蒂又播放了一遍、又一遍、海蒂的嘴和孩子同時重複這個詞：「爸爸」。

這沒道理，影片裡的男人不可能是山姆，她心想。用慢速播放視頻，看著對方身體每一個特徵，從臉、身材、微凸的肚子、胸毛的形狀、言行舉止，都和山姆一模一樣。怎麼可能是他？如果在兩人認識前山姆就已經成家，那她早就該發現了。這個影片是最近拍的，因為跟山姆最近的樣子一模一樣。會不會是失散的同卵雙胞胎？不可能，太荒謬了。她也覺得影片裡的男子就是她的丈夫。

影片鏡頭角度讓人很難看到山姆左手臂上的刺青，上面刺著貝姬和詹姆斯的名字。海蒂緊張地點擊播放其他標有山姆的影片。影片在花園場景，兩名同樣的孩子，只是這次多了一個女人相陪。倒數第二段影片中，那女人雙手環繞山姆腰和他接吻。海蒂發現，這女人從髮型到笑容都跟自己很像，她大吃一驚。最後一支影片裡，這一家人在一個大篷車公園裡過節，她立刻認出這裡是和山姆第一次見面的奧德堡。

山姆在布滿鵝卵石的海灘走動，伸出手臂停在半空中，海蒂最擔心的事情發生了，他手臂上的刺青看得清清楚楚，沒有其他可能，山姆有第二個家庭。

海蒂平板電腦掉到地上，在員警訓練生涯中，要求得出結論之前得檢查所有證據，而且永遠不要讓情緒影響自己。海蒂深吸一口氣，她必須像對待其他嫌疑人一樣對待山姆。

她焦躁地又把臉書所有影片播了一遍，急著想了解更多喬西・科爾的資料。她比對了影片上傳日期和自己家裡行事曆的時間。每個影片日期，都是在山姆離家工作時期拍攝。他每個禮拜會在哈利法克斯一家提供床位和早餐的廉價家庭旅館待個三、四天。就他說法，是因為那裡離他辦公室很近，海蒂從來沒懷疑過。但現在她利用語音助理羅列出附近所有家庭旅館，一家一家打電話，看看是否有山姆住宿的紀錄。結論是完全沒有，山姆一定和喬西甜甜蜜蜜待在一起。

為什麼喬西也姓科爾？海蒂去了喬西的臉書頁面，但裡面資料設為不公開，她只好擴大自己搜查範圍。叫了一輛計程車。

海蒂來到刑事偵緝部，和貝夫．撒克森警佐擦肩而過，他問：「我以為今天妳要陪孩子們？」

「有一些行政工作我想先處理一下。」海蒂冷靜地回答。等到辦公室沒有人，她才開始利用警局資料庫查詢身分證資料，想要了解更多關於喬西的事。

查到她是一名全職母親，比海蒂小一歲，在當地浸禮會教堂的行政部門兼職。海蒂用手指算了一下，喬西．哈蒙和山姆．科爾結婚的時間是在海蒂婚後十個月。兩個孩子出生證明上也有山姆．科爾的名字。他甚至幫小孩取了和海蒂孩子一模一樣的名字。

海蒂違反了更多警方資料權限的規則，挑了一個調查恐怖主義的藉口，進入了山姆的商業帳戶。發現它會自動扣除固定比例的錢，付給他和喬西的房屋貸款。他們還擁有聯合信用卡和兩個銀行帳戶。搜尋山姆的建設公司，發現該公司位於雪菲爾，而不是如山姆所說的哈利法克斯。

海蒂身體往前傾，窩在椅子上，試圖整理剛才看到的資訊。突然之間她的婚姻許多方面都能解釋清楚了。山姆對社交媒體不信任、不願意休假超過好幾天、總是一個人在聖誕節去阿爾加威的母親家、有時從哈利法克斯回來後，會穿著以前沒見過的衣服。大多數晚上，在家時都會一個人待在臥房裡接聽「工作」電話。原來你一直都在我們的屋簷下，和另一個家庭說話。

海蒂時而憤怒，時而困惑。怒不可遏的她，不想把眼淚浪費在山姆身上。接下來的幾天裡，海蒂差點想打電話給山姆，對他破口大罵逼他說出真相。但一個能瞞著妻子有第二個家庭的男人，是一個善於欺騙的人，不可能指望他誠實；而他也不配海蒂誠實以待。這個星期快結束時，山姆從哈利法克斯回家，海蒂對此事隻字不提。

要完全控制自己的感受，不從言語、情緒、行為上暴露出來，幾乎是不可能。海蒂渴望傷害自己丈夫，就像自己被他傷害一樣，這種心態引發了一個念頭。

同時擁有兩棟房子、兩個妻子和四個孩子對山姆來講並不容易。因此，海蒂想看看給他施壓

她開始試驗，在婚外情約會的應用程式和網站上，登錄假的個人資料，但使用山姆真實的聯絡方式。等他不斷接到電話和電子郵件時，海蒂都會饒有興味地靜靜看著。最後在家時，手機乾脆一直關閉。海蒂確定頁面裡的資訊包含了「哈利法克斯」、「雪菲爾」、「鄧斯特布爾」、「盧頓」這些地方，這代表有人知道他的秘密。

她查清楚了山姆從自己帳戶轉走了多少錢給他第二個家庭。接下來她提高壓力，提出財務要求，希望建造一個新的高級廚房，裡面廚具都要訂製，隨後又提出了更換浴室的建議，和建造新溫室的報價。當山姆變得語無倫次，找藉口說自己沒錢時，海蒂樂於看山姆陷入窘境的樣子。

山姆越是不舒服，海蒂越要給他更多壓力。雖然才剛開始，但這程度和自己受到的傷害無法相比。海蒂不得不再次提高規模，要真正打擊他的財務。她想知道他為了守住這個秘密，願意付出多大代價，她要勒索他。

她隨便想一個數字，十萬英鎊。這個數目大得離譜。山姆沒有那麼多現金，但想像他看到後會多麼的害怕，就讓海蒂相當愉快。她把信件來回時間間隔，設為一個星期，累積他的擔憂。只有當山姆答應付款時，海蒂才放心地坐回椅子上，吁了一口氣。為了不讓海蒂識破山姆的謊言，山姆沒有什麼不願意做。

但在完成交款結束報復前，海蒂還有一個待辦事項沒有完成，她想親眼看看丈夫的另一名妻子。

海蒂的車停在喬西家對面的路邊。這個房子和自己的家沒太大不同。孩子取一樣的名字，妻子長得很像，房子也很像……只有丈夫是同一個，海蒂心裡想。她待在車子裡，遠遠看著山姆第二家庭的成員，一個接一個地離開。首先是兒子的朋友來找他出去，然後是女兒搭自駕車離開。生活方面和自己的孩子有很多相似之處。最後喬西出現了，海蒂開啟隱私窗，透過車窗仔細觀察自己的對手。

突然覺得光看還不夠，海蒂想知道更多。她沒多作思考便下車尾隨喬西。經過二十分鐘，到了卡爾德代爾皇家醫院。喬西進入了乳房檢查室，海蒂在外面尷尬地不知道要怎麼辦。頭腦告訴她這樣做實在愚蠢，要她趕快回家，但內心不願意離開，海蒂選擇聽從內心的指引，等了近一個小時，喬西終於出現。

海蒂看到她皮膚蒼白，眼睛發紅，衣服腋下還有汗漬，像被人追趕一樣匆匆從走廊跑向出口，結果匆忙之中手提包不小心掉在地上，裡面的東西散落出來，喬西彎腰收拾。海蒂顧不得自己會被發現，也伸手幫忙。

「謝謝。」喬西說，然後哭了出來。

「妳沒事吧？」海蒂有點猶豫。喬西搖搖頭。

她看到後面有一家咖啡店，「我們坐下來說吧。」海蒂扶喬西起身。

海蒂從櫃檯端了兩杯咖啡回來時，在內心問自己：妳在做什麼？這不是本來的計畫！

「對不起。」喬西說，並用紙巾擤了擤鼻子。

「……報告出了什麼問題嗎？」

喬西點點頭，小聲說：「檢查結果……不是很好。」

「是可以治癒的嗎？」

「還差一點就要到第四期癌症。醫生說，開始治療前需要檢查看看其他地方有沒有擴散的繼發性腫瘤。還需要回來做更多掃描。」

「我很遺憾。」海蒂回答，很驚訝自己居然是發自內心的。

「這打擊太大，」喬西繼續說，「我妹妹也是這樣走的，所以我忍不住往最壞的情況想。」

她把頭埋在手裡，又哭了出來。海蒂不假思索握住喬西的手，喬西也緊緊抓著她，兩個女人靜靜地保持沉默。

「妳一定覺得我在跟陌生人傾訴心事。」喬西率先開口。

「一點也不。妳……家裡有能支持的人嗎？」海蒂問。

「有的，我有丈夫，還有兩個孩子。」

海蒂聽到她用丈夫這個詞，感到憤怒。「那他知道嗎？」

「不，他經常在外地工作，我希望能當面跟他說，但不知道怎麼開口。他最近工作壓力大，吃不好也睡不好，我不想讓他的情況變更糟。」

海蒂知道他的焦慮可能來自於何處，突然之間，復仇滋味也沒那麼甜美。「他是個好人嗎？」她問。

「他已經盡了最大努力。錢很吃緊，工作也很辛苦，我知道他愛我們，還有我的媽媽。我媽媽有初期的老人痴呆，我是她主要照顧者，一邊照顧，一邊煩惱錢的問題，我不知道該怎麼辦。」

「有時候碰到困難，會激發出連自己都不知道的驚人潛力。」

海蒂職業生涯中和很多人打過交道，除了自己丈夫之外，她可以辨認出哪些人是好人壞人。就她直覺來看，喬西是個好人，只是愛上了一個已經結婚的男人，但她也被蒙在鼓裡。現在的她不需要知道真相，至少現在不要。

海蒂在心中做下決定，等到交付十萬英鎊的那一天，海蒂會離開他。復仇也不再重要，有一個比自己更需要山姆的女人。對山姆來說，看著喬西和癌症對抗，那才是真正的懲罰，他的痛苦會遠遠高過海蒂對山姆做的任何事。

當天她會出現在米爾頓凱恩斯的儲物櫃和山姆當面對質。等到離開保齡球館後，海蒂會告訴他，他們的婚姻已經結束，但不會提到見過喬西以及她的健康狀況，這將由喬西自己決定。回家後她會告訴孩子們關於父親的真相。不會對他們撒謊；他們父母當中，至少有一位是誠實的。

現在，海蒂的計畫破滅了，就世界上所有人來看，她和丈夫一樣是個騙子。一想到這，海蒂十分難過。自從發現山姆的真相後，第一次鬆開對淚水的控制，同事們戲稱她為冰雪女王艾爾莎，現在這個女人開始融化。

# 50

「介意我問妳要投給誰嗎？還是我直接猜？」費歐娜問。

莉比的眼睛從螢幕一端飛快掃描到另一段，除了鏡頭被蓋住的蘇菲亞外，看過了每一位乘客：身懷六甲的克萊兒；有著四個孩子兩個妻子的山姆；以及山姆的妻子海蒂，一個被冷落的女人。最後莉比把目光放在朱迪身上，自己曾經迷戀過的男人，他卻找不到任何活下去的意義。

正確來講，應該選擇有求生意志，並想要有第二次機會的人。顯然朱迪不符合。雖然其他候選人都更有價值，但也和朱迪一樣有缺陷。不管怎麼選，都讓莉比倍感壓力。莉比盡力了，心中仍然無法因為朱迪有心理疾病，就覺得他應該被判死刑。莉比心想：也許他說得沒錯，自己只是在試圖拯救朱迪，來彌補自己沒能拯救哥哥的遺憾。但莉比也不確定，只知道，自己可能是他唯一的一票，不能讓他失望。

「我支持朱迪。」她最後開口，費歐娜把她的票數記載在平板上。

「浪費時間。」傑克咕噥著。

山姆也有一票，克萊兒一票，海蒂有兩票，那麼朱迪的死亡就不是個定局。現在就取決於社會大眾，以他們嗜血和瘋狂的程度，能追著莎班娜害她死亡，試圖炸掉蘇菲亞的車。不了解每個乘客背後的故事，都能產生這麼巨大的仇恨，這讓莉比難以置信。他們不可能對一個想要自殺的人產生同情心。

「卡德曼，」駭客突然開口，社交媒體專家突然像被蜂螫到，抖了一下。「能不能告訴我們，網路上的輿論偏向誰？」

「當然了，」他回答。他的團隊傳來一個平板，他快速看過上面的資訊，然後揚起眉毛。「嗯，這看起來很有趣。」

「所謂的有趣，是指好還是壞？」費歐娜回應。

「這取決於妳支持誰。」

傑克望著天花板，一副想請駭客發揮良知一樣。「行行好，能不能不要再賣關子，告訴我們公眾選擇了哪位乘客？是科爾先生還是科爾夫人？」

「好了，好了，傑克，別再假客氣了，」卡德曼反譏，「如果只基於標籤『#拯救』，那麼在所有社交媒體平台上出現最頻繁的趨勢是『#拯救海蒂』。」

結果不出預料，但莉比雙腳仍然一軟，她瞥了支持海蒂的馬修和費歐娜一眼。雖然沒有面露喜色，但莉比認為是考慮到對其他乘客的尊重，所以才有所保留。

卡德曼走到房間中央補充說明，「然而，」陪審員們轉過身來面對他，留下一個戲劇性的停頓。「如果我們用『#拯救』這個標籤去搜尋各類社交媒體用戶所發的貼文，那麼會發現另一個標籤和它高度相關，而且名列榜首。而且它包含了兩個名字，幾乎是『#拯救海蒂』的兩倍。」

「然後呢？」傑克問道，越來越不耐煩。

「然後，」卡德曼重複了一遍，刷了一下平板電腦，讓那個標籤出現在對面的牆上，「各位陪審團和坐在電腦前的女士們、先生們，請允許我向你們介紹此標籤：『#給朱迪和莉比一個機會』」

莉比瞪大了眼睛，「什麼？」她疑惑地問，「你剛才說什麼？」

「#給朱迪和莉比一個機會，」卡德曼重複道，「現在世界上的人都在討論妳和朱迪那十分鐘的對話。他們還沒有準備好讓妳的故事就這樣結束。急切地想知道接下來會發生什麼。妳看，」

卡德曼把螢幕內容投射到牆壁上其他部分；有好幾十條的資訊，裡面包括「#莉比配朱迪」、「#莉和朱幸福永存」、「#救救這對苦命鴛鴦」之類的標籤，還配上各種迷因跟動圖。

「世界他媽的瘋了嗎？」傑克感到吃驚。

「人們喜歡弱者，」卡德曼聳了聳肩，「而且人們通常都是錯的。」

「我很抱歉，傑克，但公眾已經對這對鴛鴦感到興趣。甚至把他們的名字拼在一起，所以『#朱迪』反而成為有史以來傳播最快的標籤。社交媒體對此非常清楚，他們把票都投給了朱迪。」

莉比看向朱迪；他的表情和她一樣困惑。在各種可能性中，居然有他能活下去的機會。「我不懂，」莉比說，「這些人根本不認識我們，怎麼會這麼關心？」

「他們根本不在乎妳！」傑克不以為意，「對他們來講，妳就跟那該死的聖誕老人一樣真實。人們想要相信一些東西，就算那東西是妳和哈里森這種垃圾組成一樣。別騙自己了，除了這房間裡的人外，那些人都會好奇在這件事結束後，妳或是他之後會發生什麼事。」

「海蒂和朱迪各兩票，打成平手。」費歐娜把平板攤在桌上，「現在怎麼辦？」

駭客說道：「你們之中必須有人得改變自己的支持者。」

「要是我們不這麼做呢？」

「那他們就會一起死了。誰要開始？」

# 51

穆里爾是第一個轉向莉比，露出歉意的陪審員。

「我很抱歉，真的很對不起，我知道朱迪對妳來講意味著什麼，」她開始說道，「但我擔心克萊兒未出世的孩子，不管她是否對丈夫做了什麼不好的事，但那小生命是無辜的。」她用力握住莉比的手，強調她是真的抱歉。莉比點頭，不太知道自己該說什麼，看向了馬修。看到馬修面有難色的樣子，莉比已經猜出他會說什麼了。

「說實話，我有考慮過，但我不能讓海蒂的小孩失去他們的母親，我很抱歉。」

「沒關係。」莉比回答。

接下來是費歐娜，「我相信妳會理解。同樣身為母親，我能理解海蒂的經歷。我也一直在想，要是再也見不到自己孩子……會有多心碎。」

現在除了莉比外，每個人的視線都轉到了傑克身上。但莉比覺得他沒有理由為了自己或朱迪而跑票，所以不打算浪費時間問他。

「嗯，」傑克開口，食指故意在下唇輕敲。「真是難選，不是嗎，迪克森小姐？看來我才是對妳未來最有決定權的人。也許我對這法庭的控制力，比妳那駭客朋友想的更大。現在，要選誰好……」他手指著螢幕，在最後五位乘客臉上移動，聲音慢慢變小。「點指兵兵，點著誰人誰作兵……我應該讓誰的車爆炸？」

「你有什麼毛病？」馬修喝斥，「這是人命，不是遊戲。」

「這當然是遊戲！你沒看到他一開始就在和我們玩嗎？那為什麼我不能也玩玩自己的遊戲？要是你真的以為他會讓這些可憐的混蛋中有一人倖存，那你就是個比我以為的還更傻的大傻瓜。」

「他沒理由不遵守諾言。」穆里爾說。

「妳這個被誤導的白痴。」傑克笑著，「不管這個禮拜妳信的是《聖經》、《古蘭經》、《妥拉》或是《吠陀經》，別把它和現實混為一談好嗎？蘇菲亞說對了一半……這些都是終極版的真人實境秀。」

「看在上帝的份上，傑克，選個人吧。」費歐娜說道，「只剩下十五分鐘了。」

傑克從座位上起身，走到房間中央。裝模作樣地看向每位乘客，敲敲指頭關節。最後回頭和莉比目光對上，那一刻，莉比像變回稍早剛進到這房間的小女人，感覺自己無足輕重。

「求我。」他慢慢開口。

「傑克，拜託，」費歐娜說道，「不要丟人現眼。」

「傑克，所有人都在看，這對你公眾形象不會有什麼加分。」

傑克沒理會，「求我。」他又說了一次。

「你有毛病。」馬修說道，「就快點選吧。」

「要是迪克森小姐希望她那小男朋友能在這事件中活下來，那我想看看她有多認真，我要她求我。」

莉比不屑地哭笑不得，看著朱迪的畫面，這是他第一次表現出生氣的模樣，從揮舞的手和嘴型看得出他在大喊著「不要」。

莉比搖搖頭，瞪著傑克，清了清嗓子。「我求你選擇朱迪。」她壓抑著語調，不透露出任何感情。

傑克長吁一口氣，「好，沒那麼難不是嗎？既然妳這麼客氣請求覺得這樣會改變我的選擇，那我就改吧。很抱歉，科爾先生，但在最後關頭我不得不跑票了。」

山姆垂下頭，閉上眼。

「然後呢？」馬修問，「跑去哪裡？」

「可別說我不傾聽民意，不會考慮人們意見。我會支持網路標籤上分享次數最多的那個人。」

「謝謝你。」莉比說，鬆了口氣，朱迪已經倖免於難。

「不，我想妳誤解我了。迪克森小姐。」傑克說，「分享次數最多標籤的是科爾夫人，而不是哈里森先生。妳的標籤會有這麼多，是因為妳和他的名字聯合一起的效果，就我來看這是不公平的。所以我投給真正的贏家，科爾夫人，而不是妳支持的那位精神不太穩定的乘客。」

傑克直視她的雙眼，微笑中透露了自大。莉比感覺朱迪的生命像手中的沙一樣，從指縫中溜走。她張嘴想說些什麼，但這也毫無意義，自己受到的羞辱化為憤怒，她盡量忍住不去狠搧傑克耳光。

「你才不關心海蒂。」莉比開口，「不久前你不是才說，她把自己丈夫趕到另一個女人的懷抱嗎？你會選她只是為了展現自己那微薄的控制力。」

「真是個輸不起的人，迪克森小姐，」傑克說，「這張票如此珍貴，我可不想把它浪費在病態的感情之上。」

「你為什麼不想讓朱迪活下來，不願給他和我一個機會？」

「別上當，莉比。」馬修警告，「他已經沒什麼可失去的，世界已經看清他的真面目，他再也沒機會連任。」

「不，沒關係，」莉比說，「來吧，傑克，話給我說清楚。」

傑克轉向朱迪，「妳真的有想過『#莉和朱幸福永存』是什麼意思嗎？」他問，「迪克森小姐，妳是名心理健康工作者，不是迪士尼樂園裡的工作人員。當然，妳得先意識到在妳的故事裡，永遠不會有什麼永遠的幸福。也不會像童話一樣，有藍色飛鳥或是小白兔和妳的白馬王子一起走向夕陽。如果妳運氣好，也許會有幾個星期的快樂時光，或是他能多活幾個月不自殺。但是當世界對你們的愛情退燒，就只剩下你們兩人。哈里森會繼續和自己的心魔對抗，而且他的障礙和焦慮很可能會加劇，因為他脆弱的肩膀扛下所有人的期待，當然妳也是。但他沒有像妳一樣的抗壓力。也許他一開始會說服自己，妳是他活著的理由。一開始他是真心的，但時間一久，就會像在走鋼絲一樣，每天要不動聲色默默安撫妳，一邊還得想著今天是否要平靜地死亡。一旦妳不留神，他就會從那鋼絲上掉下去，再也爬不上來。但妳也不會完全意外，因為在妳腦中，已經預期這一天的到來。每次電話鈴聲多響個幾聲沒接，或是下班回家，家裡太安靜時，妳第一個想到的，就是他是不是像尼基一樣把自己掛在燈上。而且妳會知道這是妳的錯，就像當初妳哥哥那樣，因為是妳強迫他進入他無法適應的生活中。所以妳應該感謝我，而不是像個不順心的小貴婦，坐在那裡生氣。我把妳從這種心痛的未來解救出來。而且哈里森死後，妳可以繼續過妳那平淡無奇的日子，還省了一筆喪葬費用。」

這次莉比再也無法遏制自己的怒火，「你去死吧！」一邊大喊一邊掄起拳頭對傑克發動攻擊。剛跑到他面前，就被衝出來的馬修阻止。他抱住她的腰，把她往房間邊邊拉，莉比的腿還對著空氣狂踢。

「許多比妳更強更壯的人都跟我較量過，但都敗下陣來。」傑克吼道，「妳不是第一個，也不會是最後一個。記住，像妳這樣的人，永遠贏不過我這種人。」

「這件事唯一的好處，就是選民看清你是個假惺惺，毫無價值的垃圾。」

傑克揮揮手打發她，「隨妳怎麼講，迪克森小姐，隨便妳。什麼都不會改變，不管妳喜不喜歡，我才是被人需要、有價值、有分量的、有影響力的人。而妳，什麼都不是。」在莉比回擊之前，揚聲器傳出尖叫聲，整個房間裡都聽到了，眾人把目光投向螢幕，看看是怎麼回事。原來是克萊兒發出的尖叫，她的音量控制被解除了。

# 52

「喔，天啊。」穆里爾說，「看看她。」

「是的。」馬修修插嘴，「看來她在分娩。」

「她裝的。」傑克反譏。

「你給我看清楚，你這個白痴。」費歐娜說，「這不是假裝的子宮收縮。」

克萊兒的臉因疼痛而扭曲，用力咬著下唇，試著不再叫出聲。她雙手用力拍在儀表板上，雙眼緊閉，等著這一陣的收縮結束。

「最後一刻的同情演出。」傑克說道，「我賭她只是在對著鏡頭演戲。」

「你已經破產了，記得嗎？」莉比道，「你那骯髒的帳戶都已經曝光了。」

「為什麼現在才這樣？」穆里爾問，「前一分鐘她還好好的，不是嗎？」

「我想是駭客一直在重複播放，」馬修回答，「他可能一直在給我們看之前的錄影片段。在她子宮開始收縮之前，我們一直在談論她的生活，所以沒注意到。」

「我們得想辦法讓她離開那裡，」穆里爾仰望著天空，「你聽到我的話了嗎？你需要幫幫這女人和她的孩子！」

「妳是在和上帝說話，還是和駭客？」傑克冷笑。

「給我閉嘴！」穆里爾叫完，揚聲器便發出雜音，駭客說話了。

「如果要根據子宮平均收縮時間來判斷的話，克萊兒很可能在三十分鐘內就會生。」

「你知道她和孩子有多大壓力嗎？」穆里爾說道，「必須現在就放了她。」

「就算我想，也是束手無策。」

「你在說什麼？這是你的遊戲，你的規則，你當然愛怎樣就怎樣。」

「想救克萊兒的人只有妳，我向大家保證會釋放大家所選的那個人，如果我放了克萊兒，就是違背自己的諾言。可知道信用對我來講有多重要？」

莉比知道自己得做些什麼，但這決定像錘子一樣打在心頭。她抬頭看著朱迪，他也微微點頭，似乎讀懂她的心思，並表示同意。

「要是你不能改變規則，那我們可以嗎？」她問，「如果我們改變決定，是不是就能救克萊兒和她的孩子？」

「是的，可以。」

穆里爾以乞求的眼神看著其他陪審員。馬修是第一個做出反應的，對她點頭。

「我也願意。」費歐娜補充。

莉比克制自己心中情緒，又看了一眼牆上，朱迪臉上浮現莉比見過最溫柔但也最悲傷的微笑。「我支持克萊兒。」她說。

「我想我會繼續支持科爾夫人。」傑克說。

「你們做好最後的決定嗎？」駭客問。所有陪審員都點頭。「那麼，以多數票決定。你們拯救克萊兒。」

「你會讓車子停下來幫她嗎？」莉比問。

「在她的車和別人的相撞之前，我會在適當的時間讓它停下。」

莉比擦去眼中淚水，從費歐娜身邊走開，看了一眼倒數計時。「但那還有十分鐘，為什麼不現在就停止？無人機的影像有拍到所有乘客後面都有救護車，他們能提供協助。」

「莉比，幾千年來，女人一直在生小孩。克萊兒的智慧座椅正在偵測和記錄她的身體狀況，我保證她和她的小孩最後會平安無事的。」

莉比忍不住發出不可置信的笑聲，「你能保證什麼？你殺了人，逼我們做這種不可能的選擇，違背我們所相信的一切。這是為什麼？因為你不喜歡自駕車還是人工智慧？好吧，我也不喜歡，但我不會像你一樣把無辜的人炸死！」

「妳以為這些是我這麼做的原因？莉比？」

「難道不是嗎？」

「妳誤解了我的動機。」

「那就先放了克萊兒，然後告訴我們。」

駭客稍稍猶豫，然後開口：「為什麼今天會是這個局面，背後理由也許應該讓傑克說會更好。因為這一切都是他造成的。」

# 53

BEO BrimighamExaminerOnline.co.uk

發布者：李奇．傑金斯

警方證實，凱利＆大衛斯工廠周圍的金屬圍欄已被軍隊拆除，為駭客的車禍做準備。公眾無視警方的安全警告，在附近圍觀。已有數以千計的人，在車子相撞前的街道上，排起長長的隊伍。

所有人都看向了這位議員。傑克沒有因為被指責而神態有所動搖。

「傑克，」駭客繼續說道，「你要不要和全世界的人解釋一下，發生事故時，無人的自駕車是怎麼決定一個人的生死的？因為你之前推行自駕車時說的一切都是謊言，不是嗎？」

「他在說什麼？」費歐娜問。

本來播著乘客和新聞畫面的螢幕，都切換成傑克的臉。牆壁周圍所有隱藏鏡頭都對著他。傑克沒有為此做出反應，反而巋然不動，板著一張臉，挺直背部，緊握雙手，兩腿打開與肩同寬。

「來吧，傑克。」駭客哄著，「是我要跟他們講，還是你來。這對我來說沒有區別。」

三十秒過去傑克才有所動作。他不是開口向眾人解釋，而是調整自己領帶，在木頭大門附近徘徊，背對其他陪審員。

「恐怕現在輪你體會一下乘客的感受了。」駭客說道，「你有什麼想說出來的嗎？記住，誠實才是上策。」

傑克沒有回應，於是駭客繼續追問：「自從你主持這自駕車的審判以來，你對社會大眾和其他陪審員隱瞞了些什麼？一場死亡車禍中，自駕車到底是怎麼判斷和決定的？」

馬修開口，「我們不是採用了德國的方式，讓系統被設定為不惜一切代價都要避免人員傷亡？車子在採取最佳行動方案之前，會對每一種情況進行判斷，從而使受傷或死亡人數減到最少？」

「這只是這技術剛起步時的意圖。」駭客回答，「當社會大眾關心一個機械怎麼做出符合倫理判斷時，那個當權者向大家保證，自駕車會盡一切代價保住各位性命。這可以安撫大多數人，就算是對自駕車安全性擔憂的人也都會被騙。這些都是謊言，不是嗎，傑克？因為你所推行的自駕車，會對我們每個人打分數，計算出社會價值，然後保護那些你認為具有高社會價值的人。」

「他在說什麼？」卡德曼對自己一個團隊隊員小聲問，「為什麼網路上沒有這方面的消息？」

「他說的『社會價值』是什麼意思？」莉比問。

傑克保持沉默，所以駭客替他回答。

「倘若自駕車不可避免會發生車禍，車子不光會掃描周圍環境做出判斷，同時也會掃描妳。妳的國民身分證的個人資料和可穿戴技術上蒐集到的資訊。在一納秒的時間內，就能決定妳是否值得被救還是要被犧牲。」

莉比搖了搖頭，「但身分證只包含我們的基本資訊，如國民保險號碼、血型、虹膜掃描等。我的社會價值怎麼會取決於這些東西？」

「這些東西實際上蒐集和保存的資訊遠遠不止這些，凡是妳在其他地方提供資訊，這些資料就會被蒐集。裡面存儲著妳的醫療紀錄、網路搜索歷史、網上購物、教育水準、平均收入和預計收入、人際關係歷史、抵押貸款規模、犯罪紀錄、社交媒體上的聯絡人等等。」

「所以它就像一本即時記錄的個人生活傳記？」馬修問道。

「正是如此。這是一份可以每天、甚至每小時改變的簡歷。然後再加上隨身攜帶的手機和可穿戴技術上的資料……比如那些追蹤我們的活動和健康的技術。全部加在一起，就可以描繪出關於我們是誰、我們在社會中的位置，以及我們對這國家未來有怎樣的貢獻或是影響方面的完整圖像。所有這些資訊會幫助汽車對我們評價，以決定我們的生死。」

「它會判定誰會比其他人更重要？」費歐娜問道。

「讓我給妳舉幾個例子。如果要在一個失業的少年和一個高級的議會官員之間做出選擇，那麼這個少年不會有好結果。如果是一個孕婦和一個靠國家養老金生活的老人，後者會被犧牲掉。

一個肥胖的人與一個運動員相比會很不利；同樣，一個有犯罪紀錄的人也會在沒有犯罪紀錄的人面前吃虧。員警的地位高於護士，但醫生的地位卻高於員警。吸菸者優先於吸毒者，癌症患者優先於患有癡呆家族史的人。國會議員勝過公務員，但內閣部長勝過國會議員。就這樣一直計算下去……對我們的社會最有用的人總是佔上風。在無人駕駛汽車面前，我們沒有人是平等的。」

畫面突然塞滿了許多圖片、資料、名字，以及各種蓋有機密章的文件、計畫藍圖和照片，也都附上了可以下載的連結。莉比認出這些照片中，包含了門羅街車禍裡的三名受害者。

「如果這是真的，那麼我就啞口無言了，」費歐娜說，「真的是啞口無言。」

「這怎麼會被批准呢？」馬修問道，「一定是有人批准的？」

「是深藏在西敏[10]高牆內的少數官員，決定利用人民自己的資料來對付人民，並確保任何在道路上死亡的都不是『重要的人』。包括傑克在內，一些負責制定和實施這違反人權政策的政客，看到可以實行社會清洗的機會，也覺得有些人對社會貢獻度太低。於是想消除這些人口。」

房內眾人聽懂駭客的意思後，發出抗議聲。「這樣做對嗎，傑克？」穆里爾問，「我們對你來講不過是資料而已？」

傑克搖了搖頭，從外套下拉出裡面襯衫的袖口。最後他轉身面對陪審員們，「自從一〇八六年，威廉一世的《末日審判書》[11]進行第一次人口普查以來，英國人一直都是資料。」他開始說

[10] 西敏，英國倫敦的市中心，也是英國的政治中心。
[11] 維基資料：《末日審判書》是諾曼征服英格蘭期間，在征服者威廉的命令下，於一〇八六年完成的一次大規模調查的紀錄。

道，「我們早就已經是統計資料，所以不要假裝這是什麼災難性的危機，會撕裂我們社會道德什麼的。你以為你信用卡和貸款是為什麼會被批准的？你的保險金額是怎麼決定的？我們國家是怎麼決定移民數量的？都是因為有這些資料。今天這個事件之所以會發生，是因為我們目前科技達到歷史上的新高點，在這科技下，你們對國家的重要性已經可以被一目了然地計算出來。」

「而你認為這是理所當然的？」莉比說，「我不敢相信我會這麼說，但人工智慧不是敵人，你才是。」

「告訴我，迪克森小姐，妳希望我們做什麼？」傑克回應道，「妳真的以為我們會讓汽車做所有的決定嗎？我們又不傻；我們當然要對機械嚴加控管。這是有史以來難以想像的十分難得的機會。用來保護打造這社會的人，他們拯救生命，做出貢獻，讓整個社會變得更加美好。我們有責任把他們放在第一位。妳以為我們要以『平等』的名義來使用它嗎？事實上我們也從來沒有真正的平等過。這只不過是現代化的階級制度。如果要執行攸關生命的手術，妳希望執手術刀的是名醫生，還是超商的貨架管理員？失火時，妳會希望是誰來把妳從著火的大樓中救出來。是一個訓練有素的人，還是一個有學習障礙的人？」

「你用一個人是否殘疾來衡量他生命的價值？」穆里爾問道。

傑克笑了起來，「當然了！」

「但我們都是上帝的……」

「留到週日的佈道會上再說吧。妳或妳的妻子有沒有替妳的寶寶做新生兒先天性代謝異常疾病篩檢？」

「有。」

「為什麼？」

「為了確保一切正常。」

「如果不是呢？」

「嗯，呃，我們必須根據……做出決定。」

「真是個偽君子。要是我們真的像自己聲稱的那樣重視殘疾人，那我們就不會在懷孕期間檢測胎兒畸形。」

「這並不比納粹的做法好，」莉比指責道，「你在利用車禍的機會，抹殺任何你覺得不該活下去的人。」

「我們可沒有派士兵去抓人，把他們送到集中營，不是嗎？車禍發生的機會極少，我們做的事也只是把整個國家放在最重要的位置，這是現代社會最自然的選擇。當然，我不指望像妳這樣的人能理解。」

「這不是人民想要的，」莉比又道，「你還記得美國一所大學的調查結果嗎？調查了世界幾百萬用戶，對車禍中誰最該被優先考慮的問題，你們這些政策制定者應以這個為基礎去做設計。」

「這種道德生產機般的全球性調查，不可盡信。」傑克回答，「調查對象只限於大學菁英分子。並不代表每個人的意見。而且每個問題場景只有兩種結果，不是這些人死，就是那些人該死。如果我們接受這種結果，那我們的法律就會受到不同國家和文化影響。妳想讓中國人或沙烏地阿拉伯人的觀點來決定英國街道上的人的生與死嗎？這是很荒謬的。」

「那麼這些審訊的目的是什麼？」費歐娜問道，「如果已經做好決定，那我們做的這一切有什麼重要？不管我們說什麼都不會有什麼改變不是嗎？」

「當死者沒有攜帶身分證或電話，而且我們對他們知之甚少時，那麼你們的判斷就很有用了。」

「這些審訊不過跑個過場，不是嗎？只是用個行政程序當幌子，把自己真正的作為隱藏在審判和調查背後。」

傑克閉上眼睛，捏著鼻梁。「這越來越令人厭煩了。自從汽車出現在我們道路上以來，自駕車是汽車史上最具震撼的改革。這些在看鬧劇的人，沒有一個知道在這背後要做出多少努力才得以成功。妳責怪我們的理由是因為我們有許多困難抉擇要做？妳怎麼好意思？不管妳喜不喜歡，統計數字上呈現出的情況就是這樣：就算是世界上最專業的司機，也不可能像自駕車一樣每次都做出同樣精準的判斷。」

莉比指著螢幕，「你把這番話去跟維克多、貝奇斯、莎班娜，和數百名在今天被捲入爆炸的死者家屬說說看。也許可以跟目前被困在車內的乘客說，你做的這些事都是為了更大的利益。」

「妳真是無知又愚蠢啊，迪克森小姐。」

「彼此彼此，傑克，彼此彼此。」

「時間，」馬修打斷道，「看錶。」每個陪審員都轉頭看了看倒數計時。離乘客們預定的碰撞時間只剩下兩分鐘了。

# 54

**24/7 Channel24/7News.co.uk**
以下圖片可能不適合年輕或敏感的觀眾，建議家長酌情處理。

從距離地球表面一千兩百英里的地方，阿斯特拉衛星將一大片荒地的即時圖像傳送到審訊牆上。荒地周圍閃爍著藍色和紅色的小點，莉比心想，那應該是警消車或是救護車的燈。

伯明罕郊外的工業區，外圍環繞著智慧高速公路和雙車道。這裡有包括曾經的「凱利&大衛斯」工廠在內的製造廠，現今只剩下瓦礫和空地。

衛星聚焦得越來越近，莉比注意到車道上的車都停下來，觀眾們下了車，匆匆忙忙跑到一個安全的距離，要見證即將到來的死亡車禍。員警攔住了一些人，而其他人為了獲得更好的視野直接站在引擎蓋和車頂上。顯然，他們並沒有被莎班娜的車子爆炸讓十幾人送命和受傷的事給嚇到。

在倒數計時鐘的旁邊出現了新的數字，是對乘客離撞擊區距離的計算。上面寫著兩英里。莉比緊張地吞了口口水。

出現一張電腦畫出了地圖，其他畫面還出現模擬立體圖，被劫持車輛在上面移動。儀表板上的鏡頭可以看到坐在裡面的乘客狀態，車外的無人機和直升機也可以從上空看到這些車。

卡德曼和他的團隊在房間的後面徘徊，他們負責的任務已經完成；而陪審員們則站起身來走向中央，觀看駭客計畫的最後部分。傑克選擇留在緊閉的大門口附近。莉比看了他一眼。他的姿態不再那麼挺拔，表情也不再那麼不屈不撓。他所有的秘密已經暴露，莉比猜想他很可能正在想要怎麼擺脫目前困境。他作為國會議員和內閣部長的地位已經站不住腳了，帳戶裡的錢也會被沒收。他很可能因為協助這秘密政策會面臨刑事調查。他罪有應得，惡貫滿盈。

現在她不會再浪費時間去管他了，她要專注在朱迪身上。莉比希望能有最後一次談話，但不管她要說什麼，都沒辦法讓朱迪好過一點。要她看著他的車和別人相撞是一種折磨，但她覺得有責任陪著他一起經歷這些。

距離顯示器，還有一點七英里。

她看朱迪似乎很平靜，一副聽天由命的樣子。她還記得他說過，今天早上他本來就計劃要結束自己生命的。劫持事件最後的結果也是他所希望的。她想，要是在酒吧那天能聽清楚他的名字就好了，那麼兩人的命運可能會有所不同。

房間畫面上，有兩位新聞主播在報導目前情況，聲音很小。「能把音量調大聲一點嗎？」馬修問，駭客也照做了。

「……現在只剩下一分多鐘了，預計這五位乘客會在前『凱利&大衛斯』汽車工廠的空地上相撞，該廠是在公路革命開始前倒閉的最後一家英國傳統製造商。克萊兒．雅頓，目前被認為是早產，透過陪審團投票，會是這場災難中唯一倖存者；但是，到目前為止，她的車還沒有慢下來的跡象。緊急應變部門已經在現場駐紮，並發布了一份聲明表示，雖然在實際碰撞發生時無法阻止或干預，但他們仍會派遣消防單位和醫護單位，以減少災後造成的損傷。」

七點三英里。

莉比注意到克萊兒，她雙腿彎曲，雙眼和嘴巴緊閉，抱著肚子。等待著另一次痛苦的收縮。

「你為什麼不讓她出來？」莉比對駭客說，「你說過，如果她贏得投票，你會讓她下車。我們已經做到了所有你說的一切。現在輪到你兌現了。」但駭客沒有做出回應。

莉比看向山姆，他雙腿瘋狂抖動，兩手緊握在一起像是祈禱；此時海蒂拿著手機低聲說話，現在沒有信號，所以應該是在錄給孩子的錄音，希望在車禍後手機的錄音能被留下。唯一看不清的乘客是蘇菲亞，在圍巾後面的她，身影依然模糊。

莉比好奇不知道他們此時在想什麼，她無法假想自己在他們的立場會怎麼想。她記得自己大學時，週末自願到臨終關懷機構當志工，替那些患有晚期疾病的人提供安寧服務。大部分是在安慰那些即將離世的人，讓他們了解所有人是怎麼面對死亡這種不可避免的結局。但她很難想像那些得知自己即將被謀殺並看著倒數計時的人，會是怎樣的心情。

一英里。莉比注意力回到朱迪身上，他現在正閉著眼睛。莉比想像自己的手放在他的胸口，跟隨他的每次呼吸而起伏。她想知道朱迪在決定結束自己一生之前，是否有寫遺書給他那不怎麼親的哥哥或是朋友，解釋他為什麼做這個決定。莉比的哥哥沒有留下任何字條，在他自殺前，家人還在樓下準備「歡迎回家」的午餐。而他當時正把套索綁在臥房的吊燈上。後來父親把他救下來，又跑去打電話求救時，莉比把耳朵貼在哥哥唇上，搖晃他，想聽到他最後的遺言。但他那時已經斷氣了。

零點八英里。

五輛車的其中一輛，在軍隊護衛之下出現在該地區。但從這個高度和角度，莉比看不出是誰的車。第二輛緊隨其後，從另外一個方向靠近，然後是第三輛、第四輛、第五輛。彼此距離相同。莉比心想：來了，*這裡就是一切的終點*。她不禁喘著氣。

有人碰到自己，讓她回過神來。有人想握住她手，她本能地退縮。轉身一看，是穆里爾，她的一隻手正握著費歐娜。莉比看到後也握住了馬修的手，眾人排成一排，仰望螢幕，彷彿等待末日來臨耶穌拯救世人。不管那天早上眾人彼此有什麼成見，現在都團結一心，建立了情誼。莉比沒有開口，也接受了穆里爾的手。

零點六英里。

「不到三十秒，車輛就會相撞，」新聞主播報導，「我們可以從直升機上的攝影機看到，每輛車的乘客已經可以看到彼此。」

鏡頭拉近對準蘇菲亞那輛燒焦、凹陷的車，它已經離開雙車道道路，駛往一片空地。接下來，莉比找到朱迪的車，他沿著另一條道路行駛，走向敞開的大門，經過匆忙打開的圍欄。海蒂的車緊隨其後，再來是山姆、最後是克萊兒。

「每輛車估計以每小時六十英里的速度行駛，」新聞主播繼續報導，「五級自駕車比傳統汽車有更多的安全設計，但因為交通事故大幅減少，所以車身使用更輕更低廉的材質。每輛車都有十二個標準的安全氣囊，在這種速度下，乘客生存機率仍然非常大。但是據消息指出，每輛車上都有炸彈，看來死亡是不可避免。」

零點四英里。

莉比把穆里爾的手握得更緊。「駭客騙我們，說會讓一個人活著，」穆里爾含著淚，手指顫抖。「投票毫無意義，他也要殺了克萊兒。」

莉比沒有在聽。朱迪是她現在唯一關注的焦點，她心想：我本來可以救你的，要是駭客給我機會，我可以拯救你；然後你也可以救我。

零點二英里。

五輛車從不同的角度進入荒廢的空地，無人機和直升機為了安全開始往後退，所有汽車設定為直線行駛、飛馳的輪胎揚起的白色和灰色的塵土。朱迪的眼睛睜開，但並非看著將要撞上的東西而是盯著鏡頭。莉比心想：他在看我，他希望我是他生前看到的最後一張臉。莉比盡可能地擠出笑容，而眼睛含著淚水。她把一隻手放在胸前，靠近心臟的位置；朱迪也做了同樣的動作。

零點零零九英里。

「還剩三秒，」電視主播十分嚴肅，「願上帝與他們同在。」

莉比打起精神，毫無預警地每輛車突然同時煞車，像排練過一樣完美轉向，讓車子開始打滑，最後戲劇性地停止。

# 55

莉比放開穆里爾的手，緊緊抓住自己領口。

「發生什麼事？」費歐娜問，把眼鏡推回鼻子上，靠近螢幕想看清楚。

「我……不認為發生了什麼，」穆里爾說道，「我想他們沒有相撞，沒有爆炸、沒有火災、沒有……什麼都沒有。」

每輛車的車內直播被切斷，只有外部拍攝的畫面。然而衛星連線的直升機、無人機的螺旋槳，把不斷上升飄揚的灰塵捲成了螺旋狀的煙霧，該地區籠罩在厚厚的白色霧幕之下。

每個人都關注街道上的即時影像，新聞台不斷用長焦拍攝，想要捕捉塵土消散的瞬間，看發生了什麼事。莉比焦急地看著軍隊和救護人員接近乘客們的汽車。他們不敢走得太近太快，怕炸彈爆炸。然後看著單一畫面分成了五個，這五個鏡頭是由五名拆彈技術人員身上的攝影機拍攝。他們穿著厚厚的防爆衣，試探性地往前走。時間彷彿靜止，直到他們到達這兩個半小時內，全世界都在關注的汽車旁邊。

帶隊的人舉起一直戴著手套的手，後面的人立刻停止動作。他的手指了指每一輛車，這五個人各自站在不同的車前。揚聲器傳來他們在氧氣罩後面粗喘沙啞的呼吸聲。突然每輛車都發出同樣的喀嚓聲。

「那是什麼？」穆里爾問。

「我想是車門解鎖的聲音。」馬修說。

塵埃開始消散，陪審員專心聽著第一名乘客的車門被打開。一個人影從車裡走出來，像煙霧中的幽靈一樣。「那是誰？」莉比問。

「我想那應該是……山姆．科爾。對，是山姆．科爾。」馬修回答。鏡頭對準了一張臉，確認了山姆的身分。下車後，他四處張望，似乎在尋找海蒂，但還沒找到，就被架去了安全他處。

「朱迪在哪裡？」海蒂問，這句話似乎一直卡在她喉嚨裡。

「我不知道，但我認為那輛車是海蒂的。」穆里爾指著第二輛車說。車門打開時，裡面的人格外謹慎小心，眼睛緊緊閉著，似乎覺得車子隨時會爆炸。等到車子沒有問題時，才敢張開眼睛，結果立刻被全副武裝的技術人員架著肩膀，匆匆帶離現場，嚇了她一跳。

接下來，一台攝影機拍到了克萊兒，她掙扎著想下車。伸出雙臂求助，一旦確認安全後，更多穿著防爆服的人跑過來幫助她，用擔架把她抬進救護車裡。

莉比的眼睛來回看著剩下的兩輛車，期待著朱迪出現。這緊張的氣氛讓人難以承受。

其中一個鏡頭對準了最大的一輛車，莉比認出那是蘇菲亞的。鷗翼式車門仍然關閉。一名炸彈小組的技術人員伸手打開車門，鉸鍊拉開，一隻驚慌失措的小狗跑出來在人群中亂竄。技術人員往車內探去，鏡頭拍到蘇菲亞。她失去意識，滴著血躺在後座，她很快就被拉出來放在地上，等待擔架。「有脈搏嗎？」莉比聽到影片中的人問，但是回答很低沉，聽不清楚。蘇菲亞外套衣袖和手都沾滿了血。

只剩下一輛車，莉比豎起耳朵傾聽。「為什麼朱迪還沒出來？」她急哭了。

「也許他受到驚嚇，」馬修提出意見，「每個人對極端壓力的反應都不一樣，也許他需要點時間調整自己的狀態。」

「可是駭客還是有可能讓他的車子爆炸。」莉比抬頭看著揚聲器，對駭客說話：「他在哪裡？你為什麼把儀表板上的畫面關掉？我想看他。」

駭客現在完全沉默。

穆里爾想再次握住莉比的手讓她安心，莉比把手抽了回來。她開始覺得皮膚刺痛，並且蔓延到全身，呼吸也變得急促。恐慌就快要發作，但她不認為這次自己控制得住。「請告訴我現在是什麼情況。」她乞求道。

「莉比，妳看！」馬修說，莉比看向螢幕上朱迪的車。另一位身穿防爆服的人，扭動手把打開車門。莉比害怕得心臟怦怦跳，深怕駭客還留了一手。車門慢慢打開，莉比嘴裡不斷重複著：「請平安無事。」她用力地咬著下唇，口腔裡嚐到血的味道。

技術人員慢慢移動，半個身體探入車內，胸前的攝影機壓在椅子上，鏡頭什麼都看不到。

「快點移開！」莉比喊道。

最後，技術人員整個人進到車內，拍到了裡面的情況。

車子是空的。

# 56

莉比看著朱迪的空車，眼睛張得和嘴巴一樣大。

「他在哪裡……他在哪裡？」她氣喘吁吁地問其他陪審員。

費歐娜也感到困惑揚起眉毛，對著莉比輕輕搖頭。莉比望著其他人，希望有人能解釋。但所有人都一樣目瞪口呆，包括傑克。「是不是灰塵太多沒拍到他？」莉比繼續說道，「是不是他已經先下車了，但被灰塵擋住所以我們沒看到？」

「我相信會有人發現他的。」馬修回答。

「那他在哪裡？」

「對不起，我不知道。」

費歐娜指著螢幕，「看一下這汽車後座，朱迪的車內不是應該有個帆布背包和一大堆吃剩的空餐盒嗎？為什麼這輛車什麼都沒有？」

莉比抓著桌子邊緣，穩定自己身體。

「深呼吸，」馬修叫道，「誰能幫她倒杯水來？」

「我沒事，我沒事。」莉比堅持。但所有人都知道她並非真的沒事。卡德曼的一個助手應聲拿了一杯水給她，莉比立刻喝下了半杯。

「妳脫水了，」馬修說，「可能也受到驚嚇。」

莉比回頭看了螢幕上朱迪的空車。百思不得其解，如果他沒有逃走，就只有一個可能。朱迪從來沒有當過乘客。

「那邊發生了什麼？」費歐娜突然指著螢幕的左上方。在其他地方一輛消防車已經開離現場，和兩輛停放的車子相撞。有一輛卡車緊隨其後，似乎是自己發動的，之後又有更多車子互相推擠，急著想離開這個狹小的停車空間。同時有一些車子開了幾百公尺，然後和其他車相撞。有的在撞到東西前還在加速，更多的車子似乎是對著人群開去，人們不得不往安全的地方逃離。

鏡頭切換成鳥瞰視角，是城市上空一架直升機上拍的，每隔幾秒就會聚焦在一場車禍上，不久，鏡頭切換的速度已經跟不上車禍發生的頻率。

突然新聞主播開始報導：「我們收到許多未經證實的報告，全國各地道路發生了一連串的車禍，」她開始說，「目擊者告訴我們，不管車上是否有人，所有汽車、貨車、公共汽車開始撞上其他車輛。」

此時外面街道傳來一聲巨響，接著是玻璃碎掉以及人們混亂的尖叫聲。

莉比臉色發白。「這才是駭客的計畫，」她小聲說出，彷彿不可置信。「並不是為了讓這些乘客相撞，而是為了讓更多人捲入車禍中。」

# 第三部

## 六個月後

英國新聞

為紀念半年前在全國範圍內，造成一千一百二十人死亡、四千多人受傷的駭客攻擊事件，上午十一點開始，將舉行兩分鐘默哀活動。

請點選連結查看完整報導

# 57

## 全球獨家報導！

**「我希望班能夠見到他的兒子！」曾經的乘客，克萊兒．雅頓接受《*Yes!*》雜誌採訪，我們走進她新裝修的家，和泰特寶寶見面。**

這六個月對克萊兒．雅頓而言，像身處在漩渦當中；身為最後倖存的五名乘客之一，現在她已是全球知名人士。

面對三十億的觀眾，這位來自彼得伯勒的前教師，坐在被劫持的車內，羊水破掉，早產兩個月，獲救後不久後生下兒子泰特。

在這痛苦的經歷中，她丈夫的屍體被她藏在車子後車廂內。

在我們獨家採訪的第二部分裡，二十七歲的克萊兒，會告訴《*Yes!*》雜誌，自己是怎麼適應單親媽媽的生活，以及她的未來規劃。

「泰特在出生前就成為世界上最有名的嬰兒。妳要怎麼向他解釋那一天發生的事情？」

顯然，我會等他大到能夠理解後再去解釋，我不會對他有任何保留，這是我們一起經歷的特殊事件，我永遠不會讓他忘記，他是我的小奇蹟。

「妳在事件後是如何調適的？」

我每天都在調適。在泰特和班之後，我每天睡前和早上起來都在想劫持事件。最近接受諮商，幫助我處理和接受這一切，我覺得我慢慢在往正確方向前進。

「妳承認把丈夫屍體放在後車廂裡犯了法。警方是怎麼說的？」

他們非常寬容。我剛生泰特的幾天內，他們對我做了筆錄，我坦白了自己所有行為和背後原因，其中細節在我書中有詳細描述。後來驗屍官也確認死因是動脈瘤破裂導致，所以警方接受了我的說法，對我只是口頭警告。

「仔細想想，妳認為班的計畫是可行的嗎？」

我不知道我在想什麼。我只知道我很難過，並且第一優先顧及小孩的利益。回想起來，一旦我們到達班的停車場，我也不太可能把他從和車廂移動到車內。他人高馬大，這本來就是一個狗急跳牆的計畫。

「很多新聞都說，妳被迫離職，這是怎麼一回事？」

不幸的是，沒錯。我喜歡教學的工作，但是人們越來越關注我，讓我工作沒辦法再持續下去。但是我剛剛寫完我的自傳，而且也在拍攝《產後減肥》的電視劇，下個月就會開始播放。另外，星期一泰特跟我將飛往洛杉磯，利用今年剩下的時間拍攝《紀實紀錄》系列的實境秀。

「妳認為班會如何看待妳成為乘客之後所發生的事？」

我覺得他會為我的處理方式感到自豪。就算在他死後，也依然希望我能把孩子好好養大。雖然不是照他預期的方式發生，但這也是我正在做的事。

「妳會如何回應關於妳利用劫持乘客的身分賺錢的批評？」

我會毫不猶豫地承認；因為我的遭遇讓自己成為媒體寵兒。如果可以選擇讓班回來一家好好過日子，我寧願放棄現在的一切。但利用這樣的機會賺錢，這些錢理所當然屬於我和泰特的；除非妳也是伴侶突然過世，被困在一輛被劫持的車子裡，在死亡威脅下在車上分娩，否則妳不會知道這是怎樣的地獄。我每天晚上只睡兩三個小時就會驚醒，一身冷汗。我一直擔心這樣的創傷會不會在日後影響泰特。如果有人因為我這樣的遭遇而給我錢，那麼，是的，我會接受，任何一名母親都會接受。

「妳和其他同為被劫持乘客的人有聯絡嗎？」

我和海蒂．科爾見過幾次，我們經常互傳電子郵件和簡訊，現在是非常好的朋友，我還要請她在我真人節目秀裡，為泰特洗禮、當他的教母。但我沒有見過她的丈夫，知道他讓海蒂經歷的這一切後，我也不想見他。

「最後，妳認為朱迪．哈里森發生什麼事？」

真是個大哉問！不是嗎？老實說，我不知道。我是說，我知道他並不是一個真正的乘客，而且很可能在駭客攻擊中扮演了重要角色。在我與他的互動中，我只能說他非常善良，而且似乎真的很關心我的安全。但我們永遠不會真正了解任何人，不是嗎？

# 58

擁擠的走廊，擠滿熙攘人群，有的聚在角落，有的轉身就進入房間，也有的在自動販賣機前排隊。海蒂．科爾坐在牆角一張實木長椅上，後腦勺靠在牆上，太陽眼鏡後面的眼睛是閉著的，但她仍然自我警惕，隨時有機會被認出是劫持事件中的乘客。

朋友之間聊天時，只要一經過她身邊就會戛然而止，或是聽到他們口袋裡的手偷偷動作，拿起手機對她錄影。如果她睜開眼睛，會發現今天經過的人都在打量她，瞥一眼後，又再回頭看。她不會阻止他們；過去六個月裡已經習慣這樣的視線。自己不再有隱私，這個比她成為社交媒體上的紅人更糟糕，她和另外兩位乘客也都很清楚這一點。今天是她第四次出庭，也是她被判刑的日子。

她的母親佩妮打破了沉默。她問：「妳還好嗎？」

「還好，為什麼問？」

「因為中午過後，我幾乎沒有聽到妳說一句話。」

「我想我已經全招了，已經認罪了，現在我只想結束這一切。」

「妳有耐心一點。必須讓妳的律師做到保密義務，解釋妳的情況是……哦，叫什麼來著？」

「情節輕微。」

「是的，就是這個。希望地方法院的法官會有同情心，不會用妳來殺雞儆猴。她看起來人很好，不是嗎？不過我還是認為妳應該不認罪。」

「然後一直到進入審訊階段？孩子們經歷了這麼多事，還要再讓他們接受調查，這對他們也不公平。此外，我覺得我這樣做是對的，他們已經從父親那裡聽到了足夠多的謊言，這輩子謊言也聽夠了。他們會知道，自己父母中至少有一個會在做錯時，勇敢站出來承認。」

「皇家檢察署無權起訴妳。這怎麼可能符合公眾利益？」

「因為我仍是公務員。如果刑事起訴署沒有採取行動，他們會被罵護短。」

「為什麼妳總是幫他們說話？」

海蒂搖了搖頭，「我沒有。媽……我確實犯法了；全世界都知道我做了。我是一名員警，勒索自己的丈夫，並為了私人目的使用警方權限，調閱高度敏感的個人資料。」

「我不在乎。妳的那個混蛋丈夫完全是活該。他和另一個女的結婚，應該被抓去關。在我看來，一記耳光和緩刑都遠遠不夠。」

「媽，過去的事就讓它過去。我已經向前看，不再是報紙上人們拿來開玩笑的那個前妻。」

突然一個人影出現，兩人紛紛轉頭，驚訝地發現是山姆。

「海蒂，能不能給我一點時間……」他開口。

「說曹操，曹操就到。」佩妮厲聲說道，站起身來。「你走開，別靠近我女兒。」

「沒關係。」海蒂回答。

「不，不。」她用手指戳了戳山姆的胸膛，「你毀了她的生活、事業……」

「媽媽，妳在鬧事，」海蒂繼續說，站起身來。「妳看看。」

佩妮環顧四周。自從車子被劫持事件以來，人們第一次看到他們夫妻站在一起，走廊變得寂靜無聲。一些人高舉手機，其他人則用智慧眼鏡記錄目睹的一切。

「走開，多管閒事。」佩妮責備道，並試圖把群眾趕走。

「給我五分鐘，然後我會離開。」山姆繼續說道。

海蒂指著走廊另一邊的一間房間，「那邊。」

當門在他們身後關上時，海蒂摘下太陽眼鏡打量山姆。在敲詐他的這段期間內，山姆瘦下來的體重仍然沒有恢復，不只體重下降，鬢角也變白了，後退的髮際線慢慢和禿頂相連。她注意到山姆戴了只銀色婚戒；過去整個婚姻生涯中，山姆一直拒絕戴戒指，聲稱自己不喜歡珠寶；海蒂覺得他跟喬西可能用過同樣的說詞。現在自己已和他離婚，山姆只要負責一位妻子；她猜山姆已經講了那些好聽話安撫過喬西。當山姆和海蒂眼睛對上後，他把手藏到背後。

海蒂看著山姆，已看不到曾經愛著的那個男人，只看到那個重傷自己內心的人。自從劫持事件中獲救後，兩人對話都是透過律師在進行。海蒂知道總有一天會見面，但她不會是主動的一方。現在山姆來了，這一天也沒有想像中的可怕，她已對他毫無感覺。

「我很抱歉突然出現，但妳不接我電話也不回我郵件。有些東西我不想透過律師說。我想讓妳知道，我是真的很抱歉。我從來也不想這些事情就這樣發生。」

「你知道嗎。我已經明白了，我也覺得你不是故意的。山姆，你不是壞人，只是一個愚蠢、自私、沒有膽量的人。」

「說得不錯。」他回答。

「喬西還好嗎？」

「她很好；這幾天有點虛弱，但整體來講還不錯。疤痕正在癒合，她在週一完成了最後一輪化療。」

「很高興聽到這個。那你和她呢？」問前夫關於他生活中的女人，感覺很奇怪，但這並沒有讓她感到不安。

「我們正在努力面對我們的關係，也正在接受治療。」

「哇，」海蒂笑著說，「看來你已經改頭換面了，不是嗎？」

「當這一切結束後，她想找個適當時機見妳。」

「我不確定……」

「我想她只是想讓妳放心，她對妳並沒有任何成見。我知道妳不欠我任何東西，但如果妳能答應的話，這對我也意義重大。」

「讓我考慮一下。」

「謝謝。妳工作方面還順利嗎？」

「不，他們會等到判刑後才會開始懲戒。但可以肯定的是，工作應該不保，而且也會失去員警退休金。」

「我很抱歉。」

「我自己做的事，自己負責。」

「我們上週獲得了另一份合約，翻修哈利法克斯的議會辦公室。我可以保證妳不會缺錢。」海蒂沒有表達任何感謝，她不想收內疚錢，但因為自己被停職停薪，在找到新工作前，不得不依賴他的收入。

「孩子們似乎和同父異母的新兄弟姊妹相處得很好，至少他們是這麼告訴我的。」她說。

「是的。只是我和喬西的兩個孩子的情況不一樣。他們怪我當時被困在車裡時，只談論我跟妳的貝姬和詹姆斯。」

「給他們時間。他們需要真正地了解你，所有人都需要時間。等到他們長到比我們的孩子更大時，才會發現父母也只是人，也會讓他們失望。這是他們四個都必須從父母、朋友和這個世界中學到的教訓。在劫持事件之前，你從來沒有真正幫助過他們。現在可以了，你可以誠實，好好當個父親。最後，他們會原諒你的。」

「妳呢？」

「我？」

「妳會原諒我嗎？」

「我已經原諒了。」她在房間裡掃了一眼，「看看憤怒帶給我的下場。」

「妳接下來要做什麼？」

「我不確定。」海蒂聳聳肩，「最好的情況是，我被判處緩刑和社區服務。我已經收到了替徵信機構做一些諮詢工作的邀請、公開演講，甚至為電視紀錄片做一些調查。到時候看看。總之，我可能隨時會被叫回去，所以你現在最好離開。」

「很高興見到妳。」

海蒂沒有做出回應。反而在離開前又戴上太陽眼鏡。「最後一件事，」她補充，「一定要好好照顧喬西，好嗎？她比我值得有更好的丈夫。你有第二次機會和一個好女人在一起。我希望我們所經歷的一切能像改變我一樣改變你。」

「是的。」他回答道，然後轉身消失在擁擠的走廊裡。

# 59

OMN OnlineMailNews.co.uk

驗屍官認定，蘇菲亞．布萊伯利死因是自殺。

這名女演員死於用藥過量和自殘式割腕。

湯姆．阿特金森線上郵件新聞

發布時間：10月14日14:09，更新時間：17:06

調查顯示，女演員蘇菲亞．布萊伯利羞愧難當，在劫持事件獲救前的最後幾分鐘，她在車上結束了自己生命。

這位七十八歲的金球獎得主，是四月劫持事件中的乘客之一，她服用過量的藥物，並用玻璃杯的碎片割腕自殺。

布萊伯利女士的丈夫，派翠克．斯旺森目前正等待判刑，承認了十一項單獨性侵兒童的指控；而布萊伯利女士則因掩飾丈夫罪行被指控同謀。

西倫敦法庭在審訊上，驗屍官報告在她胃中發現二十片止痛藥和四十三片鎮定片，還有手臂和手腕上的傷口。處方藥是合法取得，用來治療她長期存在的背痛問題。

驗屍官畢・瓊斯認定該死亡為自殺時說道：「雖然沒有證據，布萊伯利女士自殺是因為一名被稱為『駭客』的男子對她指控所直接造成，但或多或少也影響了她這個決定，其中的關聯性並不能想像。

「沒有發現紙條或信件的遺言，但從最後的錄影畫面中可以看出，她當時情緒非常激動，我相信這是導致她最後行為的直接原因。

「因此，沒其他選擇的情況下，只能以自殺作結。」

自從斯旺森認罪後，他還對妻子提出許多指控，暗示她不僅自願付給受害家屬封口費，而且還積極主動幫他尋找受害兒童，目前這些指控尚未得到證實。

布萊伯利常捐款的五家醫院，都不再想和她扯上關係，昨晚線上串流影片平台已經證實，這些醫院將不再播放她的作品。

布萊伯利在遺囑裡留下的一千八百五十萬英鎊，分別由她已成年的外甥女、外甥和她的狗，奧斯卡繼承。

7900分享；14569條評論。

# 60

NUK NewswireUK.co.UK

莫斯科：俄羅斯首相拒絕討論引渡條例，涉及駭客行為的俄羅斯人將不會被引渡；此外也迴避了驅逐外交人員和貿易制裁的話題。

「歡迎各位收看。」鏡頭上方亮起紅燈，凱娣・路易斯・畢棋看著鏡頭，臉上掛著排練無數次的笑容。

「自駕車AI程式被駭一案，初步調查被人披露，首相尼古拉斯・麥克德莫特罕見對披露者發出批評。」她從桌上拿起一台平板電腦。

「他表示，我引用他的話：『我駁斥任何有關目前政府官員影響AI程式判斷的指控。我們也強烈聲明，我們黨內高層沒有什麼核心權力的小圈子，也不會偷偷保護自己人。我對警方調查過程出現違反不公開原則的洩密事件感到非常遺憾，希望調查單位能把事情做好。在調查報告完成，以及政府方內部調查結束之前，不會再做進一步評論。」

凱娣．路易斯轉向節目中兩位來賓的其中一位；鏡頭特寫該名男子，他表情怡然自得，鬍子濃密、眉毛修得很對稱。他往後靠坐在椅子上。

「大衛．格雷斯，人稱政府專業洗地員，或是你的正式職稱：數位通信部部長，你認為政府應該做些什麼來贏回公眾的信任？」

「我們已經盡了一切努力，」他語氣堅定地說，「正在朝正確的方向前進。內閣進行改組，前任首相已經下台，雖然目前沒有任何證據表示他和此事有什麼關聯。現在內部也成立了新的工作小組，致力根除任何有可能製造公共危險的可疑人士。而且在軟體補上漏洞並重新設計前，我國已經全面停止了五級自駕車的生產和銷售。我相信我們做的事已經超出人民對我們的期望，我看不出還有什麼能做的了。」

「還有很多，」鏡頭外有人講話，攝影師立刻轉移畫面，拍下反對者的臉。坐在格雷斯旁邊的是莉比。她身穿藍色過膝長裙，白色無袖上衣，雙腿在腳踝處交叉，腳上是一雙復古的Jimmy Choo。她的臉上是自信和堅定。「還請賜教，」他笑道，「比如說？」

「你們政府總是不能理解，人民要的就是能公開透明。你可以盡可能讓任何一位首相下台，發起無數起內部調查，但除非不再是同一批人在職稱上換來換去，能有一個非屬政黨、獨立單位的小組出現，不然不會有什麼不同。」

「我向妳保證，情況並非如此。」

「那，為什麼警方在調查過程會爆料出，你們黨的人不斷誤導辦案方向，並阻止他們完成工作？」

「正如妳剛剛從首相那裡聽到的，在警方調查完成之前，我們不會對此發表任何進一步評論。有些事情需要時間。」

「用這時間讓你們黨內的某些派別重新團結，然後埋葬證據。」

格雷斯搖搖頭，轉動眼睛，擺出默劇裡難以置信的手勢。「妳已經得到妳想要的了，迪克森小姐！製車業的員工、相關產業的技術人員，以及為了全新智慧小鎮工作的男男女女都因為妳而失業了，妳和妳那群人成功阻止五級自駕車的市場，妳為什麼要讓老百姓這麼難過日子？」

莉比笑了笑，「幹得好，大衛，但不要試圖歪曲事實把責任推到我身上。這事情會發生，全是因為你的同事在一開始做出的決定。你的政府沒有平等對待人民。你明知道我不想看到任何人失業。」

「顯然，在更早之前妳就已經有特定立場。自一九三九年紐約世界博覽會以來，自動駕駛的概念就一直存在，但像妳這樣的人拒絕讓創新自然發展，因為妳自私，認為妳會被迫改變生活方式，而不願意接受改變。我們都看到了妳在倫敦反對道路革命法案的遊行片段。」

「我對創新沒有問題。我們很早就知道人工智慧不是敵人，藏在它後面的人才是。你似乎忘記了那天全國有五千多人被殺、重傷，其中大多數是低收入者、白領階級工人、無家可歸者、老人、病人、殘疾人——這都不算什麼，而是多虧了你們支持的軟體，種族滅絕才得以實現。」

莉比用眼角餘光瞥見凱娣．路易斯用手按住耳朵。莉比參加過不少直播的辯論節目，知道導播什麼時候會用企劃外的內容提示主持人發問。「莉比，妳想要的是什麼？」凱娣．路易斯問。

「獨立調查的保證和證明，新的軟體下判斷時不會有任何偏見；我們的收入多少、教育程度如何、哪種生活形式，都不應該是問題。我們對社會都有價值觀，這不應該由政府來決定什麼才是好的。自從我國遭受有史以來最大的恐怖襲擊以來，已經六個月過去了。如果它是由外國勢力造成，那政府不會浪費時間，會直接轟掉他們，但這事情根本原因是自己團隊裡的人造成的，結果他們的反應慢得驚人。」

「對，同樣地，你們也很高興地看到我們把經濟發展全放在同一個籃子裡，然後一起打爛，」格雷斯補充，「虧妳還能這麼大言不慚。」

「這是你們造成的，這場悲劇的受害者和倖存的家人們需要答案、正義和鋼鐵般的保證。你什麼時候才能做到？」

大衛．格雷斯傲慢地挺起胸膛，警告莉比她的言論會向什麼方向發展。每次她要把政府官員逼上絕路時，這些攻擊都會回到平民身上。而且她已經準備在這麼做。

「我們都看到了妳怎麼向朱迪．哈里森獻媚的，真可悲；也聽到了妳怎麼試圖說服全世界拯救他生命；妳對這個人有感情，一個在『這場悲劇』中扮演如此關鍵角色的男人……在這悲劇中，妳這女人所表現的判斷力實在很糟糕。所以現在該賠上我們的經濟來換取妳個人的自我贖罪？」

莉比注意到現在鏡頭轉向她。而鏡頭外，她的腳趾蜷縮著，手指緊握著，但她不能讓格雷斯刺激到自己。

「你住在哪裡，格雷斯先生？」

「我看不出這與我的問題有什麼關係。」

「容我提醒一下觀眾，你剛才對我說的話也和問題沒什麼關係。這是劍橋郡。上次大選中你投票給誰？」

「妳在轉移話題，迪克森小姐。」

「你投票給前議員傑克·拉森；在過去的採訪中你也承認了這一點。你還被拍到和他一起參加許多社會活動和活動……事實上，你和你的妻子不是曾與他一起搭私人遊艇出遊？」

「這怎麼……我看不出有什麼關係……」他結結巴巴。莉比從外套口袋裡拿出一張照片舉到鏡頭前，格雷斯感到很慌亂。「這是你和拉森，發生在駭客攻擊事件前。這是一艘從馬爾他駛向突尼西亞海岸的遊艇甲板，你和他在用香檳酒杯喝酒。現在告訴我，誰才是品行不端的人？」

格雷斯起身，扯下麥克風，氣得鼻孔收縮，滿臉通紅地匆匆離開片場。

莉比注意到凱娣·路易斯嘴角上揚，試圖壓抑剛才兩人對嗆的喜悅。剛才的影片不到幾分鐘就會在網路上傳開來。凱娣·路易斯的節目聲量也跟著水漲船高，得到了巨大宣傳效果，但對莉比的事業不會有任何影響。

「莉比，剛才我們談到朱迪·哈里森時，妳聽到這名字有什麼感覺？」凱娣·路易斯問。一個完全預料內的提問。

「沒什麼感覺。」莉比無動於衷。

「完全沒有？」

「沒有。」

「妳相信他也是駭客組織的成員。」

「是的。」

「妳認為他的角色是什麼？」

「我不知道。」

「但妳認為他在其中扮演了重要角色嗎？」

「看起來是這樣的，是的。」

「那妳感覺如何？」

「就像我之前說的，什麼都沒有。」

「如果可以的話，妳現在想對他說什麼？」

「我不會說什麼。」

凱娣．路易斯停頓一下，鏡頭停留在莉比身上，留下尷尬的沉默，拉近了莉比的臉，直到她不願迎合主持人說些什麼，凱娣．路易斯才開口接話。

「好吧，謝謝妳的參與，已離席的大衛．格雷斯和透明AI代言人莉比．迪克森，它的全名叫推動人工智慧透明化組織。接下來……」

樓層經理揮手示意拍攝已經結束，於是莉比被一名製作助理領到一間綠色的房間，她的朋友尼雅跑來熱情擁抱她。

「哇，女孩，妳火了！」她熱情地說。

「我只想離開這裡。」莉比回答。

「莉比，妳真是好好地教訓了那混蛋一頓。」

「我們走吧。」莉比回答道，並感到自己的手在顫抖。在鏡頭前，她學會了躲在厚厚的假面之下。但在幕後，她仍然脆弱，尤其是當話題提到朱迪時。

兩人沿著路走到了一部玻璃電梯前。到達接待處，她們把訪客證交給負責安全的女職員。

「怎麼了？」尼雅問道，「為什麼臉這麼臭？妳幹得很好啊！是朱迪的事嗎？」

莉比把包包甩在肩上，吁一口氣。「總是朱迪朱迪。」她回應。

# 61

莉比淹沒在牛津街的購物者和遊客人群中感到很不自在。「這邊。」她往人口不太密集的羅斯本街指了指，尼雅跟她拐了進去。

駭客攻擊事件發生不久，莉比意識到自己已經變成公眾人物。她的臉出現在數十億台電子設備和螢幕上，一下就能被人認出。就算是現在，半路上也會被人叫住，要求拍照。有些人很沒禮貌，就只是把手臂搭在她的肩膀或腰上，拿出手機喀嚓一聲，連個請和謝謝都沒有。她了解到，如果想在日常生活中避免被人群打擾，她必須避開人潮。她得在晚上溜出去買菜或去跑步，有時感覺自己有點像吸血鬼。

一般來講，人民是和她站在一起。他們和莉比一起經歷劫持事件，也和她一樣希望能有個幸福結局。但所有人也都被朱迪．哈里森欺騙，沒有人知道他是誰或是他消失到了哪裡？尤其是莉比。

但是，莉比承受不了這麼多人的同情。媒體、專欄作家、部落客喜歡描述她為受害者，但莉比不這麼認為。真正的受害者是那些倖存下來的乘客或是死者。跟他們相比，莉比只不過是被騙子傷了心的人。

「這裡怎麼樣？」尼雅指著後街酒吧的入口問道。那家店窗戶很暗，很難從外面看到裡面。

「太好了。」莉比回答。

進去後，尼雅在吧檯附近等待，莉比則選了一個隱秘的角落，卡式座位背對著牆，這樣就能隨時知道附近人們的動向。她想起某一天下午，自己在北安普敦一家餐廳和母親共進午餐，她們整個談話過程都被旁邊的部落客錄下來並發布到網路上。莉比不會再犯同樣的錯，每一個陌生人都得提防。

她回想，自從那天倒楣的星期二早晨，進入審訊之後，生活就發生翻天覆地的變化。現在為了不讓自己成為駭客的另一種形式的犧牲品，她抓住機會好好利用自己的名聲。

倡議團體「推動人工智慧透明化組織」又名「透明AI」在與她聯繫之前，莉比就已經對這團體有所耳聞。直到劫持事件發生前，他們一直在爭取將審訊判決的理由公開示眾。但政府以國家安全為由拒絕，聲稱有可能會被破解，鑽人工智慧的漏洞。結果接下來發生的事，對任何人來說都是一種諷刺。

事件發生後，人們對該組織有了好奇，莉比和他們見過幾次面，同意成為他們的公共發言人。她的角色需要定期出現在媒體上，並支持「透明AI」的立場。莉比曾想用環遊世界的方式，進一步傳播這一資訊，警告那些想模仿英國自駕車政策的其他國家，告知這方法背後的潛在危險。但由於他們組織背後資金很少，「透明AI」的影響力始終有限。

「我需要這個。」尼雅說，把兩品脫的啤酒放在桌上。她高舉其中一杯，「乾杯。」兩人杯子碰在一起後，她接著說：「一路上妳都沒講什麼話，又在想朱迪了是不是？每次妳想他的時候，眼睛都像是在眺望遠方。」

「對不起，我忍不住，」莉比回答，「我仍然搞不懂，為什麼沒有人找到他。就表面上來看，數十億人都知道他的長相，但生活中卻沒人親眼看到他。」

「警方在最近調查中，有告訴妳什麼消息嗎？」

「都是一些我已經知道的。看來，世界各地都有自動化程式，到處散播各種有關他的假資訊：假的出沒紀錄、假名字、假的兒童時代照片、假的人際關係、假的就業紀錄、假的出生證明，假的結婚照片……自從那件事件發生以來，每天都有幾十起假資訊在流通。按照這些資訊生產速度，調查人員承認，得要花好幾年的時間來篩選，才能得到正確的資訊。我的直覺告訴我，他們永遠不會找到答案。」莉比的聲音越來越小。

「那妳還想知道最後答案嗎？」尼雅問。

「很想……我不知道我怎麼了。」莉比捏捏眼睛，「我知道他在這事件當中一定扮演了很重要的角色，感覺我們像被無形的繩子綁在一起，我不知道為什麼，但我的確很想知道他到底是誰……到底是什麼人。聽起來很瘋狂，對吧？」

「不，這並不瘋狂。妳只是在難過。妳希望再次見面時，能夠延續第一天相遇時候的互動。妳花了好幾個月時間想要找到那個男人，但真的找到時，卻都不在預料之內。」

「除了他以外。」

「他不算數。我認為妳在為妳所以為的朱迪而悲傷。」

「我第一次在酒吧遇到他時，妳覺得那是偶然還是設計好的？」

尼雅握住莉比的手，「說實話，我認為是他設計的。我認為他知道妳是誰、曾經在門羅街看過了什麼、知道妳哥哥的問題，也知道妳的工作內容，他利用了妳以助人為主的職業，這就是為什麼他騙妳說自己要自殺，這只會讓妳想幫助他。他利用了妳的善良。」

莉比用紙巾擦去眼角的淚水，尼雅並沒有講出任何莉比沒考慮過的全新可能。但聽到好朋友這樣說，只會讓莉比感覺自己更蠢，只是她無法當著尼雅的面承認。她已經盡自己所能去恨朱迪，但除非能親耳聽到朱迪承認自己確實參與其中，不然她無法真的恨他；可是這也是她最不想看到的結局。

「不要再為了那個白痴難過，」尼雅又道，「他不值得妳流淚。」

「我只是覺得自己太傻了，竟然被這一切迷惑。」

「我們都會上當。這就是為什麼外面有那麼多人喜歡妳，因為妳和他們一樣。」

莉比拿起酒杯喝了一口，環顧酒館。吧檯前等待服務的一對夫婦正盯著她。

和她四目相對後，他們立刻把頭轉回來。「妳認為我還能恢復以前的生活嗎？」莉比問。

「妳想嗎？」

「妳知道，我對所有的關注都感到不自在，但這也讓我這輩子有個機會，能在自己熱衷的事情上有所作為。只是……有時我會懷念以前的常態。」

「妳要堅持，不然妳永遠會有個疑問，永遠不知道自己會有怎樣的成就。當妳準備好，放個假再回來時，會有工作等著妳。但妳將不得不接受這樣一個事實，也就是不可能再恢復常態。」

「這就是我擔心的。」

# 62

火車駛入伯明罕新街車站，莉比和尼雅緊緊抓住車門旁的扶手站穩，發出咯咯的笑聲。

莉比伸出雙臂，將尼雅緊緊抱住，與她的朋友告別。「謝謝妳陪我，」莉比說，「也謝謝妳又聽我發洩。我不知道在過去的幾個月裡要是沒有妳，我要如何應對。」

「啊，亂講話。妳喝醉了。」

「是有一點，但我是認真的。妳是一個很棒的朋友。」

「妳可千萬別忘了，」尼雅笑道，「記住我說的，有關那位不該被提起的人……妳需要開始把那個男的從頭腦中清除。越早忘掉，妳就越早遇到更值得在一起的人。可以答應我嗎？」

「我答應妳。」莉比在火車門響之前再次擁抱了朋友，火車門打開了，兩人分道揚鑣。

她關上手機的飛航模式，立刻跳出三十幾條朋友和同事的簡訊，都在祝賀她狠狠地教訓了政府發言人大衛．格雷斯，讓他出糗。正如莉比所料的那樣，那段影片已經像病毒一樣傳播開來。

高速列車只需要五十分鐘，就可以從倫敦到伯明罕，一路上暢行無阻。莉比和尼雅到列車車內酒吧坐下時，只有兩個人要求拍照。抵達城市時還不到六點鐘，但天色已黑。莉比喝得有一點茫，但自己很需要尼雅的陪伴，即便代價是隔天早上會宿醉。為了對付這種情況，她在販賣部買了一瓶水和一包阿司匹林，然後步行回家，讓頭腦清醒。

莉比穿過市中心的郊區，很高興看到大家再次駕駛汽車，而不是被車子左右。劫持事件發生後，對二級和三級自駕車的需求急遽上升，另外城市共用單車也跟著水漲船高，人類不再是技術的奴隸了。

大衛．格雷斯認為停止五級自駕車的生產，會對英國經濟造成損害，這個看法也是正確的。由於各國停止購買和不再發展這一概念，使得相關產業銷售在國外損失了數十億元。但這不會持續下去，因為進步和技術是不可避免的，至少未來相關技術會變得更透明。雖然莉比可能永遠不會喜歡自駕車，但她相信，只要掌握得當，人工智慧的優點是會超過缺點的。

身為「透明AI」代言人，莉比常會受到人們不必要的關注。尤其是一些時懷不滿的失業工人，會指責她和她背後的政治運動夥伴要為失業和減少收入負責。那天晚上稍早，一位邋遢的大鬍子男人在火車上碰到她，並把她的手提包撞到地上，她一度擔心他可能是故意要找她麻煩。然而，他拖著腳步離開了，沒有罵人，也沒有道歉。

每當她對自己的信念跟勇氣產生懷疑時，便會想起那天的無人車車禍，在伯明罕地平線上升起的黑煙，她有責任確保垃圾事不會再發生。

莉比喝著瓶裝裡的水，台階上只有微弱的燈光，她小心翼翼走下，來到運河小路。她點擊手機上一個應用程式，那是她父親堅持要她安裝的，可以監控房屋內七個攝影機的畫面。劫持事件發生不久後，狗仔隊每天都在她門外盯梢，時常躲在車內，因為隱私窗的關係，看不到車內。也有少數幾個不那麼謹慎的鄰居，會輕易把房間租給來路不明的人。莉比不會去理會別人的謾罵，也不會被他們激怒。最後，她發現出版刊物對名人每天穿同樣一件衣服不會感興趣，所以從此她每天出門都穿著同款衣物。這對讀者來說像是舊聞，後來狗仔才漸漸放過她。

她的手錶開始震動，是媽媽傳的影片簡訊，莉比按下播放鍵。「嗨，莉，我們這個週末可以過去嗎？」

莉比錄下了她自己的一段話並發送了出去。「當然，」她回答，「告訴我妳會搭哪一班次的車，我會去接妳。愛妳。親親」

有兩個騎自行車的人，在明亮的白色路燈下從她身邊疾馳而過，她回想起劫持事件造成的另一個後果，是自己和疏遠的父母重新聯繫。當記者把自己家包圍時，父母堅持要莉比搬回北安普頓一起住；過去十年大部分時間，莉比都在迴避自己的老家，因為那裡充滿哥哥的回憶，但現在她已經沒有力氣反對這提議。

多年來，她不明白為什麼父母沒有賣掉那棟房子，尼基臥室裡的一切都沒有改變，包括睡過的床單，這點讓莉比十分反感，這又不是在等他從學校畢業旅行回來。

只有當她面對恐懼，並和父母住在同一屋簷下一段時間後，才終於明白，逃離是在剝奪自己得到寬恕的機會。莉比因為尼基的死而自責，和尼基相處在一起時間最久的人就是莉比；尼基可以不加掩飾對莉比談論自己的絕望感。在他最後一次從醫院回家時，莉比曾經相信尼基已經有辦法控制住自己的憂鬱症。但結果是他死在莉比的眼皮底下；這是她的錯。

現在，她接受了這個事實：她沒有辦法控制尼基的行為，就像無法控制駭客的行為一樣。他的房間沒有被動過，不是因為父母還沒有接受他的死亡，恰恰相反，在尼基決定結束自己生命時，父母比莉比更早解開心結。當莉比回到那棟房子，回到伯明罕，又重新和自己斷開的家人產生了連結。

不知不覺，莉比已經到達公寓大門，她靠近生物識別的臉部掃描系統前面，認出自己身分後門鎖打開。她不確定臉上洋溢著笑容，是因為酒精的關係還是因為尼雅的陪伴。這不重要，重要的是她現在很開心。自己的生活不太可能和擔任陪審員之前一樣，但她慢慢覺得這不一定是件壞事。

走到自己家門，拉開包包拉鍊想找鑰匙，摸到裡面有一個光滑、扁平的物體。莉比把它拿出來，那是一台平板，莉比盯著它，不明白為什麼會出現在這裡。莉比沒有帶平板，尼雅也總是把平板放在粉紅色盒子，上面鑲有寶石。難道是自己不小心在火車上的酒吧裡，拿錯別人的了？

自動感應燈亮起，莉比關上身後的門並上鎖，走到廚房的餐廳。她看了一眼房間角落，曾經養的兔子，麥可和傑克森的籠子依然在那裡，當她轉行從事媒體事業，大多數時間都不在家，無法持續飼養，便送給了鄰居的女兒。對方也答應，莉比可以隨時去探望。她倒了一杯咖啡，坐在桌前，按下平板電腦的開關。平板立刻啟動，但沒有虹膜或是面部辨認的掃描要求，主螢幕上面沒有應用程式也沒有個人化桌面，只有一個影片的圖示。

莉比的手指在上面徘徊，在想如果按下播放鍵，是否侵犯了物主的隱私。後來好奇心佔了上風，她輕輕一碰，影片的視窗放大四倍。一張男人的臉出現在畫面中，這個人感覺很熟悉，但莉比無法確定為什麼。他有著深褐色的濃密鬍鬚，戴著黑框眼鏡，頭頂上還有一頂小帽子。後來莉比認出他就是晚上和自己相撞的那個邋遢男人。

「莉比。」他開始說。那聲音讓她渾身發寒。

是朱迪・哈里森。

「我很抱歉這樣接近妳，」他繼續說，「但我必須找到一種方法來聯繫妳，而且我不可能就這樣出現在妳門前。首先，我需要妳知道，一年前在審訊室，我告訴妳的一切並不是謊言。那天發生的事情並不像它看起來那樣非黑即白。而且我希望有機會告訴妳真相，這是妳應得的。但我不打算現在或透過電話。我想當面說明。我就在這個城市，莉比。我在伯明罕，今晚我需要見妳。」

# 63

莉比鬆開了握住平板電腦的手，彷彿它會灼傷自己。然後，又難以置信地盯著平板，試圖理解剛才看到和聽到的內容。

朱迪．哈里森回來了。他想再見到莉比。

當震驚過後，憤怒開始在她體內升起，想把平板扔到牆上摔碎，然後假裝沒這回事。但她不可能這麼做。躲藏中的朱迪，突然出現想和她聯絡，她無法裝作沒看到。

她必須報警。她去拿手機的手在顫抖，用語音叫虛擬助理找儲存的聯絡人電子名片，裡面有一位總督察的詳細聯絡方法，他是調查朱迪失蹤相關案件的負責人。他們曾在多個場合會面，討論莉比與朱迪第一次相遇的場景。還一起觀看和聆聽了審訊室裡的對話錄音，試圖找出並拼湊出關於他潛在身分的線索。

「您想讓我撥打您要求的號碼嗎？」語音助理問道。

莉比張開嘴，但沒有發出聲音。她不斷回想火車上朱迪撞到她的那一刻，還因為自己喝太多、放鬆警惕，而感到憤怒。如果她是清醒的，一定會立刻認出他，並打電話求救。那列火車上應該會有見義勇為的人，在員警趕來之前，協助抓捕這個世界上的頭號通緝犯。

「您想讓我撥打您要求的號碼嗎？」語音助理又問了一遍。

莉比想到朱迪可能跟蹤她一段時間了。不知道是只有在倫敦到伯明罕的旅程中，還是一整天都在觀察自己？也許整個星期？還是更長時間？一想到他在接近自己，便感到噁心。

「您想讓我撥打……」

「不。」莉比插嘴。

她的注意力回到了平板上，有點想再看一次影片，但又不敢按下播放鍵。最後終於鼓起勇氣，影片裡的朱迪再一次重複同樣的話。「那天發生的事情並不像它看起來那樣非黑即白。而且我希望有機會告訴妳真相。」

莉比心想：你犯下的罪當然是黑白分明！鑑識人員已經毫無懸念地證明了，你從來不是我們以為的那輛車的乘客，上面沒有DNA，也沒有像我們之前看到的在後座散落著空著的食物盒以及帆布包。

朱迪．哈里森的生命從來沒受到威脅，因為這個人從來沒有存在過。只是一個虛構人物，跟小說裡的角色沒有什麼兩樣。莉比大聲重複他說的話：「我希望有機會告訴妳真相。」沒有人知道真相，甚至連是怎麼回事的說法都沒有。那麼這會是莉比知曉事情怎麼回事的唯一機會嗎？

不到一小時，莉比才承諾過尼雅，要把朱迪從腦海中抹去。但她知道，不管怎麼向朋友保證，她都不會真的放下，除非聽到朱迪親口說出那天到底發生了什麼事。

在做出最後決定前，她又重播了這段影片。她必須聽朱迪親口說，如果朱迪想殺死她，那麼現在她已經沒命了。

「我要怎樣才能找到你？」她大聲地說，並再次檢查平板，看有沒有漏看了些什麼。一旦確認沒有留下聯絡方法後，莉比又走向咖啡機，拿了一個咖啡因含量最高的膠囊咖啡，現在她需要理智。平板電腦在桌上發出震動，引起了她的注意，有一則簡訊。很可能是朱迪。她簡單看了一下內容。

「外面有輛車在等妳。它會把妳送到我身邊。」

莉比停下來喘口氣，「你認為我會坐上你派來的車嗎？」她大聲地說。

幾秒鐘後，螢幕上出現了另一則訊息。「不會。」上面寫著。

莉比僵住了。朱迪正在用平板電腦聽她說話。

馬上又出現另一則訊息，「我沒有理由傷害妳。」

「你那天也沒有理由傷害任何人。」她回答說，她的聲音越來越自信。

「這不是我幹的，」朱迪發了簡訊，「讓我親自告訴妳一切。」

莉比稍稍猶豫。要嘛現在，否則永遠不要。如果她真的想聽到她所渴望的答案，這可能是她唯一的機會。

她轉過身來面對朱迪的平板，深吸一口氣，把頭髮挽回馬尾辮，並繫上一條帶子固定住。

「好吧，」她問，「我要去哪裡？」

# 64

朱迪派來接莉比的車很容易找到；那是唯一停在她家社區外面的車，車燈亮著，車內沒有人，車門虛掩著。

莉比在上車前，最後又考慮了一下，她往車裡看了一下；這至少是三級自駕車。儀表板上有方向盤，下面有油門跟煞車踏板。但是，車子程式很容易被改，這些都可能沒有作用。但這樣又有什麼意義呢？她問自己。如果朱迪想要她死，會有比這個更容易的方法。

最終，她對真相的渴望，高於其他一切考量，她爬進了車裡。門輕輕關上，沒有上鎖。

當車輛進入駕駛模式時，莉比的心臟在胸腔裡跳動。手緊緊握住方向盤，腳則測試煞車。它們是可以操作的。離開伯明罕的車程只持續了十分鐘，但在車停下來之前，感覺十分漫長。莉比立即認出了這個地點：門羅街，她曾在這裡目睹了一家三代被一輛無人車奪走生命的情景。她迅速下了車。

隨即，她被朱迪選擇的會面地點激怒了。他一定知道，在陪審團工作期間目睹那段錄影對她來說是多麼令人痛苦。在等待進一步的指示時，她把他的平板緊緊抱在胸前，直到它震動起來。「三百六十號」，上面顯示了一則訊息。

沿路排列著商店，主要是小型獨立精品店。隨著主要的商業街商關閉以及消費網路化，市中心變得荒涼。與此同時，小型獨立商店的受歡迎程度有所回升。白天，門羅街熙熙攘攘，但隨著時間接近九點，現在幾乎空無一人。莉比仔細檢查了每一家商店的門面，直到她找到了三百六十號，這以前是家咖啡館，窗戶上塗有可擦拭掉的白漆，以防止外面的人看到裡面。她打開手機的手電筒，試圖看穿玻璃門後面有什麼，但只看到了自己的倒影。

她跟自己說：*妳不必這樣*。雖然很害怕跟朱迪面對面，但要是現在一走了之，那麼下半輩子會永遠煎熬。她試探性地推了門把，門打開了。門頂端的鈴鐺發出悅耳的叮叮聲，嚇了莉比一跳。

「哈囉？」她問，聲音有些顫抖。用燈光照了照房間的四周。有十幾張桌子和椅子，上面積滿灰塵，還有空的櫃檯和架子。梯子、油漆罐和防塵罩散落在地板上。重新裝修工作很早之前就停擺了。

「請把門關上。」一個聲音從深處傳來。她立即認出來，不由自主地猛吸了一口氣。她的手放在口袋裡，摸到了離家之前揣在口袋裡的刀具，她十分小心不被平板電腦的鏡頭錄到。她緊握著把手，悄悄地關上門。

「妳不需要這把刀。」朱迪繼續說道，「但如果它能讓妳感覺更安全的話，請把它帶在身邊。」

莉比轉頭看過去，他打開了一盞燈，莉比眨眨眼睛花了點時間適應，現在可以清楚看到對方了。朱迪戴著眼鏡坐在一張桌子後，雙手平放桌面，旁邊還放了部電話。他從頭到腳都穿著深色的衣服，腳上也是冬季的繫帶厚靴。鬍子蓄了有一英寸厚左右，頭髮又亂又短。莉比對他有一種無法言喻的感覺。

「妳好，莉比。」朱迪說，露出淺淺微笑，語氣中充滿自信和友善。莉比第一次見到他展現這種氣質。

「最近還好嗎？」朱迪繼續說，但莉比還不知道要回應什麼，這似乎跟他無關。「我很高興妳來了。妳確定不坐下來嗎？」他指著對面一張椅子。莉比搖搖頭，上下打量著他，好像是他們第一次見面。從很多方面來看，確實是這樣。這不是她曾經見過的那個人，完完全全是個陌生人。「妳一定有很多問題，」他說道，「問吧。」

她點了點頭清了清嗓子，但不管怎麼努力，都沒辦法控制自己不透露出緊張的語氣。

她問：「能約的地方那麼多，為什麼偏偏選擇這條街？」

他回答說：「我們很快就會針對問題討論，我保證。」

「你跟蹤我多久了？」

「就我個人而言，已經有好幾個禮拜了。從妳手機資料、移動紀錄、消費模式、網路使用習慣、公開檔案，我想我從來沒有停止追蹤過妳。自從在曼徹斯特相遇的那晚，甚至從那之後的幾個月我都沒有停止過。」

「所以我們的見面並不是偶然？」

「不，不是。」

莉比內心一沉，聽到他親口承認心裡假設的東西，感到失望。「你怎麼知道我會出現在那家酒館？」

「我們可以查到所有妳的個人詳細資料，包括妳的電子郵件和日期。」

「你是說你駭進它們了？」

「是的。」

「當你知道我週末要去哪裡的時候，就一直跟著我？」朱迪點了點頭，她又問：「你怎麼知道我會跟你搭話？」

「我不知道，我從一間酒吧跟到另一間酒吧，一直等到妳喝了幾杯後，才試圖引起妳注意。我從臉書的照片知道妳喜歡唱卡拉OK，妳的音樂播放清單告訴我，妳喜歡的歌手是麥可．傑克森。」

「和你在一起的那些朋友也是樁腳？」

「他們不是我的朋友。」

「我看到了。你和一群男人站在一起。」

「不，我當時只是站在一群人的後面。我不知道他們是誰，他們也不知道我是誰。就像看到我在無人自駕車內時候一樣，妳不會質疑自己眼睛所看到的東西。」

「我為什麼要質疑？我相信人們，也沒有理由去懷疑。我的直覺告訴我，相信自己所看到和聽到的一切，好吧，至少在你出現之前是這樣，那你怎麼肯定我會被你吸引？」

「我看過妳加入線上約會網站填寫的資料，也看了妳會點擊的男人類型，妳在每張照片看了多久時間，我們也分析了那個人的個性和特徵，當然也調查了妳前任男友威廉。我們研究了妳喜歡什麼討厭什麼、從事哪些娛樂、網路上和哪些人交流以及妳考慮和別人見面時對方需要具備哪些條件，我根據這些資料調整了我的造型，剪了頭髮，染了顏色，戴上隱形眼鏡，穿上妳喜歡的穿搭風格，我就是妳要尋找的一切。唯一不能夠設計的是，妳對我是否真的動心。但妳不能否認，妳對我有感覺。妳離開的時候，我把妳的杯子偷了出來，並做了DNA匹配測試看看我們的基因是否相合，妳想知道結果嗎？」

莉比眼裡充滿憤怒，但克制住手指，這樣就不會想握拳打他，也不會透露出自己內心受到多大的侵犯。「不，我不想。」她咬著牙回答。雖然嘴巴上這麼說，但還是擔心可能和這神經病相匹配。「所以那天晚上我們的談話也是精心策劃的？」

「其中一些，是的。」

「比如像什麼？」

「比如我對外國電影的喜愛，烘焙和對麥可．傑克森歌曲的了解。」

「但你知道所有的歌詞。」

「我的團隊把歌詞發給了我的智慧鏡頭，我當時正在看。然後在妳過來和我說話時，我很快把它關上。但並不是所有的東西都是演的。」

「什麼是真的？」

「我喜歡聽妳說話。」

莉比笑了起來，「你以為我會相信嗎？」

「我不期望妳會相信我說的任何話。但如果妳確信我只會對妳撒謊，那麼妳今晚為什麼來這裡？」

莉比張嘴想說些什麼，但最後放棄，她自己也沒有答案。「我該怎麼稱呼你？」她反問，「我想朱迪．哈里森不是你的真名吧？」

他搖了搖頭，「繼續叫我朱迪吧，這樣感覺容易些。」

「不，我要知道你的真名。」

「這無足輕重。我在全球資訊網中的蹤跡藏得很深，妳離開後如果報警，那我叫什麼名字也不重要。他們也不會因此就找得到我。」

「我不在乎。你欠我的。」

「我是諾亞．哈里森。」

莉比覺得這個名字很熟悉，但她的腦子裡有太多的資訊，無法確定是來自哪裡。

「為什麼稱自己為朱迪？」

「〈嘿，朱迪〉是妳過世哥哥最喜歡的歌曲。他的葬禮上也播放了這首歌。當唱到副歌時，妳的家人站了起來，把手放在空中，跟著『吶吶吶』的聲音唱了起來。很快，所有人都站起來一起唱。」

「你居然……你怎麼知道？」

「現在的人喜歡記錄，以備不時之需。它在網路上並不難找。」

莉比對他的調查和刺探到的深度感到不寒而慄，「世界上這麼多人可以挑選，為什麼是我？」

「我們需要一個有道德觀的人，並且真正關心陌生人的人。為了能在網路上贏得共鳴，我們需要一個所有年齡段的男男女女都能感到溫暖的女人。為了讓人們在她身上投入情感，而且她得要是個心碎的女人。」

「你認為全世界會覺得我是個心碎的女人？」

「我有說錯嗎？」

「你這個混蛋。」

「必須讓我們所安排的乘客能受到支持。怎樣的人會比一個有著悲傷故事的男人更引起同情，而且又能吸引心碎的妳？妳和我們一樣厭惡自動駕駛車，這當然是一個巨大的賣點，這也是我們安排妳進陪審團的原因之一。」

「是你把我安排進去的？我不是被隨機選中的？」

「我以為妳現在已經意識到了。我們想要一個能質疑其他陪審員決定的人。我必須承認，在第一天之後，我們一度認為這可能是個錯誤的決定，因為其他人一直在攻擊妳，而妳又放棄反擊。但到了第二天，也就是第一次劫持事件發生前不久，妳開始發揮作用。在那一刻，我們知道不可能找到比妳更適合的人選。」

在內心深處，莉比仍在憤怒。她早就接受了被操縱的事實，但她不知道自己被算計得多深。她覺得自己像個白痴。「但為什麼是我？外面有數以百萬計的女性和我有同樣的看法。」

「但那些人都沒有妳和我所擁有的共同點。」

莉比挑起了眉毛，「那是？」

「當妳來到這裡時，妳問我為什麼選擇這個地方。根據我在蒐集妳的資料時，發現有三個事件造就了妳。一是發現妳哥哥的屍體，二是妳的男朋友與另一個女人生了孩子，最後是見證了三個人死在這條路上。這其中之一，是我們的共同點。」

「我聽不懂。」

「妳在這扇門外，看到因車禍死去的三代女人，各是我的妻子、我的女兒和我的母親。」

# 65

莉比往後退了一步，搖搖頭。「這又是你另一個謊言，不是嗎？」她嗤之以鼻，「你真讓人噁心。」

她沒有給他辯解的機會，轉身想奪門而出。在她身後，聽到椅子腿在石板地面上刮過的聲音。她身體立刻進入警戒，把刀柄握得更緊。

「別走，」諾亞說道，「求妳。」那晚，她第一次從他的聲音中聽到了類似於絕望的東西。這足以讓莉比停下腳步。「我說過妳應該得到真相，這就是真相。我發誓。」

「我不相信你。」她搖了搖頭，轉身看到他站了起來。內心某種感覺阻止自己離開咖啡館。突然間，她想起了諾亞・哈里森這個名字。他不是唯一能保持神秘的人。她暫時按兵不動。

「史蒂芬妮、葛雷斯和瑪麗；我的妻子、女兒和媽媽。我在上班時接到伊莉莎白女王醫院一位護士的電話，告訴我她們捲入了一場事故。我到了那裡後，才知道已經失去了她們。」

「她們的名字是公開的。」莉比語氣冷淡。

諾亞從桌子上拿起電話，從裡面打開一個資料夾。他走向莉比伸出手臂將手機遞給她，讓她確認。她再次握緊刀子後退了三步。諾亞對她的謹慎顯得很失望，把手機放在離她最近的桌子上，然後回到自己的座位上。

資料夾裡面，莉比看到了幾十本相冊，每本都塞滿了家庭照片。她快速瀏覽資料夾，隨機打開其中一張照片。那時諾亞還是一個小男孩，身邊還有另一個年紀稍長的大男孩，還有一張是年輕女子，莉比認出來她就是當年車禍受害者，她猜想是諾亞的母親。其他資料夾包括婚禮照片、蜜月照片以及新生兒和諾亞的照片。

「看影片。」他催促道，莉比按下了播放鍵。在第一段影片中，史蒂芬妮坐在花園裡的長椅上幫嬰兒餵奶。她的聲音跟自己曾在門羅街安慰過的那個女人一樣。莉比永遠不會忘記，在她臨終前，她只想知道女兒是否安全。

莉比稍稍猶豫才再次開口。「我對發生在她們身上的事情感到抱歉，你仍參與了劫持事件，這不是你傷害這麼多無辜人的藉口。」

「這一切都不應該發生。不應該有人死亡。一切都……升級……成為一個完全失控的事件。我無法阻止他。」

「阻止誰？」

「亞歷克斯。」

「那是誰？」

「我的兄弟。」

「他負責什麼？」

「他是妳稱之為駭客的人之一。」

「你兄弟是駭客？」她慢慢地說。

「駭客之一。駭客並不是一個人。妳聽到的是聲音合成器，這是人類聲音模擬。駭客中是一群不同年齡、口音、方言、男人、女人的人，輪流指揮『駭客』要說什麼，而其他人則負責妳在畫面上要看到哪些東西。為了讓事情能成功，我們組織可是分布在全世界。請妳坐下來，讓我解釋一下。」

莉比停頓一下，看了一眼身後的門，倘若感受到諾亞的威脅，得有足夠的時間跑出去。她握刀的手開始鬆開，選擇了一張和他隔著兩張桌子的椅子坐下。然後她咬緊牙關，克制自己不要迷失在曾渴望再次見到的那雙眼睛裡。

「我應該從頭說起，」他說，「早在一九四〇年代，第二次大戰期間，我祖父開創一家製造軍用車輛發動機的公司。經過多年發展，加上開始多角化經營，我的父親接手了這間公司，亞歷克斯和我大學畢業，開始替父親工作，擔任電腦程式員，為五級自駕車製作軟體和開發雷達、方向感應器、雷射測距……爸爸當時正在爭取一份價值數百萬英鎊的政府合約，要替救護車提供自駕軟體和攝影機。這是我們公司有史以來最大的交易，由於英國將成為第一個完全自動駕駛的國家，所以這個計畫會把我們的軟體跟系統賣到全球去。英國脫歐多年後，我們的公司存亡有點搖擺不定，這代表我們六百名員工工作沒有保障。」諾亞彈了一下手指，「就像這樣，啪一聲，突然就沒了。」

「為什麼？」

「我們隨時都準備好正式簽約，擁有足夠的員工和技術，也擴張了工廠。但亞歷克斯發現已經開發的軟體有缺陷，而我們正在努力解決這個問題。雖然只是籬笆上的一個小缺口，但仍然是缺口。這代表著安全、不可破解的軟體在理論上已經可以被破解。我們如實報告了這一個情況，並保證會把它修復。然後在簽約的前一個禮拜，一家來自印度的競爭對手出現，並以更低的價格打壓我們。我們跟他們進行了價格上的反擊，把價格壓到和對方一樣低，但是當他們又再度降價時，一切都結束了。我們的營運出現巨大虧損，所以政府最後把合約給了他們，我們確信印度人不可能提供比我們更好的產品，結果我們是對的。因為在對他們的軟體進行反向工程時，發現那軟體和我們製作的完全一模一樣。他竊取了我們的工作成果，而能夠取得它唯一的管道，只有透過政府內部。」

「那你為什麼不起訴侵犯版權？」

「我們專利申請最重要的一部分，送到智慧財產局後就『失蹤』了。我們發現的時候已經太晚，印度人已經火速通過審核，取得了我們公司的專利。聯絡的每位國際律師都跟我們說，我們沒有贏得訴訟或賠償的機會。」

「那你爸爸的公司呢？」

「不到六個月，股東要求進入管理令程序，執行裁員。我們的大多數員工都住在工廠附近的村莊裡，幾年內，這些地區變得荒涼。人們被迫搬家找工作，房價下跌，留下來的人都是負擔，工人酗酒現象增多，甚至自殺。其中一些人一生都在為父親工作。我爸爸為此自責。內疚和壓力沉重地打擊著他，他最後中風，不到一年，就死於肺炎併發症。」

諾亞喘口氣，伸手拿起地上一個瓶子，擰開瓶蓋遞給莉比，房間裡的灰塵讓她喉嚨發癢，但莉比還是拒絕了。

「這件事情對我哥哥的打擊更大，」他續道，「我們和爸爸都很親近，但亞歷克斯是長子，而且還很頑固，我看著他越來越憂鬱，很年輕就被診斷出躁鬱症，他拒絕服用處方藥想要自我治療。他情緒後來十分不穩定，變得痛苦和憤怒，常常會無緣無故發脾氣。有幾次他因為打架而被逮捕，在監獄裡待了幾個月，出來之後就消失了。我們找不到他；他不在公寓裡，不接電話，也不回覆任何簡訊。當警察也找不到他時，我們開始擔心最壞的情況，結果他就像當初消失時候那樣，又突然出現。」

莉比十分投入地聽著諾亞的故事，「他去哪裡了？」她問。

「他沒有說，但他整個人有點不一樣。不是因為他清醒或是重新吃藥，而是他有一種，我在他身上很久沒有看到的專注力。最後，他承認自己一直和一群他所謂的『志趣相投』的人混在一起。聽起來像加入了一個邪教組織或是什麼的，但那其實是一個隱藏在黑暗網路裡的駭客組織。亞歷克斯加入的是一個想要摧毀英國無人駕駛汽車行業的組織。他發現，我們並不是唯一一家被政府出賣，被外國公司以更便宜價格坑殺的企業。至少有十幾家企業在道路革命早期做出貢獻，提供自己的技術，但因為專利被篡改和技術被偷，自己的勞動成果眼睜睜被別人拿走。亞歷克斯被慫恿加入，並且找到一種共同合作的模式迫使汽車行業屈服，讓大家意識到他們為英國付出了些什麼，並懇求我也一起加入。」

「你答應了。」

「沒有，一開始沒有。爸爸的公司受到這樣的對待，我也是心存不滿，但我不能放下一切專注在復仇上面。那時史蒂芬妮和我已經有了葛蕾斯，家人才是我第一優先的選項。」

「那你為什麼改變了主意？」

「我的家人被一輛五級自駕駛車子殺死的那一天。沒有人願意告訴我們為什麼我的女兒會死，只是說陪審團認為錯在她們。甚至連檢查軟體是否出問題的建議都沒有。」

「所以亞歷克斯建議把劫持事件當作報復？」

諾亞沉默了一會才開口。

「不，莉比。那是我的主意。」

# 66

莉比身體變得僵硬，對諾亞怒不可遏。不到一分鐘前，得知政府對他家族企業做的事感到忿忿不平，也對他的母親、妻子、女兒因車禍死亡而感到難過；但在承認劫持事件是他的主意後，莉比對他的同情消失了。

諾亞一定也感覺到了莉比態度轉變，因為他變得不自在，手搓揉臉，搖著頭。

「妳聽我解釋，」他開始說，「一開始的計畫只是要讓車子癱瘓。不管什麼品牌、型號的所有車子，都用同樣的軟體。可以讓它們之間交流資料，比方說前方交通道路有狀況，或是道路施工時，它們就會互相警告。因為那程式是我們開發的，我們知道怎麼找到方法，騙過感應器。

「亞歷克斯和其他人打算在軟體中安裝一個惡意程式。我們只要進入任何一輛自動駕駛汽車的原始碼，用病毒影響它聽從我們指揮。如果一輛車子接受到假的道路問題而停下來，那麼它也會向其他車輛傳達同樣的資訊，那麼成千上萬的車也會出現同樣的問題。等到程式被修正時，損傷已經造成。這不會持續很久，但也足以讓英國交通癱瘓，使自駕車成為眾人笑柄。」

「那為什麼計畫改變了？」莉比問，「為什麼變成了大規模屠殺？」

「我們進入原始碼後，亞歷克斯發現車子可以讀取我們的國民身分證和我們身上任何穿戴的智慧裝置資料。這時我們才知道我的女兒發生了什麼事。她們被犧牲了，因為開車撞他們的人，是國家空軍飛行員，被人工智慧視為優先保護的對象。他對國家的忠誠代表著他的生命比我的家人更有價值。」

諾亞期待著莉比的反應，但看到她仍保持謹慎的態度，又繼續說：「我對這些車的每一件事情和每一個人都產生仇恨，我被仇恨吞噬。這些事連鎖反應的影響實在太深遠了。甚至之後，我的女兒會死也是因為沒有肝臟捐贈，更安全的車子代表著交通事故更少，器官捐贈者也跟著變少。」

「你不能因為沒有死人，就怪這社會！」莉比插話，「這太瘋狂了。」

「我知道，但那是我當時的想法。我那時覺得光讓交通癱瘓的影響不夠大。所以我們決定要讓駭客事件有三天的新聞熱度。必須成為每個人都記住的事，讓人們這輩子都忘不掉。得要是個劫持事件。我跟亞歷克斯說，我們應該完全控制幾輛車子，然後勒索贖金，威脅要是政府不承認自己的所作所為，就殺死裡面的乘客。要讓陪審團像AI那樣，只根據我們片面的資訊來決定誰該活下。但本來計畫中不想讓任何人受到傷害。」莉比頭略微抬高，一臉不相信。「我向妳保證，本來只是要對那『無法被駭』的說法引起討論。然後那天我見到了妳，一切都變了。」

「我？」

「我女兒去世那天的影片，我看了不下一百遍，看到它刻印我心裡。我數著妳走過去花了多少步，算了妳花了多久時間陪我媽媽和史蒂芬妮，還有妳是怎麼安慰她們的。看到妳對陌生人的善良，還有人們死亡對妳的影響，我知道我要把妳送進陪審團。我們後來在曼徹斯特相遇時……

我已經不記得多久……妳是我這麼久以來第一個和非同溫層互動的人，我泡在有毒的同溫層裡。在妳的吻中，我感覺到了和妳的聯繫，就像妳對我的感覺一樣。妳喚醒了我，也提醒了我到底是誰，讓我明白自己可以完成想要的一切，不會再受到威脅和傷害。但是就算我改變主意，也沒辦法說服亞歷克斯和其他人。就像另一位陪審員馬修向妳解釋的那樣，暴民心態使聚在一起的人更加魯莽。」

「你應該更努力地爭取。」莉比駁斥道。

「我有。」

「你應該讓他們明白這是不對的。」

「我試過了。」

「那他們為什麼不聽呢？」

「因為那時我們已經花了十八個月時間，籌劃劫持計畫，沒有人想要放棄！我怕要是自己不同意，事情會更失控。我很害怕，要是不順從計畫，結果會更可怕，我希望自己仍參與其中，至少在必要時，我還能有影響力。」

「那這樣有用嗎？」莉比瞪著他。

諾亞看著地面，「我從沒想過他們會這麼極端。」

「當天你在哪裡？我們發現車子是空的。」

「就當時真實時間來看，我在愛爾蘭西部一座穀倉，那裡停了一輛車子，四周用綠幕包圍。

把另一輛車的即時影像投影在綠幕上當背景，我會看起來像真的在道路上一樣。我看到維克多爆炸時，我自己也嚇到，也試著想離開那輛車，但車子被他們鎖住了，也切斷了我的音訊，然後把舊影片不斷重複播放，這樣妳就聽不到我要求他們停止的呼喊。我不能讓他們這麼做，當然，我也不知道他們最後會讓全國的車子到處製造車禍。」

「你躲到哪裡去了？」

「各個國家。計畫參與者中我也只見過一半的人，他們替我安排了藏身用的安全屋，那些國家和英國沒有引渡條約。只要我低調行事不引人注意，不給當地政府帶來麻煩，他們就會繼續庇護我。但我沒有安全感，他們隨時要把我斷尾都可以。」

「你哥哥呢？」

「我不知道，自從那事件以來，我一直聯絡不到他。」

莉比閉上眼睛，試著思考和理解諾亞的說詞。不可否認，他提出一個很有可信度的解釋，從他的肢體語言也看得出來他飽受折磨。

「為什麼現在才出現？」她問，「為什麼要來找我？」

「我不在意世界上其他人怎麼看我，我只關心妳。我要妳知道那晚在曼徹斯特的我和困在車裡的我，是真正的我；不是這六個月以來妳所懷疑的那樣。」

「是嗎？」她挑起眉毛重複說道，「簡單就把一切輕輕帶過。你算計我，還利用我哥哥的死來操弄我。那是我生命中最悲慘的一段，你利用了尼基讓我相信你的謊言。這難道不也是真正的你？」

「不是，我保證。跟我一起走，我會向妳證明。」

莉比以為自己聽錯了，「什麼？」

「我有聯絡人，我們可以去世界上任何想去的地方。可以遠離這裡的一切，重新認識彼此。我們可以重新開始。」

莉比大笑，自己也很驚訝就這樣笑出來，諾亞吃了一驚。「你認真的？我為什麼要跟你走？」

「因為就算發生了這一切，我們彼此之間仍有感覺，這點妳和我都很清楚。我以前只對一個人有這樣的感覺，那就是我妻子。我必須讓它發展下去。妳不能否認，我對妳仍有一種吸引力。就算妳虛張聲勢，說已經看透我，但妳還是來了，因為妳有一部分想相信自己所喜歡的人不是一個壞人。」

「這太荒謬了。」莉比拚命搖頭，「我有自己的生活，我有新的目標，我做得很好，正在改變世界。我為什麼要為了一個人放棄一切？而且那個人的朋友還殺死數千人，你真是瘋了。」

「莉比，我向上帝發誓，我並不想讓它發生。而且如果妳允許的話，我將用我的餘生來努力糾正事情。妳可以幫助我贖罪，這可怕事件的一開始是我起的頭，但我可以彌補。」

莉比站起來，開始在房間裡踱步。「怎麼可能？」她問，「即使你說的是實話，你仍然在背後推了一把。如果你真的對所發生的事情感到後悔，為什麼不向警方自首？向他們解釋你今晚告訴我的一切。用更多的行動向我證明，你是我最初認識的那個人。」

諾亞用手順了順頭髮，然後合十像在祈禱。「我沒辦法，莉比。」他懇求，「他們會把所有責任往我身上推，而且還會有更多不屬於我的罪名。而我能提供的也只有幾個人名，但沒辦法帶警方抓到人，也沒有證據證明這整個計畫不是我制定的。我在外面能做的事比在監獄裡更多。是，我知道有的人會覺得我活該被關，他們會得到正義，但如果妳能幫助我，我也能在外自由行動，那能做的事會更多。」

諾亞又一次試圖靠近莉比，莉比再次後退。

「要是我把自己的懺悔寫下來，一旦我們到達一個安全的地方就把它公開，怎麼樣？」他提議，「妳會改變自己的想法嗎？」

「朱迪……」她立刻糾正自己，「諾亞，你聽到自己在說什麼嗎？這樣過去的事會一直糾纏不休，我們永無寧日。我沒辦法也不想過這樣的日子。我想要止常人要的東西，而這一切……一切……都不正常。」

「在這種不正常情況下，我們可以擁有我們想要的一切。妳可以繼續妳的社會運動，背後也會有足夠的資金支持，影響力還能擴及全球。只要妳願意，甚至可以用妳哥哥的名義開辦一個慈善機構，幫助心理障礙的人，我有辦法弄到錢，讓這一切成真。我願意把整個世界給妳，莉比，包括我自己，真正的我。求求妳，考慮一下。」

莉比淚水盈眶，用袖口擦掉眼淚。「你知道真正傷害我的是什麼嗎？你愚弄了我……讓我放下戒心，讓我相信虛假的你。你要我怎麼再次相信你？如果是你，你有辦法嗎？」

「我冒著這麼大的風險來到這裡，難道這還不能夠證明什麼嗎？」

莉比心中無法否認，但外表不動聲色，仔細觀察諾亞。他的眼神混合了希望和絕望。要是眼前的這個人和她在曼徹斯特遇到的是同一個人，那她會相信他。但現在眼前的人叫諾亞，她對他的了解等同於一個陌生人。就算她盡最大努力抗拒，但也不得不承認有某種東西在呼喚自己，一種無形的磁力想讓莉比背棄自己的理性，選擇相信。

「我怎麼能原諒你做的一切？」她問，「看看這一切……這世界……都會站在我們的對立面。」

「這個問題可以解決，我知道我們可以。妳只要給我一個機會。我突然出現，然後對妳提出要求……我知道要妳完全信任我很瘋狂；我百分之百知道。但我願意放棄躲藏，放棄自由出現在這裡，就因為我確信我們之間有些什麼。」

一滴汗水從莉比背後頸子沿著脊椎往下流。她目光死盯著諾亞不移開，直到自己準備好答案。然後，她以一種難以察覺的微小動作，點了點頭。諾亞看到睜大眼睛，神情亮了起來。

「真的嗎？」他問，「妳確定？」

「是。」她平靜地說，「在我反悔之前，我們現在必須離開。」

這次，當諾亞走近她時，莉比沒有後退。被他用雙手摟住自己，拉進懷中。當他俯身親吻她時，莉比閉上眼，忘了之前發生的一切。有那麼一瞬間，她回到了一年前的酒館花園，被樹上燈泡的奶油色燈光所包圍。一個陌生人的嘴唇緊鎖在她的唇上，她呼吸著他的古龍水和他溫暖的皮膚的氣味。當時她認為這是一個新的開始；她體內的某些東西正在甦醒。這段記憶轉瞬即逝，她也立刻從他身邊退開。

「我們先去哪裡？」她問。

「我認識一些人，他們今晚就能讓我們離開這國家。」

「但我需要護照、還有我的工作、房子、家人、朋友怎麼辦？我怎麼向他們解釋？」

「我們會邊走邊處理，我保證。」諾亞咧嘴一笑，往門口走去時和她十指緊扣。

「別忘了你的手機。」她指著他剛才的座位。

「妳看我滿腦子想著妳，都忘了。」他邊說邊走過去。

「能再問你一個問題嗎？」莉比突然開口。

「隨便問。」

「諾亞．哈里森的親人去世後，他到底怎麼了？」

莉比看著眼前的男人動作停下來。他背對著她。「我不懂妳的問題。」但他的語氣暗示了他心知肚明。

「我也在那裡，他家人的葬禮上。諾亞出現在禮堂中央時，我目光無法從他身上移開，因為他心都碎了，得靠他親友攙扶。我看著他把一朵白玫瑰放在她們每個人的棺材上，然後跟著殯儀館的人走到她們的車上，然後他們繼續到火葬場進行私人儀式。有那麼一瞬間，我和他的目光對上了。那個可憐、絕望的樣子，我永遠不會忘記。而你絕對不是諾亞．哈里森。對吧？」

# 67

莉比和這個自己曾迷戀的男人之間，只聽到自己心跳越來越大聲。「你是諾亞的哥哥，亞歷克斯，對嗎？」他以沉默回應。

這是最好的逃跑時機，以前的話，莉比會奪門而出大聲呼救。但亞歷克斯眼前的這位，是經歷劫難後的莉比．迪克森；這個堅定不移的女人，決心和他硬抗到底。現在她佔了上風，並堅守立場。

「諾亞已經死了，不是嗎？」莉比繼續說，「是你弟弟改變主意，不想繼續執行計畫。而改變計畫讓事態更嚴重，並殺死所有人的是你。」

亞歷克斯沉默了一會兒才開口，「說話要小心，莉比。妳接下來說出口的東西可能會改變一切。」

莉比沒有理會他語氣中的威脅，「如果我沒有在葬禮上看過諾亞，我可能就被你騙了。尤其是你照片中看著史蒂芬妮和葛蕾斯的眼神，因為你愛上她們了，不是嗎？諾亞可能是你弟弟，但你的心在史蒂芬妮身上，你看她女兒的眼神不僅是伯父，更像是驕傲的父親。」

莉比似乎看得出來亞歷克斯在默默點頭，「她們死後，悲痛不已的你，採取了極端的報復手段；反而不是諾亞。」

「諾亞太軟弱了。」亞歷克斯回答，「他沒有勇氣去做必要的事，也不夠堅強堅持到最後。他沒有給史蒂芬妮應有的愛，他沒有尊重她，是史蒂芬妮不願放棄諾亞。就算發現諾亞經常在外面偷吃也一再原諒。在背後安慰她的人是我，是我跟她說她值得更好的人，是我讓她再次有了愛的感覺。她甚至向我承認，她在我們兄弟之間選錯了人。但後來她懷上我的女兒後，她再次選擇了諾亞而不是我。我就是那個答應退讓，給他們一個機會的白痴，因為我相信有一天她會選擇我，而不是他，但那一天從來沒有出現過。」

「我在葬禮的家屬中沒有看到你。」

「我沒有去，我太傷心了，不像我弟。他沒有我那麼悲傷。三個月不到，他就把自己的照片上傳到約炮軟體上。」

莉比看著他在回憶時，表情越來越痛苦，越來越激動，手指都開始抽搐。

「諾亞支持過你的計畫嗎？」

「其實一開始，他提出來的意見更誇張，打算在那些乘客的車停止後，駭入更多車輛讓他們相撞。但他是個典型愛說大話的人，自己提過的意見很快就不感興趣又轉向新念頭。但那時這個想法已經散布出現，世界上太多人參與，無法停止。我們有一支有義工精神的男男女女、派系、小組成員所組成的網路軍隊，他們甘冒風險來實現我們的目標。一年後，我們沒有一個人願意退縮。身為他的兄弟，我希望他明白這個道理，但他就是不聽。好像史蒂芬妮和葛蕾斯的生命對他來講毫無價值一樣。我們爭吵，他威脅要揭發我們的計畫，他讓我沒有選擇，只能選擇保護計畫。」

亞歷克斯終於轉身面對著莉比，他嚴肅地說道：「我說有關我和妳的一切，都是認真的，我希望我們能在一起，可以創造一個未來；妳要做的只是邁出這一步。就算是現在，就算妳知道了這些，妳也無法否認妳對我的感覺。我們是天生一對的，妳和我內心深處都知道這一點。跟我走吧。」

莉比身體一顫，對他這種命中註定的說法搖頭。「我不相信天生一對這種說法，」她冷笑，「這是你另一個謊言。你先以朱迪身分對我撒謊，後來又假冒諾亞，現在你為什麼覺得我會相信你？而且，你應該考慮一下你自己的建議。」

「什麼建議？」

「就像你之前講的一樣，當我以為你和一群人站在一起，他們是你朋友，我不會質疑自己眼睛所看到的東西。好吧，當你以為我口袋裡只有一把刀時，你也沒有質疑。我已經按下警方在我手機裡安裝的報警和追蹤按鈕，他們已經聽到剛才你所說的一切。」亞歷克斯瞇起眼。「在你說的事情中，」莉比繼續說道，「我唯一相信的是你認為我們之間有所感覺，我的確如此，但那感覺並不真實，因為那個人並不真的存在。就這一點，以及其他無數的理由，就讓我永遠不可能跟你一起走；我寧可最後像你弟弟一樣的下場，也不願和你在一起。」

電光石火之間，亞歷克斯飛撲過去，但莉比更快。轉身就往門口跑，從口袋裡掏出刀子，伸手開門時，另一隻手同時握著刀柄。莉比轉動手把，但完全轉不動。

驚慌失措的她立刻轉身，對著空中揮舞武器。亞歷克斯走近時，刀刃的反光一閃一閃。亞歷克斯舉起一串鑰匙，「門上有自動鎖，只有用這個才能打開。」他咆哮道，「妳哪裡也別想去。」

莉比沒有依照本能大聲呼救，而是站在原地，刀子一次又一次劃過空氣，從左到右，來回穿梭。而亞歷克斯像拳擊場上的拳手在閃躲著。

「如果妳願意，我們可以整晚這樣做，」他說，「但我們中只有一個人可以離開這裡。」

「員警可能已經在外面了，」莉比拚死一搏，「你還是放棄吧，亞歷克斯，一切都結束了。」

「不管我發生了什麼，莉比，我跟妳保證，就算妳能活著，也永遠不會自由。我們在外面有很多人，會一直盯著妳，必要時會隨時把妳，以及妳愛的人一起拖下水。妳應該知道，殺死妳會有多大的新聞轟動和多少頭條。」

刀子突然劃到亞歷克斯的手，切開他的肉，他嚇一跳往後退，想確認傷口的嚴重程度。「妳剛才做出妳生命中最糟糕的決定。」他握緊了拳頭。莉比深吸一口氣，用所有力氣再把刀子刺過去。但這次沒刺中，反而被亞歷克斯抓住手腕，手指深深掐著她韌帶，如此一來刀就掉到了亞歷克斯手中。

他們現在面對面，他緊抿著嘴勾起嘴角。「很抱歉我們走到這一步，真的很抱歉。」他喃喃道。

在他準備發起進攻時，莉比看到他脖子上出現一個小紅點。亞歷克斯的手往後，準備出手，一顆子彈打碎門上的玻璃，正中他的喉嚨。

# 第四部

## 兩年後

# 68

UKT UKToday.co.uk

**+LIVE 新聞／政府支持重新引進無人駕駛汽車**

具有爭議的自動駕駛汽車將被允許在未來三年內回到英國的道路上。首相尼古拉斯．麥克德莫特罕，將在今天稍晚發表一份公開聲明，宣稱目前無人自駕車是「安全的」，並表示已採取預防措施，以確保「不可能再有駭客攻擊」。英國道路上所有汽車實現自動駕駛的最後期限也被取消了。一位政府消息人之前曾表示：「要贏回公眾的信任，得花時間慢慢累積。」

詳見全文……

莉比慢慢走下樓梯，小心翼翼避免被裙襬絆倒。

她再三在門廊的全身鏡中檢查自己的打扮。頭髮上插滿一排的夾子，也噴了整罐超強定型噴霧，髮型一直保持早上剛離開髮廊的樣子。尼雅幫莉比化妝和穿衣後，就已經出門，稍後會在同一個地點會合。

「要來了嗎？」莉比回頭對著樓梯上方喊道。

「我再等一下。」遠方一名男子回答，「我想找到另一個袖釦。」

「婚禮上該遲到的人是我，不是你。」

「妳不是說妳不喜歡那些傳統的習俗，否則我們就不會在一起了？」

「改變主意是新娘的特權。」

「找到了。」馬修．納爾遜站在樓梯口，莉比回到了休息室；這對夫妻穿好禮服後，第一次看到對方的模樣。兩人臉上都滿溢著笑容。

「妳打扮得真漂亮，迪克森小姐。」馬修笑道，進到休息室握住莉比的手。

「你看起來也不壞，納爾遜醫生。」

「都準備好了嗎？」

他拍了拍他的嬰兒藍西裝外套的口袋，「我有戒指、駕照和身分證證明。」馬修將雙手放在莉比臉頰上，親吻她的嘴。

「別弄花我的口紅。」莉比笑著，「只要你對我不棄不離，我願跟你白頭偕老。」

「妳有想到我們今天會是這種關係嗎？」

莉比搖搖頭，「沒有，尤其是從我們一開始怎麼認識的情況下。」

「從妳走進審訊室的那一刻起，我就迷上妳了。」

「我現在才知道。你當時隱藏得真好，真的很好。」

「好吧，我很難在擔任陪審員的時候約妳出來喝咖啡，不是嗎？我打算等到本週末再找妳。」

「我會拒絕，」她開玩笑，「我會覺得你是個自命不凡的混蛋。」

「這一點妳常提醒我，那現在呢？」

「現在我認為你是一個自命不凡的可愛混蛋。」

馬修的智慧手錶發出聲音，他瞥了一眼上面的動畫。「車子到了，那麼，我們該走了嗎？妳確定妳那只是胎動，不是開始收縮？」

「當然。」她回答道，並揉了揉她鼓起的肚子。

馬修傾身向前，親吻她的腹部，對未出生的嬰兒說話。「雖然我們很想見到你，但你要在裡面再多待幾個星期。在那之前你先不要出來，尤其是今天。」

「是的，爸爸。」莉比代表孩子回答。

當莉比在接受馬修的求婚後，買下她無肩帶象牙色，直筒洋裝時，她並不知道自己已經懷孕了。現在，肚子大到離預產期還有五個星期，她經常回到婚紗禮服店門口，希望能改尺寸。

馬修挽著她的手臂和準妻子的手臂，「準備好了嗎？」她問道，莉比點了點頭。

「我們走吧。」

一離開他們年初剛買的房子，就看到車道上那輛等著他們的復古亮光黑色賓士。莉比認出這就是她租的車款，一輛老式的一級車。後照鏡到前面格柵的地方，被租車公司繫上象牙白的裝飾絲帶。一位穿著灰色西裝的司機在一旁，替莉比打開後門。她爬進車內，小心翼翼不弄皺衣服。等到馬修也上車後，車子便從他們在霍夫的家駛往登記在布萊頓的辦公室。

莉比許多朋友都說自己在婚前會緊張，但沒跟她說恐懼的心情也會伴隨而來。就算亞歷克斯・哈里森聲稱自己的DNA和莉比是匹配的，但莉比本能上知道馬修才是自己真正的真命天子。萊利指揮官在亞歷克斯死後，向莉比透露，在檢查他手機蒐證時，有發現一封DNA測試結果的電子郵件，問莉比是否想知道內容。

莉比搖搖頭。雖然她相信客觀真理，但這在她的生活中不會有任何幫助。現在在她婚禮上，她十分確定自己做出了正確的決定。有時候幸福不需要追根究柢知道一切。不管有沒有測試，馬修都是自己的白馬王子。

想起來，莉比和他的關係發展得也很突然。她和亞歷克斯對峙的消息上新聞時，駭客集團幕後人員死亡成為國際頭條。幾天後，馬修是陪審團中唯一跑來關心她的人。

從郵件往來，變成了簡訊互傳，再來是視訊通話，慢慢地她發現他平常的互動和當陪審員的時候完全不同。後來，馬修在伯明罕參加醫學研討會，邀她一起去吃飯，莉比才意識到他們之間不是純友誼。等到一起面對面吃東西時，她才想起劫持事件那天，原來馬修一直在注意她。為了她挺身對抗傑克・拉森，還有在貝奇斯車子爆炸時安慰莉比。

他們約了兩次會，馬修才親吻他。五個月內，她把矜持拋到九霄雲外，把自己在伯明罕的房子租出去，並不到三小時就在南海岸買了他們的第一間房子。

這裡離倫敦很遠，既可以不被打擾，交通又方便通勤。亞歷克斯死後，警方對後門軟體調查結果公布後，莉比工作也趨於穩定。傑克．拉森特別案件的公開審查持續進行，五級自駕軟體可以被授權合格的官員和第三方獨立機構審查，莉比終於可以過上自己渴望的正常生活。一旦孩子出生，她會辭去代言人的職務，開始好好當一名母親。最後，她仍希望能回到護理的工作崗位上。

雖然目前的生活給予她愛和安全，但莉比有時仍會回憶過去。日常生活中時常閃現亞歷克斯的臉。像是有一次，她在牙科候診室看到一名酷似亞歷克斯的人；有幾次她閉上眼泡澡時，腦海裡會浮現他的臉；有時出現在夢中，特別容易夢見他們最後的肢體衝突。她在夢裡想起他喉結上的紅色光點；警方狙擊手的子彈咻地打碎玻璃，貫穿他的喉嚨，他驚慌失措用手捂著裂開的傷口，但無助於止血。然後，警方破門而入，把莉比帶到安全地方，她站在馬路對面，瞪大眼屏住氣息看著醫護人員對他進行急救。等到他確定斷氣後，她才終於吁了口氣。

真正的諾亞．哈里森被警調人員發現死在愛爾蘭西部，靠近一間穀倉的林地裡。發現時屍體已經腐爛，到底發生了什麼事，可能永遠是個謎。驗屍官認為，他很可能是在駭客攻擊的同一時間被悶死的，而不是像亞歷克斯說的那樣。穀倉內有拍攝「朱迪」被劫持時的車。

國際調查也有所進展，開始滲透駭客組織，世界各地都出現相關人士的逮捕和起訴。有時她會想起亞歷克斯說的話，尤其是威脅她永遠不會自由，駭客組織會一直盯著她，等待時機，在她放鬆的時候對她下手。但莉比知道，自己不能永遠提心吊膽過日子。

但今天不是糾結過去的日子，有些事情永遠不會有答案。莉比把思緒拉回到了當下，張開手指，對著車窗外射進來的陽光。舉起鑽石訂婚戒指，反覆觀賞，已經等不及馬修把結婚戒指套在自己手上。

她的注意力被外面廣闊的海灘吸引，浪花有節奏地波動。在冬日陽光的照射下，深藍色海水打出來的浪花，反射出銀白色的光澤。她一生都在內陸生活，從不覺得離海這麼近是件理所當然的事。

她閉上眼，想像著自己哥哥尼基和父母在登記處，等著參加小妹的婚禮。當她想起尼基時，不再感到難過也沒有流淚。她反而笑了，不再哀傷彼此分離，而是感激他曾經陪過自己。

馬修十指扣住莉比的手，她睜開了眼睛。

「還好嗎？」他問，「妳恍神了。」

「很好。」她回答，並捏了捏手作為回應。她知道，和他在一起，她再也不會迷失了。

馬修手錶上的鈴聲引起了他們的注意。

「不重要，只是一個新聞提醒。」他說道，「不是什麼大事。」話音剛落，又出現一連串的提醒音效，叮咚個沒完。

「發生什麼事？」莉比問道，馬修臉往下看著螢幕搖搖頭。「妳不會相信的。」他說。她問：「相信什麼？」馬修把手腕湊過去，看到上面的資訊，她難以置信地瞪大了眼，然後和馬修面面相覷。

「他到底怎麼逃過一劫的？」

# 69

DCO DailyCitizenOnline.co.uk

**無罪。傑克・拉森審判無罪，當庭釋放。**

・政府高級官員的審判進行了五個月，今在老貝利法庭結束。

・陪審團解除對前議員的四項指控，包括濫用政府資源、篡改官方系統、濫用公職和造成官方損失。

・拉森先生逃過了十八年的牢獄之災。

・一位政府消息人士之前曾表示：「要贏回公眾的信任，得花時間慢慢累積。」

詳見全文……

傑克・拉森站在石頭階梯的頂端，一副能奈我何的姿態，雙手交叉在胸前，眼神堅毅，嘴角的上揚也只有短短的片刻。

他身邊有六名精壯的三男三女，身穿炭灰色西裝。每個人都穿戴著智慧型眼鏡和耳機。不停掃視群眾的面孔。為了要保護好這位受人矚目的前政府官員，得要排除所有可能的威脅。

在他們身後的石拱門，是曾經一百三十年前英格蘭和威爾斯中央刑事法庭的大門，離開後就會到倫敦的老貝利街。長達五個月的時間，傑克每個工作日都在那棟大樓裡度過，在法庭上聽著控方污蔑他的聲譽，而他的辯護團隊則一一駁斥回去。有時，無事可做時，他會在被告席上，盯著和自己年紀相仿的十二名陪審團成員，七名男子五名女士。他對他們不屑一顧，裡面沒有人比他更接近上層權力核心。傑克以後會是第一個登上火星的人。自己比他們每一個都要優秀。

在他左右兩側，除了台階上的黑色欄杆外面擠滿抗議民眾，都被警方擋住不讓前進。更多的人在馬路對面，還動用了臨時金屬路障控制叫囂的人群。他們對傑克不停謾罵，但其實他聽不清楚他們在罵什麼。只知道他們沒有高舉早上帶來的抗議標語。上面寫著像是「手上染血的國會議員」或是把他的臉貼在阿道夫．希特勒的身體上，這些早就見怪不怪，有時候他們的創意會讓傑克發笑。這些人今天還沒有接受傑克的「無罪」判決。唯一準備好的人是傑克。

幾十名記者爭先恐後推擠對他提出問題，攝影師快門按個不停。但傑克默不作聲，因為這些人只想在媒體上把他描繪成社會害蟲。在法律面前，他是無辜的，今天開始他們最好認清這個現實，不然他會毫不猶豫採取法律行動。

傑克的律師，巴納比．斯庫塞走到他面前，對他點頭。傑克也表示自己已經準備好了。巴納比沒有穿著法庭上的黑色長袍和白色假髮，而是穿著訂製西裝。灰色的瀏海垂在額頭前，手裡拿著張Ａ４的紙。上面印著傑克家族盾徽：一個盾牌，裡面有一條龍、一把劍和一隻握緊的拳頭。只有傑克知道這個家族盾徽是自己捏造出來的。

巴納比清了清嗓子，然後開始他生動又強硬的演說。「我代表我的個案，傑克・拉森先生聲明，」他說道，「今天，正義得到了伸張。陪審團的結論是，沒有證據表明所謂的『社會階級清洗』真的發生過，也沒有證據表明拉森先生參與了任何非法活動。控方提出的任何不利我方的證據，都是基於被該駭客組織，片面開發並篡改的資料。雖然拉森先生在程式怎麼判斷車禍的優先順序方面有進行討論，但他不相信該軟體真的有被安裝，也不相信過去或是現在的政府會批准這項政策。人群在鏡頭前對他議論紛紛，不過是猜測和臆測而已。拉森先生感謝陪審員有基本常識判斷，並且支持他。他目前打算休息一陣子，好好思考在無罪後，怎麼重回政府機構再為人民服務。並且此後將不再發表任何有關評論。謝謝大家。」

斯庫塞先生把那張紙對折，塞進上衣口袋，傑克花了一點時間來品嚐勝利和媒體關注。他們很快就被記者們淹沒，他們相互推擠想從前國會議員本人口中得到一點隻字片語。但傑克無意開口，而是讓壓抑已久的笑容盡情綻放。他知道自己的勝利會在所有新聞媒體上直播。明天，所有新聞報紙的頭條都會是他的臉。

他等著保鏢從記者群中開出一條路，此時三輛車窗漆黑的荒野路華車子，整齊劃一地停在路邊，看起來像軍事單位的車。傑克和其中一名保鏢上了中間那輛，保鏢坐副駕駛座，傑克坐進後座。其他安全人員分別上了最前和後面那輛車，然後三輛車沿著公路飛馳而去，現場留下一片混亂。

車內的傑克依然沉默，但腎上腺素開始飆升。車子沿著堤岸行駛，經過國會議事廳時，他向車窗外瞥了一眼，他大部分的職業生涯都是在那裡度過的。回想起自己第一天當上國會議員，十分緊張，心中仍抱有美好的遠景。他想好好替自己的選民發聲。

但慢慢地，想替勞工階級謀福利的心，被貪婪和野心所取代。他四周的統治階級各個都坐擁金山銀山，他也想要，這使得他對後來一切原則視而不見。他沒有和權貴對抗，反而成為他們的一員。這麼久以來，在不同場合他腦中都會有個聲音在質問自己，拋棄初心是否值得。而他每次的回答都是肯定的——當然值得。

車子經過里奇蒙和特威克納姆，然後傑克看到第一個前往希斯洛機場的路標。之前保釋條件是兩年內禁止出境。現在無罪後，他熱切想搭十四個小時飛機，在英國航空公司頭等艙貴賓室裡享受孤獨。傑克飛往中國的航班時間在晚上，還有很多時間可供消磨。在陪審團做出裁決前，他已經預訂了按摩、修指甲和理髮。預計在遙遠東方待個一週後，將飛往馬爾地夫的高級度假村，然後再去塞席爾。他有充裕的時間規劃自己的下一步。

口袋裡手機發出震動，他把通話耳機塞進耳朵裡。

「拉森先生，請給我您的安全通話代碼。」一名女子在電話一端要求。

「當然可以。」傑克回答，然後憑著記憶唸出了一串數字和英文混合的代碼。

「謝謝你。目前副首相在線上。請稍等，正在幫你接通。」

等待過程中，傑克按下車門上一個按鈕，車中間升起玻璃隔板，後座變得完全隔音。然後他從後車扶手小冰箱裡拿出一個扁平的小酒瓶，喝了一口裡面的威士忌。黛安．克萊恩的聲音突然出現。

「哎呀，哎呀，」她說道，「看來有人在高層有朋友。」

傑克虛假地笑了一下，「我一點都不懷疑，正義必勝。」

「你可能在裡面是少數派的。但總而言之，我想恭喜你。」

「妳的言下之意是，想知道我下一步打算做什麼。」傑克又喝了一口。

「好吧，要是我說沒這麼想過，也是不太可能。首相聽說你打算立刻重返政壇。」

「我沒有用『立刻』這個字眼，但是，可以這樣說。我在場邊已經待得夠久了。妳不覺得嗎？」

「不覺得，我們有點操之過急嗎？」

「妳說的是『我們』，還是只有我？」

「當然是說你，為了你自己好，從長遠來看，讓最近的事沉澱一下，會更謹慎。」

「人們的記性很差。」

「別騙自己了，傑克。這麼嚴重的事人們不會很快忘記。他們需要有人真的端出牛肉，如果只給承諾沒有兌現，他們會覺得自己被騙。」

傑克搖搖頭，「我相信我的選民會站在我這邊。」

「但他們已經不是你的選民了，不是嗎？我們不得不補選，找人來頂替你的位置。」

「是的，而且要是我沒記錯，你們很快就動作了。」

「你讓我們別無選擇。」

傑克的耐心正在消失，「我讓你們別無選擇？」

「我的意思是，形勢讓我們別無選擇。」

「所以妳就反射性地把我的位置拱手讓給對手。」

「你的名聲被搞臭了。就算是德蕾莎修女也沒辦法阻止，不讓那個該死的席位被對手拿走。」

「黛安，我是不是要提醒一下，我記得之前妳說過，一旦我無罪開釋，會很快回到談判桌上，記得嗎？我說的不是躲在幕後或是什麼邊邊角角的小地方，是真正有影響力的檯面。如果這代表得把誰給趕下去，讓我有個相對安全的次要位置，這我也可以接受，就當是我為黨做的另一次犧牲。」

「決定總是會變。我從來沒有承諾過你什麼。我建議，過去的事就讓它過去。對我們而言，在你受審後要這麼快宣布讓你重返政壇，並不是什麼好時機。」

「我可是被判無罪的。」

「是的，但代價是什麼？審訊過程你暴露很多我們不願被公開的敏感資料。不管你喜不喜歡，你讓自己脫罪的辯護，已經對黨造成不可挽回的損失。」

傑克握緊拳頭，克制自己不在電話裡大吼。「妳該不會想讓我揹這黑鍋吧？妳要我為了你們核心成員和現任首相的理念，去坐十八年的牢？如果妳真以為我會這麼做，那麼妳根本就不了解我。我得把罪扛下來被判有罪，妳才同意讓我回來，是嗎？很抱歉讓妳失望了，傑克．拉森不會不戰而敗的。當然，就算失敗，也不會不拉人陪葬。」

「傑克，也許我們應該在你不那麼……情緒化的時候再談？」

「或是，在妳準備好卸下妳虛偽的假面時再談？」

話一說出口，他就後悔了，但他已經沒有退路。兩人陷入尷尬的局面。

「我有錄音。」傑克冷靜地說。

克萊恩語氣低沉，「說話前先三思，不然很可能會說出讓自己後悔的話。」

來不及了，傑克知道為時已晚。他已經豁出去沒有什麼可失去的。「克萊恩，我有名字。我有錄影帶、衛星圖像、軟體程式、日期、地點、目擊者。我有我所需要的一切可以讓這個政府屈服。」

「我會仔細考慮你接下來要做的事。」

「妳確實得好好考慮。」傑克回答，然後取下耳機掛斷電話。

他把那瓶威士忌喝光，空瓶丟在地上。她怎麼這樣對我說話？他心想，我為了他們付出了一切，黨沒有權利背棄我。如果他們不讓我重返隊伍，我會要他們有得受的。

傑克渴望的不僅僅是這個職位，還有隨之而來利用權力充實口袋的機會。就算駭客竭力要把他帳戶裡的錢都清空，但傑克早有所準備。駭客公開給群眾的東西，還不到他總資產的五分之一。他有七千萬英鎊存放在資產管理公司和投資公司，仍然安全，沒被發現，另外還有海外的避稅天堂、對沖基金、信託管理和空殼公司，還有一些不透明的控股公司。他仍然有著超高的身價。

傑克大部分的財產，是在早期道路革命法案時期，投資電動車生產和相關的子公司賺來的。這種投資是屬於沒有迴避利益衝突的非法獲利，若是被發現，他可能會被長期監禁，永遠無法回到政壇。他在推動該法案，並說服公眾自駕車是特別安全的政策時，也在挑選最能獲利的公司，並對其進行投資。像是生產瀝青的廠商、電子路牌製造商、石墨烯製造商、不透明玻璃模塑、聲納和雷射雷達軟體……他的手，伸進各種官商勾結的關係裡。

但這種賺錢方式不是永無止境，在未來某個時刻，他的收入會下降。傑克必須找到一個新的錢流，持續強化他已經十分驚人的財富。這是哈里森兄弟給他的靈感。

哈里森在中部地區有一家規模一般的家族式企業，它是傑克養的其中一家空殼公司，他持有該公司大部分股份。傑克所在的部門，和這公司簽了一份數百萬元的合約，為救護車開發自駕軟體和圖像系統。當哈里森兄弟發現他留下來控制人工智慧的後門時，讓他想到了一個機會。他很佩服這兄弟倆不屈不撓的精神。

哈里森不知道那後門的目的，只知道它的存在會讓系統有機會被駭。但傑克認為，與其把它永久移除，不如留下待日後利用，看看要是被人們發現後，會發生什麼事？在對五級人工智慧安全性做足了保證之後，駭客們有可能對「道路革命法案」產生什麼影響？公眾會對其失去信心。但是他們仍需要車子，所以一定會回到他們熟悉的老路：能夠人為控制的一、二、三級自駕車，這是很合理的。這方面的需求會激增。

這是一個創造全新收入的機會。車輛會慢慢被淘汰，過時車子的企業股價已經下挫，所以傑克逢低買進，提早投資。他意思意思地開發了一個沒有什麼效果的補丁處理後門；同時為了懲罰哈里森兄弟發現後門，他拋售那間公司的股份，並確保相關合約會由國外的印度廠商得標，好讓哈里森公司倒閉。

然後他只需要坐著等待，錢自然就會進來。

那天駭客發動的大屠殺讓他大吃一驚，而發現幕後主使是哈里森兄弟時，又吃了一驚。傑克承受了這些指控，讓政府覺得他揹了「社會階級清洗」的黑鍋。但他清楚知道，在審判過程，他的人有足夠的錢買通陪審團來確保他的自由。傑克對自己說，聲譽總是不斷被破壞和重建，他的也不例外。

傑克發誓，他不會讓副首相的忘恩負義毀掉今天，他生命中下一章即將開始。「音樂，」他大聲叫道，「我需要來點妮娜的歌。」

他滾動娛樂系統的頁面，瀏覽到最能反映他心情的歌曲。不久，妮娜．席夢的歌聲，唱出了新的黎明、新的一天和新生活的開始。這首歌再適合他不過，那一刻，他眼中噙滿了淚水。趁著它還沒流下就把它們擦掉。

當司機表示他們要停車時，傑克才意識到已經到了M4高速公路，正在前往希斯洛機場。傑克看到保鏢用手壓住自己的耳朵，並且點點頭，之後又和司機交頭接耳了幾句。傑克把音樂音量調低，用對講機向前座問道：「出了什麼問題嗎，馬龍？」

馬龍沒有反應，傑克發現前方車輛的另外兩名保鏢也把車停在路邊。傑克的車也跟著停下。「馬龍？」他又叫了一遍，依然沒有回應。他心想可能是通話系統故障了。他按下按鍵要讓隔板下降，但按鈕也失靈了。於是敲敲玻璃，才想起它是完全隔音。傑克轉身看後面，發現第三輛車也停了下來。

看到自己的司機和保鏢都下車，他皺了皺眉頭，只有他一個人在車內，另外兩輛車裡的人也都跟著下來，眾人聚在一起。這七個人頭也不回，都往道路的另一頭走去。傑克伸手開門，但門一動也不動。

他瞬間感到驚恐。

「發生什麼事？」他大聲呼叫，敲打窗戶，但都無濟於事。手機也沒有訊號，只能看著他們上了一輛停在路邊的白色麵包車，並立刻開走。當三輛車只剩他一個人時，車子又開始動了，傑克感到徹底無助。

他坐在後排座位的中央，盯著前方車輛，他最擔心的事發生了。他無法再控制自己的命運。突然無預警，前方車子爆炸，化作一團火球。傑克幾乎不敢相信自己的眼睛。「不！」他倒抽一口氣。他的車打了一個右轉方向燈，然後慢慢超越前方的火球，就像超過一輛自行車一樣隨意。傑克貼在車窗，看著那輛車不斷冒出紅色和橙色的火焰，從車頂、引擎蓋，慢慢燒到整個車身。他迅速轉身，又從後車窗看去，直到它消失在遠方。

「午安，傑克。」

揚聲器裡傳來的聲音，像是末日審判一樣讓他害怕。他立刻就認出來那是駭客的聲音。

「你可能已經注意到了，這輛車不再聽你指揮。現在開始，我來決定你的目的地。」

傑克的話卡在喉嚨，很勉強才說出口。「你……是誰？」

「顯然，我就是你的律師在替你辯護時，口中所謂的駭客集團。」

「你想從我這裡得到什麼？」

「這不重要。此時你唯一要知道的是，從現在開始算起兩個半小時內，你極可能已經死亡。」

一股反胃的酸水從喉嚨裡冒出來。傑克漲紅了臉，感覺全身在發燙，同時也冒出一身冷汗。

慢慢地，音樂又出現，音量越來越大。傑克拚命想關上娛樂系統，重新想辦法。他戳戳螢幕，但什麼都沒發生，他選的那首歌又重播了一遍。

但這次，當妮娜．席夢唱著「感覺真好」時，傑克一點都不感同身受。

# 70

八卦
聊天室！

流行文章：001

**這輛車怎麼了？**

1分鐘前發布

**輻射光線**：有人看到Instgram上的影片了嗎？我向天發誓，那個躲躲藏藏的前議員拉森在車的後座裡被嚇壞了。

**拉納多姆**：只是看起來像，不可能是他吧？

**輻射光線**：該死！他前面的車剛才爆炸了！！！

**拉納多姆**：兄弟，這不可能是真的，對吧？

**輻射光線**：你沒看到發生了什麼嗎？這事情又發生了！！！！這太酷了！

# 致謝

目前為止，寫這本《亡命乘客》是我研究時間最長的一次，其中大部分是由我丈夫，約翰・羅素在協助。所以我先要謝謝你，替這本書付出這麼多心力；要是沒有你的不懈和對細節的關注，這本書會更花時間。還有感謝我母親帕姆的持續支持，以及謝謝我的狗，奧斯卡，目前為止我每本書都有牠的出場。很抱歉，這次把你從邊境牧羊犬變成了博美。

我還要對Ebury的人員表示衷心感謝。以及我的企鵝出版社編輯吉蓮・格林對這故事的信心（雖然妳減少了許多角色的不快樂結局）；還有其他小企鵝，史蒂芬妮・諾爾斯，不斷提供創新的主意。還要感謝每一位替這本書以及《命定之人》出力的人，包括泰斯・希利耶、貝瑟尼・伍德、凱蒂・西曼、雷・希爾文頓、愛麗莎・萊瑟姆和唐娜・希利耶……以及其他眾多但同樣具有才華的人，不勝枚舉。當然還要感謝前大企鵝，愛蜜莉・姚，是她提出這本書的發想，讓我走上這條瘋狂之路。

還想向我同為作家的夥伴，路易斯・比奇，文學界的艾娜・夏普爾斯，表達感謝，她跟我討論了很多發想。以及謝謝達蘭・奧沙利文，幫我處理去年一整年的私訊。還要感謝卡拉・航特、瑞迪雷利・甘迺迪和喬・愛德華、CJ・斯庫斯和一直很搞笑的克萊兒・艾倫，感謝他們在我寫作之餘，發推文逗我開心。

另外，要是沒有崔西．芬頓，這本書也不會如此呈現。崔西和臉書的「圖書俱樂部」社團從我寫作開始就一直支持我。感謝你們在這奇妙之旅中堅持不懈。還要感謝溫蒂．克拉克以及「小說咖啡館」社團裡的成員；也要感謝畢．鐘斯、「迷失在好書中」社團、「英國犯罪圖書」社團；我還要感謝無數部落客在這過程中的幫忙。感謝你們對作家的支持。你們非常出色，因為熱愛閱讀，長時間做著幾乎沒什麼回報的工作。你們比一般人認為的更重要。

感謝我的社交媒體女王@Social_Pip的皮帕．阿克拉姆，感謝她對社交媒體走向提供的寶貴建議；感謝珍妮．諾特、作家大衛．克里根。任何對自駕車的未來感興趣的人，都可以進一步閱讀他的作品《作為乘客的生活》一書。

還要感謝曼蒂．布朗、丹妮爾．葛拉夫、喬．愛德華、瑞秋．考格琳、妮夫．拉妮根．波拿。

想要知道自己在自駕車發生車禍時，覺得應該要做出什麼樣的道德決定，請造訪下面網址：moralmachine.mit.edu。最後，感謝你們每一個人，拿起或是線上下載這本書。你不會知道，我是多麼感謝你們能讓我持續寫作這個事業。

Storytella 158

# 亡命乘客

The Passengers

亡命乘客/約翰.馬爾斯作；牛世竣譯. -- 初版. -- 臺北市：春天出版國際文化有限公司, 2023.05
面；　公分. -- (Storytella ; 158)
譯自：The Passengers
ISBN 978-957-741-685-8(平裝)

873.57　　112005769


ISBN 978-957-741-685-8
Printed in Taiwan



作　者　約翰・馬爾斯
譯　者　牛世竣
總編輯　莊宜勳
主　編　鍾靈

出版者　春天出版國際文化有限公司
地　址　台北市大安區忠孝東路四段303號4樓之1
電　話　02-7733-4070
傳　眞　02-7733-4069
E－mail　bookspring@bookspring.com.tw
網　址　http://www.bookspring.com.tw
部落格　http://blog.pixnet.net/bookspring
郵政帳號　19705538
戶　名　春天出版國際文化有限公司
法律顧問　蕭顯忠律師事務所
出版日期　二〇二三年五月初版

定　價　460元

總經銷　楨德圖書事業有限公司
地　址　新北市新店區中興路二段196號8樓
電　話　02-8919-3186
傳　眞　02-8914-5524
香港總代理　一代匯集
地　址　九龍旺角塘尾道64號 龍駒企業大廈10 B&D室
電　話　852-2783-8102
傳　眞　852-2396-0050